魅丽文化
花火工作室

日日复日日 著

上

江苏凤凰文艺出版社
JIANGSU PHOENIX LITERATURE AND ART PUBLISHING

图书在版编目（CIP）数据

今朝渡．上 / 日日复日日著．-- 南京：江苏凤凰文艺出版社，2023.7
ISBN 978-7-5594-7825-2

Ⅰ．①今… Ⅱ．①日… Ⅲ．①长篇小说－中国－当代
Ⅳ．①I247.5

中国国家版本馆 CIP 数据核字 (2023) 第 112842 号

今朝渡．上

日日复日日 著

出版统筹 曾英姿
责任编辑 张 倩
特约编辑 雷凤伶
封面插图 苏 辰
装帧设计 阿 和
出版发行 江苏凤凰文艺出版社
南京市中央路 165 号，邮编：210009
网 址 http://www.jswenyi.com
印 刷 湖南天闻新华印务有限公司
开 本 880mm × 1230mm 1/32
印 张 9
字 数 223 千字
版 次 2023 年 7 月第 1 版
印 次 2023 年 7 月第 1 次印刷
书 号 ISBN 978-7-5594-7825-2
定 价 46.80 元

目录

CONTENTS

目录

CONTENTS

第一章 她只是一个替身

“真是好笑哦！灵灵在死寂深渊垂死挣扎，都快死了还放在心尖上惦记的人，这个时候在对别的女人嘘寒问暖。”

“就是，看得我好气啊！求求看过原著的姐妹告诉我，这个男人不是男主角。”

“桑无眠，你有这时间去给冒牌货找灵草熬药疗伤，你怎么不去找你老婆啊？”

“找替身的都是大坏蛋。”

“楼上 +1，如果桑无眠真的爱灵灵，他为什么不去找她？”

“不看了不看了，到灵灵的剧情了求好心的姐妹踢我一脚。”

聂音之捧着药碗，无视从面前飘过的这一片花花绿绿的字幕，从容自在地喝着药。

这件事还要从两日前说起，她闭关修炼的时候出了点儿岔子，差一点儿走火入魔，虽然强行突破了，但也因此金丹受损，不得不卧床休息。

她卧床期间，时不时就会看到有字幕从面前飘过。

这些文字能够轻而易举地穿透任何物件，也可以无视所有的阵法防御，冷不丁地冒出来，从半空飘过，对她的所作所为评头论足。

刚开始，聂音之委实警惕了好一阵子。这字幕太贴近她的生活，她不得不在负伤的情况下，掐着灵力小心翼翼去试探。最后她发现，不论是用灵力，还是亲自上手，她都没办法触到那些文字。

聂音之隐晦地试探过桑无眠以及门内其他弟子，他们都看不见这些，目前似乎只有她一个人能看见。

好在，如此过了两日，她发现这些文字似乎只是些嘴碎言论，并不能对她造成实质伤害，也就放松了下来，渐渐适应了这些时不时冒出的文字了。

有些时候，看它们吵架，还别有一番乐趣。

聂音之单独一人时，文字很少，几乎不出现。只有当她与门派内的其他人接触时，文字才会增多。

尤其是当她和师尊桑无眠在一起时——按那些文字里的说法，就是“同框”——那不断冒出的文字几乎连成了连绵不断的长龙。

比如现在，桑无眠只是站在一旁看她服药，文字就已经将他身后的桌椅等摆设淹没了。

“桑狗”两个字铺天盖地而来，只剩他这个人浮在那不断飘过的字幕前。

聂音之看着那些花式骂法，表情控制不住地扭曲起来。

“怎么了？”桑无眠薄唇微启，嗓音似冰雪消融的清泉。

聂音之看了看自己宛若雪莲般清透绝尘的师尊，努力无视后方的无数咒骂，皱着脸道：“太苦了。”

桑无眠早有预料似的，从袖子里掏出一包蜜饯，清冷的目光落在碗底残留的药汁上：“喝完。”

聂音之皱了皱鼻子，听话地一口饮尽药汁，飞快地从他手心里抓起蜜饯塞进嘴里。甜味盖住苦涩，她一双潋滟的桃花眸子弯成了月牙，笑道：“还是师尊懂我，谢谢师尊。”

桑无眠看着她的眼睛，常年冰封的面容也柔和了几分，叮嘱道：“服药后好好休息，很快就好了。”

然后聂音之便眼睁睁看着那些文字不再骂“桑狗”了，全都开始骂她。

“啊啊啊，这个聂音之好恶心，好做作，茶里茶气！”

“你苦个屁啊！你抢走了属于灵灵的一切，灵灵才苦！太心疼灵灵了。”

“吃个药都怕苦，那你还修炼什么？滚回去当娇小姐吧！”

吃药就是很怕苦的娇小姐聂音之表示，这些谩骂让她很不高兴。既然她不高兴，那就只好让骂她的人更不高兴了。

她见桑无眠站起身打算离开，忙伸手拽住他的袖子，自下而上仰面看着他：“师尊，我内府一直钝痛，睡不着，师尊陪我说说话好吗？”

她知道，桑无眠最不能抵抗这个角度。

果然，桑无眠盯着她的眼睛略有些恍神，不过只是须臾，他重新坐回来：“不说话，躺好，闭眼。”

聂音之点头如捣蒜，听话地躺下，闭上眼睛。她能预料到字幕定会又一次沸腾。

桑无眠垂眸看向她拽着自己袖子的手。这只手柔若无骨，手指如葱白一样白嫩细长，关节处透着粉润的光泽，没有丝毫练剑留下的茧痕。

他皱了皱眉，抬头看向一侧剑架上横放着的如意剑，剑柄上被裹了一层细软的绸缎。

剑架一旁便是梳妆台，这用金丝楠木精雕细琢而成的物什，比寻常梳妆台大了好几倍，上面摆满各式护养的瓶瓶罐罐，房间里盈满了香脂的淡香。

总是在这种无意义的事情上浪费精力。

桑无眠抽回袖子，看到她的睫毛颤如蝶翼，秀气的眉也微微蹙起，只好出声道：“好好睡，为师不会走。”

聂音之的眉毛舒展开，嘴角勾起笑，眼眸微微睁开一条缝，正巧看到几条哀号而过的文字。

“气死了！灵灵回来要是看到这一幕该多伤心！”

“桑无眠，你没良心！灵灵为了回来，受了无数伤，你不仅守在炉子边给替身熬药，现在还要守着她睡觉！你没有心！”

“不想看到这个替身了，气死我了。”

“姐妹们，你们看看聂音之的样子，是不是越来越像灵灵了？就连经脉灵骨都被狗子塑成了灵灵的冰肌玉骨。”

“桑无眠一心一意想打造第二个灵灵呢，也是可怜。”

“再有三天，灵灵就回来了。多亏了他一直致力于把替身朝着灵灵养，这个金丹灵灵才能用啊。虽然他有错，但罪不至死，敲黑板！”

聂音之的视线落在那三条长文字上，蹙起眉。

打造第二个灵灵……

她的金丹为什么会成为别人的？

桑无眠伸出手掌在她眼前虚虚一拂：“闭眼休息。”

聂音之只好闭上眼睛。她确实没有说假话，内府钝痛不止，她这几日来都没能睡好。

她的金丹受损，桑无眠连夜横跨修真界，去了极北雪山，采来一味名叫“白凤实”的灵草为她疗伤。

这味灵草难寻，也同样难煎，必须用灵火熬煎十二个时辰才能逼出药性，达到治愈金丹的效果。服下药后不到片刻，灵草的药性就顺着经脉流遍全身，最后汇聚到内府处，金丹受损带来的钝痛渐渐被药效抚平，聂音之睡意上涌，终于能睡个好觉了。

等她再次醒来，桑无眠已经不在了。

聂音之坐起身，查探了一下内府的情况，白凤实的药效的确很厉害，她金丹上的损伤已无大碍。

只是她金丹初成，又经此一遭，身体还有些虚弱，需要好生调理。

房门被轻轻叩了两下，聂音之闻到食物的香味，知道是阿浣和澄碧来了，遂道："进来吧。"

阿浣在外间布置，澄碧进来给她梳妆。

这两个丫鬟是聂音之从家中带来的，当初桑无眠还老大不乐意，说修行之人事当躬亲，太安逸只会消磨斗志。

聂音之就趴在母亲怀里，哽咽着哭道她不要修行，才不要拜师。

当时桑无眠脸色铁青，父亲尴尬地拍了拍她的脑袋说："音音，别当着仙尊的面乱说话。"

她说不拜师，父母也不忍强迫她，即便她天生灵骨，是桑无眠口中的修仙奇才。最后竟是那高高在上的仙尊做了妥协，独一份地破了例，容她领着丫鬟入了云笈宗仙山。

十来岁的年纪，聂音之免不了会因此自鸣得意，后来她也听到一些闲言碎语。云笈宗的长老、师叔、师伯们一开始对桑无眠不按规矩行事颇有微词，可见过她后，他们都不再多说什么了。聂音之没有半点儿初来乍到的生疏感，自在得如同到了另一个和家里差不多的安乐窝。

拜师后的五年间，她又陆续让家里送来了喜欢的厨子，专为她栽植海棠的花匠，裁制衣裙的绣娘……

来的人多了，桑无眠只好单独给她辟出一座山峰居住。

"阿音都金丹了，怎么还没有辟谷？"

孤零零的一行文字从眼前飘过。

聂音之来到外间，桌上摆着四五个精致的小碟，青菜碧莹莹的，只有一份荤菜，是红烧狮子头，个头较往日小了一大圈。

她喃喃道：“馋嘛。”

阿浣没听清她说什么，猜想是小姐对菜色不满意，解释道：“小姐，栖真仙尊说你重伤初愈，要吃清淡些。”

聂音之也不在意，坐下来慢慢用完饭。

才用完饭，就收到桑无眠的传讯。灵光在她面前忽明忽灭，冷清的声音从内传出：“三日后，恢复日课。”

说完，灵光散开。

竟然只给她三天时间休息，聂音之撇撇嘴。什么事都可以讨价还价，唯独修炼一事，桑无眠不会纵着她。

饭后聂音之出门溜达，坐着仙鹤慢悠悠地朝着明霄峰飞去。天气晴朗的大好日子，明霄峰周边都始终萦绕着消散不去的雾气，那是布下的禁制结界。

仙鹤还未靠近，就不再往前了，聂音之只好落到地上。

浓雾后面就是那位大师姐曾经的住处了。

聂音之入门时，听孟津师兄介绍过，他们头上还有一位大师姐，叫萧灵，是桑无眠收的第一个亲传弟子，十年前在围剿魔修的大战中，被卷入虚空裂缝。

据典籍记载，虚空裂缝是灵气风暴撕开的不稳定空间，是个十死无生的绝境，千百年来，被卷入其中的人，没有一个能活着回来，就算是神仙落入其中，都能被撕碎。

所有人都觉得萧灵已经陨落了，包括桑无眠。

但从那些文字来看，她似乎还没死。

聂音之入门时明霄峰已经被封，门内也很少有人再提及这位大师姐，所以她就只知道这么一点儿信息。

也是这两日看到那些文字，综合它们提到的所有信息，她才想到这位大师姐。

聂音之在明霄峰附近徘徊的时候遇到了孟津。孟津穿着一身云笈宗的天青色校服，身量修长，平日疏朗的眉目间隐隐含着郁色，正从浓雾中缓缓走出。

看到她时，他收敛了神色，惊讶地问道："师妹，你怎么会在这里？"

聂音之摸了摸肚子："我饭后消食，不知不觉走到这里了。"

折丹峰和明霄峰确实是挨着的，孟津也不疑有他，点点头。他知道聂音之有一日两餐的习惯，为了满足她的口腹之欲，每日都会有仙鹤送新鲜食材到折丹峰。

"你的身体好些了？"孟津关心道。

"已经无事了。"她叹了一口气，"师尊叫我三天后回去练剑。"

孟津完全没有注意到她的不情不愿，眼中还隐隐透着喜色："那我等着师妹。"他说着，忽然抬手轻轻地蹭过她的眼角。

聂音之睁大眼睛，下意识往后退了半步。

"别动，有脏东西。"孟津唇边含着温柔的笑意，拈下一丝柳絮一样的白绒，"好了。"

半空中，文字疯狂涌来。

"我有一肚子脏话，我现在就要说，不管是桑无眠还是这个什么孟津，都是坏男人！"

"怎么又是这个替身？怎么哪儿都有她？"

"目前为止，人家也没做错什么，干吗总是骂她？"

"她的恶毒超乎你的想象。不过，我觉得最恶心的还是狗男人！"

"我现在看孟津摸她的眼角一点儿都感觉不到暧昧，只能联想到他以后挖她眼睛的画面。替身也是惨。"

"阿音，离他远一点儿！！"

聂音之的瞳孔猛地一缩，她抬手蹭了蹭眼角被碰过的地方："孟师兄，我记得你以前说过，这里是大师姐的洞府。这里不是不让进吗？"

孟津不自在地咳了一声，神色郁郁道："今日是师姐忌辰，我进去将她的旧居清扫一下。"

"那我可以进去拜拜大师姐吗？"聂音之纤长的睫毛扬起，一双眼瞳眸光流转，几乎和记忆中的模样重合了，孟津不由得恍了神。只听她继续道，"我拜入师尊门下，都还没有好好拜过大师姐呢，现在想想实在是惭愧。"

孟津从怔愣中回过神。聂音之入门五年，一直对这座邻峰毫无兴趣，为何她今日会突然想要进去看看？

"师妹的心意到了就行，我相信灵灵师姐定能感觉到你的诚心。"

他说完，不等聂音之再开口，态度难得强势起来："师妹，你重伤初愈，要多休息才好，我送你回折丹峰。"

聂音之看一眼浓雾掩盖之下影影绰绰露出的桂殿兰宫，眸光落在孟津的脸上。孟师兄明显是紧张了。他越是害怕她进去，她就越要进去。

"我不要，我要进去看看。"聂音之原本只是好奇，随便来附近转转。那些字幕上的只言片语还不至于就让她对师父、师兄产生怀疑，但是试探一下他们的态度总归是没错的。

孟津皱起眉，抬手挡住她："师妹，不要胡闹，若是惊动师尊就不好了。"

"惊动又如何？"聂音之半点儿也不怵，脚下灵光浮动，越过孟津，一阵风似的掠入浓雾中，清风送来她理直气壮的声音，“孟师兄都偷偷进去了，为什么我就不能进？难不成大师姐的旧居有什么我不能看的？”

孟津纵身跃起，在她身后追，长剑从袖中飞出，厉声道：“聂师妹，你在此处胡闹，只会令亡者不安！”

明黄的剑光破开浓雾，仿佛一束强烈的阳光射过来，聂音之的身形顿住。孟津挺拔的身影随即而至，他握着长剑挡在她前方：“师妹，回去吧。”

“师兄知道我的脾气，越是不让我做什么，我就越要做。”聂音之扬眉笑了笑，脸上是矜傲神情，那副模样与故人就没有半分相似之处了。孟津心底生出恼意：“别的任何事都可以依着师妹，但我绝不允许你冒犯师姐。”

聂音之也冷了脸：“我只是进去拜拜师姐，也算是冒犯？”她无法理解孟津的言行。

孟津闭口不言，却不肯退让半分。

“好家伙，孟津还挺痴情！不愧是为灵灵挖替身眼睛的人。”

“替身永远就是替身，就算长得再像也成不了白月光，桑无眠快来学着点儿！”

“来了来了来了，聂音之要发现自己是替身了！”

“能不能别剧透？烦死了！现在人家什么都没做，被当替身就算了，还要被挖金丹、挖眼睛，简直倒了八辈子血霉，看不下去了！”

“放心吧，这个聂音之肯定是坏的，看后面她是怎么虐灵灵的，就知道挖丹、挖眼都便宜她了！”

“都是套路，如果不变坏，桑无眠和孟津的行为就不合理了。”

"前面的，请你搞清楚，不是桑无眠和孟津挖她的眼睛她才变坏的，是她本身就恶毒，自己把自己作到那个下场的。"

"这五年桑无眠和孟津对她不好吗？就算不甘心被当作替身，也不该把怨气发泄到灵灵身上。"

"明霄峰不是有禁制吗？就算不拦她，她也进不去吧？"

聂音之平静地扫一眼飘过的文字，就在孟津以为她会就此作罢时，她唇瓣微张："如意。"

她的话音才落，一道剑光从天边呼啸而来，砸到了明霄峰的禁制上，发出惊天动地的声响。

孟津气极了："你！"

平日里，聂音之的性子虽然骄纵了些，但也知道分寸，孟津完全没料到她会如此蛮横，毫无顾忌。他被气得说不出话来，灼阳剑当即拔地而起，将如意剑压制在明黄的剑光下。

聂音之本就虚弱，再被他的剑气一冲，偏头吐出一口血。

孟津愣了一下，道："师妹，不要再无理取闹了。"他的语气虽然软了下去，但压制着如意剑的剑气没有丝毫收敛。

明霄峰上的禁制是桑无眠亲自布下的，以她的修为，就算砍上十次百次，都不可能破开它。聂音之心知肚明，孟津也同样心知肚明。他依然这样强势地压制着她，当真如他所说的那样，不允许她对大师姐有丝毫冒犯。

聂音之擦去唇上的血迹，直直地看着他，像是第一次看清了他："我是不是长得很像大师姐，尤其是这双眼睛？"

所以，孟津时常将他眷恋的目光落在她脸上，就连桑无眠也越来越频繁地对着她的眼睛失神。

“我都有点儿好奇了，到底是长得有多相像呢？”聂音之说这话的时候，脸上的笑意漾开，眼角略弯，纤长的睫毛微微颤动，自下而上略带几分仰视角度，“是这样吗？”

这是她平时向师父、师兄讨巧卖乖时的专用表情，是她根据师父、师兄的态度，自以为聪明地领悟出来的小心机，就跟她在家里时，在父母膝下承欢，逗他们开心是一样的。

不同的是，父母眼中看到的是她，心里也是她，而桑无眠和孟津，只是想在她身上找另一个人的影子。

“聂……师妹。”孟津被她眼中阴戾惊住了，不由自主后退一步。

浓雾被剑气一圈圈荡开，稀薄了不少，露出两人的身形，附近来往的弟子全都被这边的动静惊动，往这里聚过来。

“是孟师兄和聂师姐，他们怎么了？”

“感觉他们的气氛不对劲啊。怎么回事？孟师兄不是一向都顺着师姐的吗？”

“不会打起来吧？要不要去劝劝？聂师姐身上还有伤呢！”

“快去禀报仙尊。”

……

众人正交头接耳，一道冷肃的声音暗含着隐隐的威压传来：“退下。”

栖真仙尊桑无眠的身影自半空中渐渐浮出。

围观的诸多弟子对着桑无眠恭敬地行礼拜过，就算再怎么好奇仙尊的两位亲传弟子为何剑拔弩张，也半点儿都不敢耽搁，转眼就四散离去。

桑无眠屈指弹出一道剑气，将针锋相对的两把灵剑分开。

灼阳剑回到孟津袖中。

聂音之柔若无骨的手指抓向那一把剑光，锋芒在她手中凝练成形，化作一把雪亮长剑，收剑回鞘。

两人俯身行礼："师尊。"

桑无眠神色不悦："何故在此争执？"

聂音之看到尾随他而来的密密麻麻的文字。

"桑无眠虽然'狗'，但是这张脸真的好好看啊！"

"哈哈哈，修罗场，我最爱修罗场。"

"她就快要黑化了吧？"

"刚刚那个特写镜头，眼神好凌厉，姐姐好飒！"

孟津偏头看了看聂音之，一如从前那个宠溺她的师兄，主动担起过错："我和师妹一时兴起，切磋了两招，是我出手重了些，伤到了师妹，请师尊责罚。"

聂音之却半点儿不领情，坦然道："我见孟师兄从明霄峰出来，又听他说今日是大师姐的忌辰，便也想进入明霄峰拜祭一下大师姐。"

桑无眠眸色沉寂，仿佛凝成了冰，视线冷冷地落在聂音之身上："仙门之中，没有这些凡俗的祭礼，擅动本座禁制……"

他话音一顿，猛地回头看向明霄峰，堂堂仙尊竟然失态得差点儿从半空跌落。

桑无眠结印撤销禁制，修长的手指有些颤抖，连掐了两次才结印成功。

明霄峰封山十年，一朝禁制撤去，其中的葱茏绿涛、桂殿兰宫终于重现人间。

桑无眠根本顾不上旁人，在禁制撤开的同时，已经化作一道白光射入明霄峰中的殿宇。孟津紧追其后，聂音之没有丝毫犹豫，也跟上去了。

明霄峰上繁花似锦，枝叶修剪得很清爽，殿中燃着熏香，廊下软垫上还趴着一只小猫，一点儿也看不出是十年无人居住的屋子。

殿中燃着一星烛火，发着微光。

“师尊，是魂灯！师姐的魂灯重燃了，那师姐她难道……”孟津不敢置信，屈指在手上划了一道口子，以这种方式验证自己不是在做梦。他摊开手接住自己滴落的血，再次抬眼看去。

那幽幽一点星火还在。

哦，果然如那些文字所说，大师姐回来了。

聂音之站在一边，像个局外人一般无动于衷地看着她冷若寒霜的师尊脸上第一次流露这么丰富的情绪。

而孟津，激动得不成样子。

聂音之手中的如意剑倏地颤动起来，剑鸣不止，那与她同源的剑气在她经脉里横冲直撞，挣扎着想要脱离她而去。

如意剑从掌中飞出，聂音之想也没想，手指飞快结印，束灵阵从她掌心溢出，将如意剑困在半空。

如意剑剑光四射，剑鸣激越，聂音之本就毫无血色的脸颊霎时惨白如纸，只有染血的唇瓣红得夺目。

“阿音，如意是萧灵的剑。”桑无眠说道。

聂音之猜到了，她咬牙道：“那你当初为何要将它给我？”

此时此刻，桑无眠根本无心与她解释，不顾她会被剑气反噬，屈指打散了灵封，如意剑挣脱束缚，呼啸着毫不犹豫地朝着它曾经的主人飞去。

两抹身影紧追在它身后，没有给予她一个多余的眼神。

文字呼啦啦地远去，最后剩下零星几条缀在末尾。

“灵灵出来啦！看桑无眠跑得这么快去接灵灵，我选择原谅他。”

“桑无眠，快点儿去看看灵灵的惨样，看看在你找替身的时候，她是怎么从深渊里爬出来的。”

“呜呜呜，我的灵灵终于要回来了，回到她心中的桃花源。”

“回来发现另一个人已经取代了她，灵灵实在太苦了。”

“阿音流了好多血，回去多吃点儿肉肉补补。”

聂音之被反噬的剑气绞得满手鲜血，血滴滴答答地自指尖滴落。她孤零零站在院子里，和躲到桌子下的猫大眼瞪小眼。

她走到屋中那幅画像前面。画中的女子身着云笈宗的校服，手握长剑，眼下有一颗细小的泪痣。画中，试剑台下冰雪皑皑，她盈盈笑眼中却似盛满春景。

聂音之抬指在身前画出一圈圆弧，凭空凝出一张明亮的铜镜，对照着自己来回看了看画中人。

镜子里的人雪肌玉肤，偏生眉眼又生得极黑，琼鼻娇巧，唇红齿白，桃花眼尾上翘，下方点着一颗小痣。

“还真的很像。”聂音之摸着自己的眼睛，也摸到那相同位置的泪痣，指尖的血在雪白的肌肤上留下一道触目惊心的红痕。

她原本就该长这样子的吗？

这个念头一冒出来，聂音之就如同生了心魔，她怎么看怎么觉得铜镜里映出的这张脸像是覆着一层面具——名为萧灵的面具。

她十二岁来到云笈宗仙山，在门中待了五年，正是五官开始长开的时期，女大十八变，她每日里瞧着镜中的自己，自然觉察不出什么来。

侍候在她身边的丫鬟也察觉不出什么来。

聂音之想起自己回家之时，母亲曾摸着她脸感叹：“我家音音到底是修仙之人啊，真真是神仙似的五官，无一处不精致，和爹娘这般凡俗愚笨的长相是大不相同了。”

聂音之没心没肺地笑：“才不是呢。爹爹长相愚笨，娘明明是出了名的大美人。从小到大，所有人都说我长得像娘，娘夸我分明就是在夸你自己。”

她爹在旁边听着，被气笑了：“你们娘俩，夸就夸，做什么贬低我？”

聂音之从回忆里抽离，再一次对上镜中的脸，她伸手捏碎了铜镜，抬头再望了一眼垂挂的画像，转过身，迈步往外走去。

如意剑既然弃她而去，那就不要了。

聂音之从头上取下玉簪，这簪子并不是普通首饰，也是一件法器。

她伸手抚过玉簪上的铭文，玉簪周身流转出温润的光泽，化作长剑一般大小，载着她离开明霄峰。

回到折丹峰，阿浣和澄碧都被她的模样吓坏了，手忙脚乱地扶她坐到软榻上，帮她处理伤口。

“小姐，你这是怎么了？怎么伤得这么重？一定很疼……”阿浣一边给她上药，一边碎碎念，泪珠子成串地往下掉，比她这个受伤的人哭得还惨。

聂音之却没心思安慰她，只对澄碧道：“把我娘的小像取出来给我看看。”

澄碧虽然不解，却什么都没问，听话照做，不多时便取来一个锦盒。盒子里装的是聂音之与家中往来的信件，母亲的小像也在其中。

聂音之手上缠着纱布，捧着母亲的小像坐在梳妆台前，细细对比自己的五官。

母亲说得对，是不一样了。

她以前为什么没能发觉？

聂音之盯着镜子里的脸，心头燃起的怒火烧得眼睛通红，牙齿咬破了嘴唇，渗出血来。

阿浣跪在她身旁，心疼地说道："小姐，要是有什么事让你不开心了，你……你练练剑，或者，我和澄碧给小姐唱曲儿听，你千万不要伤了自己。"

澄碧不太爱讲话，只跟着重重点头。

聂音之深吸一口气，鬓边的碎发散落下来："你们出去。"

"小姐。"

聂音之蹙眉："出去。"

两个丫鬟犹豫片刻，一步三回头地出了院子。

聂音之一掌震碎了梳妆台，灵力冲出她的经脉，撕开了手上缠着的纱布，又绞碎铜镜，瓶瓶罐罐落了满地，香脂的气息浓郁得让人鼻子发痒。

她发泄完心中怒气，坐在满室狼藉中。这五年来，桑无眠和孟津对她确实很好，所以聂音之几乎将他们当作了自己的亲人，把云笈宗当成了另一个家。

如今才知道，原来这些好，都仰仗于另一个人的存在。

可她聂音之缺爱吗？缺对她好的人吗？

不缺。多的是人爱她，爱本来的她。就算不进入云笈宗，以她的根骨、资质，什么宗门进不去？就算生活在凡尘里，也是富贵乡里过一生，何须委曲求全祈求这么一点儿别有用心的好意？

从窗户里钻进来的清风扬起屋内的碧云纱，半空又开始热闹起来。

"说灵灵矫情的你们有没有心？她金丹破碎，经脉枯竭，眼睛也被瘴气侵蚀，变成这副枯枝败叶的鬼样子，肯定会自卑，不敢和师尊相认啊。”

“回来后还要面对一个冰肌玉骨的聂音之，时时刻刻衬托出她现在的狼狈，又虐身，又虐心，绝了。”

“啊啊啊，魔头醒了！那个冷漠无情的眼睛特写是大反派吧？终于等到他出场了。”

“魔尊出场还早着呢，珍惜现在的高岭之花仙尊吧，桑无眠以后会被魔尊打得满地找牙。”

“求求仙尊以苍生为重，赶紧先把被魔气腐化的向司觉宰了，免得他把大魔头召唤出来祸害世人。”

“谁叫他们沉迷情情爱爱？只有魔尊专心搞事业。”

“专心搞事业的魔尊，真的很有魅力。”

聂音之抬起头来，望着虚空中飘过的字幕，缓慢地将手上的血蹭在裙摆上。松垮的发髻终于支撑不住，头钗坠落，乌发披散，顺着肩头滑下，垂落到地面。

从桑无眠和孟津的态度来看，他们为了萧灵，往后将她剖腹取丹，剜出眼睛这种事，想必也做得出来。

金丹可不是随随便便从别人那里夺来就能用的，她的金丹适合萧灵的话，不论她跑到哪里，桑无眠肯定都会找到她。

更何况，她从头到尾都没做错过什么，凭什么要逃？

“哇，替身这是黑化了？”

“这个画面有点儿美啊。”

“阿音美呆了。”

“替身越是美，我就越意难平。灵灵以前还不是很美？她受了太多苦了。”

“一想到灵灵好不容易回来，还要被替身欺负，我就已经开始生气了。”

“幸好最后替身死得很惨，不然我真的要气死。”

“难道只有我一个人觉得，为了救自己喜欢的人去剖别人的金丹，这种做法很残忍吗？桑无眠还是仙尊，仙尊行事这么卑鄙无耻？”

“都说了，是替身自己做了很多错事才被剖丹的，她被剖丹只会让人觉得痛快！看不惯别看。”

聂音之等到文字都消失了，才慢腾腾地站起来，唤回一直守在院门口的丫鬟，让她们重新给她手上的伤上药，收拾好屋子。

“小姐，你没事吧？”阿浣小心翼翼问道。

聂音之笑了一下：“没事。”跟她们说了也没用，只能让她们跟着忧心。她道，“外面的海棠我看腻了，你把令牌给花匠，让他今日就下山去挑些新品种来。正好，让绣娘也去拿些时下流行的衣裙样式来。”

小姐以往时常会有些心血来潮的要求，阿浣也不疑有他，点头应下。

聂音之吞下疗伤的丹药，打坐调息，用灵力催开药性，尽量调理身上的伤。

第二日，她手上的伤差不多愈合了，只剩下些红印子，只有脉门处被剑气冲开的伤口要好得慢些，还带着血。

聂音之唤来澄碧给她梳理好头发，随后去了毕阳峰。

向司觉是桑无眠的师弟，在十年前围剿魔修一战中受了很严重的伤，修为境界一落千丈，双腿也落下残疾，全靠灵丹妙药养着。聂音之拜入云笈宗五年，一次都还没有见过这位师叔。

向司觉受伤后性格日渐阴郁，脾气变得十分古怪，不喜人多。门内弟子也不会主动过来找骂、讨打，是以聂音之一路过来，人烟逐渐稀少，肆意生长的草木几乎覆盖了整座山峰。

毕阳峰上十分冷清，一个人也没有，聂音之缓慢走过荒败的庭院，在毕阳峰里里外外寻了一圈，直到来到后山，才看到一个呆头呆脑的稻草人傀儡。

傀儡提着食盒，沿着布满青苔的石阶，往幽深的竹林里走去。聂音之悄无声息地跟在傀儡身后。

竹林深处有一座小屋，屋前还有另一个稻草人傀儡守候，另一边扔着一大堆残破的肢体，都是报废的傀儡。

提着食盒的傀儡进了屋，聂音之透过窗户，看到一个半躺在椅子上的男人。

稻草人傀儡给他喂了一口饭，向司觉不知为何突然发起火来，一把打翻了饭碗，五指嵌入傀儡的胸口，将它撕得四分五裂。

聂音之算是明白那一堆断肢、脑袋是怎么来的了。

“谁？滚出来！”向司觉吼道。

聂音之施施然走入小屋中。她本没有刻意隐匿自己的气息，拱手行了一礼：“向师叔。”

向司觉空洞的眼睛转向她，眼珠子动了动：“灵灵？”

聂音之偏头，不应声，也不否认。

向司觉已经步入五衰之期，面露衰老之相，花白的头发乱糟糟地披在肩膀上，胡子盖住半张脸，那双眼睛浑浊发黄，布满血丝。

昔日里的元婴剑修，如今落魄至此。

聂音之嗅到他身上穷途末路的气息，觉得还挺亲切。

向司觉被她了然的目光看着，心中生出一股惶恐、恼怒，面容猛地狰狞起来，神经质地大叫道：“出去！滚出去！别看我！你走啊，别再来了，灵灵！我不想你看到我这个样子……”

他情绪激动，吐出一口血，抬手拍在椅子上，轮椅带着他飞快往屋子深处退去：“我不会死的，我不会就这么窝囊地死去！你滚，快点儿滚！”

屋子里弥漫起一股森冷的气息，摆设被狂风裹挟着，一股脑朝她砸来。

聂音之脚步动了动，退出小屋。

他莫不是把她当作来接引他入黄泉的幽魂了吧？

濒临绝境之人就如绷紧的弦，一点点儿风吹草动都可能让那根弦崩断，从而歇斯底里。向司觉现在就是如此。他应该也知道自己快要油尽灯枯了。

聂音之不介意推他一把，让他提前一点儿发疯。

“向师叔，只能对不起你了。”

聂音之从芥子取出一只铃铛，左右打量一圈，轻盈地一跃而起，将那精致的铃铛系在竹枝上。她掐诀结印，一片竹叶被风裹挟着从窗口飘入屋子里，在地上的血迹上轻飘飘地一点，又被无形之力牵引回来，落到聂音之手中。

血迹从竹叶上剥离，渗入铃铛中。

微风摇晃着竹枝，铃铛随风摇摆，却无声无息。

聂音之在四周留了窥探符咒，确保能看清楚向司觉的一举一动之后，回到折丹峰吃了个午饭，躺在床上闭目养神，实际上一直关注着向司觉的动静，不知不觉便睡着了。

太阳快要落山时，聂音之才悠悠醒转。

“聂音之终于醒了，两次切到她这边，都在睡觉，奇怪。”

“她知道自己是替身，竟然还吃得下，睡得着。”

“在憋着什么坏呢？有没有好心人来分析一下？”

没有什么关键信息，聂音之视若无睹。她起了床，由阿浣伺候着吃了点儿水果和点心。

入了夜，她悄无声息地溜出了折丹峰，再一次前往毕阳峰后山竹林。

第二章 但我猜，你会在意

毕阳峰后山幽竹林中萦绕着令人不安的瘆人气息，皎皎月光穿不透密竹，林子里一片昏暗，只有林子深处的屋子里透出一点儿昏黄的烛光。

烛光中有丝丝缕缕的黑气缠绕。

屋前的一小片空地上，一个身影坐在轮椅上，佝偻着背，伸长了瘦骨嶙峋的手臂在地上画着什么。

向司觉连手都在发颤了，再也拿不稳剑，胸腔里却还憋着一口气，不想就此埋入黄土。

他一直能听到若有似无的铃铛声，铃音将胸中那口不甘的浊气搅得翻江倒海，催命似的冲上脑门，让他再也不管不顾，动用了禁阵。

鲜血顺着他的手腕滴落，汇入脚下法阵中，随着法阵逐渐成形，红光中弥漫的黑气越来越浓，顺着他手腕的伤口往身体里钻。

聂音之隐在茂密的竹叶里，居高临下地盯着他的法阵。向师叔果然没有令她失望。

魔气浸入向司觉的身体，就如同枯槁的草木重新受到雨露滋润，他的背脊逐渐挺直，一寸一寸地站了起来，赫然又有了几分剑修如松如竹的模样。但这副表象并不长久，向司觉脸上还没来得及露出喜悦的神情，就突然痛号一声，跌坐到地上。

魔气中传来一个带笑的男子声音：“将这副残败身躯和被侵蚀得千疮百孔的魂魄献祭于本座，真当本座是收破烂的吗？”

“我能以自己为桥梁，助你冲破封印重回世间。”向司觉信誓旦旦道。他相信，对眼前之人来说，没有什么比这个更有诱惑力了。他目眦欲裂，已然走火入魔，“只要你让我重回巅峰，你想要什么我都可以给你！”

“剑修，呵呵。”魔头打了个呵欠，声线慵懒，提不起半点儿兴致，“剑修也就只有那劳什子剑心值得看一眼，可惜你剑心蒙尘，和茅坑里的石头没两样。”

“哇哇哇，这个走向超乎我的想象！”

“这个声音是魔尊吧？他竟然这么早就出场了！”

“聂音之和魔尊也有交集吗？”

“阿音，这个魔尊很坏，不要接触。”

“这个剧情走向已经完全不一样了，变动好大啊，好多事情都提前了。”

“我第一次看，有没有好心人解释一下，以后的剧情是不是会面目全非？”

“应该不会吧？这部剧剧情都走三分之一了，前面都差不多。”

“虽然是由AI自行演绎，但是剧里的世界背景和人物逻辑都是按照原著设定的，基本上不会面目全非，除非有什么变量。”

聂音之瞥了一眼字幕，没看懂它们在说什么。在这种紧张气氛下，突然冒出些花花绿绿的字幕来，着实和这场景有些格格不入。

寂静黑夜里，向司觉粗重的喘息声如同残破的风箱，一声急过一声。聂音之听得耳窝子疼，怀疑下一刻向司觉就得被这刻薄的魔头气死。

“你说是与不是？”这句话几乎是贴着聂音之的耳朵响起，她悚然一惊，这才惊觉自己周身竟然已经被魔气缠绕。

她的手腕处被一个阴冷的触感重重舔过，就像是舌头一样抵开她脉门的伤口。聂音之浑身的鸡皮疙瘩都起来了，她惊慌失措地扯开缠绕在手腕上的魔气，一掌劈开魔气，飞身朝着竹林外狂奔。

魔气从她周身脱离，影子一般自袖摆、裙裾处分开。大魔头并没有阻拦她。

就在此时，变数陡生。

地面上的献祭阵没能成功，阵法崩溃，露出底下一层隐藏阵法。

那阵法此时光芒大盛，已然开始运转。

魔气中传来男子的轻吟声：“共生阵法？”就算到了此时，他的语气依然不急不缓，好像丝毫都没有因为向司觉的算计而生气。

向司觉癫狂地大叫道：“是的，共生！封寒缨，你今日来了就别想走，阵法已经生效，我死，你也得死！”

强买强卖！好样的，向师叔！

竹林里响起男子肆意张扬的大笑：“是吗？”

聂音之忍不住好奇，于逃跑中回头张望。只见阵法迸出的白光勾勒出修长的剪影，肩宽而腰窄，双腿修长笔直，融融白光中能看到他飞扬的发影。

那影子许是感觉到了她的目光，略微侧过身来。

“魔尊这是在裸奔吧！”

“这是我不花钱就能看的画面吗？”

“封寒缨，快把衣服穿起来！你的身子怎么可以随便给别人看？”

聂音之脚步微缓，视线诚实地往下移去，可惜魔头的身影略微凝滞了一下，下一瞬五指伸出，一袭长袍暗影裹上他的身躯。

聂音之没有停留，一口气跑出竹林，冲入明亮的月色中。她停下脚步，看了一眼手中收回来的铃铛和窥视符咒，回头望向竹林里弥漫的黑气。

这么重的魔气肯定会惊动云笈宗的师叔、师伯们，在他们赶来之前，聂音之匆匆潜回折丹峰。

香甜的血腥味消失，顾绛意犹未尽地舔了舔嘴角，共生阵法的光芒逐渐消融在虚空中，落下不可逆转的契约。

向司觉一双浑浊的眼眸中迸出精光："封寒缨，你是不是做梦都想不到，你十年前废掉的人，十年后会与你生死相关？哈哈哈——"

顾绛怜悯地看了他一眼："你找我徒弟，叫醒本座作甚？"

向司觉的笑声戛然而止。

聂音之回到折丹峰，遥遥望了一眼急急坠向毕阳峰的金光，暗暗祈祷：希望向师叔争气一点儿，成功绑架魔头，给桑无眠找点儿事做，最好真的能把桑无眠捶得满地爬，让他没工夫来剖她的金丹。

毕阳峰上的天幕浮着文字，看来主场还在那里，只是隔得太远了，聂音之看不清楚。

她登上折丹峰上的楼阁，倚在窗边一直望着毕阳峰的方向。

直到天将破晓之时，一道剑光撕破了昼夜交替时的混沌天幕，随着破晓的旭日金光落到毕阳峰上。

桑无眠回来了。

浩瀚剑气在空中形成肉眼可见的气浪，骇然荡开，顷刻间将毕阳峰上的魔气涤荡一空，就如清扫灰尘一样轻松。

聂音之很失望，看来被捶得满地爬什么的说法，根本就是骗她的。

"真没用，到底是向师叔不行，还是魔头不行？"聂音之不甘心地嘀咕。

手腕上忽然传来一丝刺痛，聂音之扯开纱布，瞳孔骤然缩紧。只见白皙如玉的皓腕上，环着一圈枝蔓一样的黑痕。

聂音之用力擦了擦，脉门上的伤口已经愈合，那黑痕就如嵌在皮肤内部一般，分出几缕分支，与她经脉相连。

魔气？

聂音之急忙打坐入定，想要将魔气逼出体外。只是，那黑影与她的经脉缠得难分难舍，没有进一步侵蚀，却也分离不开，不仅纠缠着她的肉身，就连神魂上都嵌入了这一圈黑影。

她想起昨夜退出竹林前，那从手腕上舔过的阴冷感触。她昨夜查看的时候，分明没有任何异常。

聂音之盯着手腕思索片刻，重新取来丝带将手腕裹好。

不到一天，云笈宗发生的两件大事就传遍了整个宗门。一是毕阳峰向师叔入魔，被栖真仙尊当场格杀；二是大师姐萧灵回来了。

萧灵伤得很重，桑无眠带她回来后，立刻闭关为她疗伤。

云笈宗的长老一部分去处理向司觉的后事，剩余的全都聚集在慈虹殿中护法。孟津自然也在这里守着。

一轮运功完毕后，暂时压制住了萧灵体内瘴毒的扩散。

等其他人离去后，桑无眠抱起沉睡的萧灵，将她安置到偏殿。

云笈宗医修长老荆重山神色凝重地对桑无眠说道："萧灵的经脉被瘴毒侵蚀严重，丹田又没有容纳灵力的基础，我们给她灌输再多灵力都是治标不治本，很难彻底拔除体内瘴毒。更兼之，她从金丹境界跌下，内府严重受损，从外灌注的灵力对她来说，无异于剜肉医疮。"

孟津有些着急地问道："荆师叔，那该如何是好？"

荆重山只看着桑无眠说道："最好的办法，当然是能有一颗和萧灵属性相合的金丹，推入她的内府，以金丹修复根基，滋养经脉，驱除瘴毒。"

桑无眠抬眸，冷凝的目光与荆重山对上。他这话是什么意思，桑无眠自然听得出来。

荆重山是看着萧灵长大的，她修炼刻苦，常常受伤，便经常跑来找他治疗，两人感情很是深厚。

而他对桑无眠领回来的，取代萧灵的那个人，却不是那么喜欢。他担心桑无眠移情后，下不了决心，索性将话挑明："这几年来，你一直将你那小弟子当作萧灵教养，倒是无心插柳柳成荫。”

桑无眠面无表情，没有应声。他垂眸看向床榻上遍体鳞伤的人，经年冰封的眼眸中也露出几分沉痛与不忍。

萧灵眼上覆着白纱，肤如凝脂，唇若点朱，顺滑的长发披散在榻上，透着病弱的娇美，乍一看似乎和以前没什么区别。但在场的人都知道，这只是拿灵丹妙药堆砌出来短暂的表象。她白纱下的眼眸早已失去了往日的光泽，彻底坏死，瘴毒在她皮肉下留下了蛛网似的丑陋斑纹。

桑无眠还记得自己最初见到她时，若不是如意剑认主，他几乎都认不出眼前的人。萧灵只是听到他的声音，就下意识惊慌失措地躲避，甚至不敢与他相认。

那一刻，桑无眠又一次体会到了肝肠寸断的滋味。

他承诺过，会不惜一切代价治好她，让她重回昔日模样。

“当初是云笈宗没有保护好她，你这个师尊已经辜负过她一次了，孰轻孰重，你自己掂量。”荆重山言尽于此，转身离开。

孟津看了看桑无眠，走到床榻边，伸手似是想要碰一碰萧灵，但悬空半天又无处可落，生怕呼吸重了都会伤到她：“师姐……”

“敢问师尊，会做如何选择？”

“灵灵。”

孟津低下头，看到了萧灵轻轻动弹的指尖。

想必是桑无眠忙着给萧灵疗伤，一时间无暇控制门中弟子的言论，满宗门都在议论这件事。就算门下弟子都刻意回避着聂音之，还是有一些闲言碎语落入她耳朵里。

真好笑啊，看来大家都知道她是萧灵的替身，就只有她一个人被蒙在鼓里。

就连阿浣和澄碧这两个丫鬟都听到了不少闲话，气鼓鼓地跑来跟聂音之告状："小姐，为什么宗门里那些师兄师姐都在说，小姐是因为那个萧灵才被仙尊收入门下的？"

"还说小姐鸠占鹊巢，享受了这么多年特殊待遇，这下要让你全部还回去。说小姐是萧灵的替身，萧灵回来了，小姐这个'赝品'就上不得台面了。还有……"

还有的话实在太伤人，阿浣说不出口，她气得直哭："气死我了！怎么以前就从来没听说过这些？"

"以前，他们定然不敢让我们听到这些。"澄碧说道。

聂音之心中毫无波澜。云笈宗确实为她破了不少例，她以前也确实肆意张扬，想看她跌下去的人应该不少。

她抬眸看向澄碧的侧脸："你的脸怎么了？"

澄碧微微侧过脸，躲开她的目光："不小心摔到地上擦伤了。"

聂音之看向阿浣，阿浣生气地说道："才不是！是内事堂的邹师兄在背后议论小姐，澄碧气不过，上前理论，被他推到地上弄伤的。"

聂音之："全名。"

"邹程华。"

澄碧急忙道："小姐，我没事的，擦擦药就好了。"

"你没事，但你家小姐的脸有事。"

一道白光射入云笈宗内事堂，落到百宝阁前的一人面前，邹程华看清召令，脸色白了白。

他身旁的一个人见他神情不对，问道："邹师兄，怎么了？是谁召你去？"

"聂师姐。"邹程华猜到她召自己过去所为何事。

清晨的时候，他背地里说了几句闲话，被聂音之的丫鬟听到，要不是她胡搅蛮缠，他也不屑于对一个没有修为的普通人动手。

邹程华原以为聂音之现在自顾不暇，没心思管这些鸡毛蒜皮的小事。

他好歹也是内门弟子，聂音之总不能为了一个丫鬟对他做什么。不过，他还是叫上了一个师弟陪同自己一起前往折丹峰。

折丹峰上海棠四季不败，浮着清淡的香气，花团锦簇中坐落着精致的亭台楼阁。聂音之来自水乡，她居住的洞府也是特意按照家乡的建筑风格建的。

修士克己复礼，最忌讳沉溺于外欲，只有聂音之是个例外。折丹峰上丫鬟、仆从十余人，每日里都飘出袅袅炊烟。

“澄碧的脸是你伤的？”聂音之面无表情道。

邹程华没有将心中的不齿表现出来，他看了澄碧一眼，拱手解释:“对不起，聂师姐，澄碧姑娘突然扑过来，我一时不察，不小心推倒了她，不是故意的。”

澄碧抿了抿唇，没有说话。

邹程华满意地垂下眼眸。

聂音之根本就没打算听他解释，她揉了揉纤细白皙的手指，从桌上捏起一根柳枝。

都逼得素来稳重的澄碧动起了手，想来他狗嘴里定是没什么好话。她一脚踹翻邹程华，当即一柳条抽到了邹程华脸上。

柳枝上蕴含着剑气，轻而易举地撕开他身上的灵力防御，将他脸上抽出一条血淋淋的伤口。邹程华跌坐在地上，捂着刺痛的脸颊，被抽蒙了。

另一名内事堂弟子手足无措道:“聂……聂师姐，请师姐手下留情！”

“大小姐果然好嚣张啊。”

“半点儿亏都吃不得，难怪后面那么恨灵灵。”

“就这种也能做灵灵的替身？桑无眠真是瞎了他的狗眼。”

“拜托，聂音之是为自己的丫鬟出气，虽然过了头。”

“阿音干得漂亮！桑无眠已经准备动手了，快点儿跑！”

“什么乱七八糟的！聂音之哪里会为丫鬟出头？她的人设是不是崩了？”

“哈哈哈，如果聂音之不作死，那还有理由剖她的金丹吗？”

聂音之扫一眼半空飘过的文字，只觉得好笑，说得好像只要她循规蹈矩，忍气吞声，就能得到垂怜，就能得到公平对待一样。

更何况，要她对虚情假意之人摇尾乞怜，那还不如要她去死。

嫩绿的柳叶散得满地，枝条也折了，邹程华狼狈不堪，怒吼道：“聂音之，你别以为自己有多了不起！你沾了萧师姐的光才能如此为所欲为，如今萧师姐回来了，你也就一无是处了！你这种人，连给萧师姐提鞋都不配！”

“我不配，你配。”聂音之轻笑，“我可没有给人提鞋当狗的爱好。”

“本小姐天生灵骨，喝口水都能晋阶，入门五年就修炼至金丹境界，我一无是处？那像你这样的，岂不是骂你一声‘废物’，都是在夸你？”

邹程华捂着脸上的伤口，眼中的怨毒几乎要喷涌而出，却又无法反驳。

聂音之的天赋有目共睹，正因为她天资卓绝，又备受优待，毫不费力就将他人付出百倍、千倍努力才能达到的成就踩在脚下，才引人嫉妒。

偏偏她又那么张扬，就像是无时无刻不在提醒大家，这世上根本没有所谓的勤能补拙。

萧师姐就不一样。萧灵的刻苦勤勉是门中弟子的榜样，性格也温柔亲和，时常指导大家修炼，师门上下没有不喜欢她的。

就因为聂音之入门，他们连提起萧师姐都得小心谨慎，凭什么呢！

聂音之掸了掸裙摆，对他微微一笑道："好了，你可以走了。"

邹程华送上门去让人打了一顿，气得吐血，走出折丹峰就气晕了。

聂音之嘱咐两个丫鬟收拾东西，让她们离开。

自从知道真相之后，她就陆续将折丹峰的下人都打发回去了，如今身边就剩下阿浣和澄碧。

阿浣愤愤道："就是，我们走，才不稀罕留在这里受气。"

聂音之摆手道："我不回去。"

桑无眠若是想要她的金丹，无论她走到哪里，他都会找来。聂家虽然富甲一方，但到底只是凡人。

"为什么？小姐不走，我们也不走。"

聂音之懒得跟她们解释，挂了一堆法宝在她们身上，将人弄到仙鹤背上，让仙鹤带出去。她则独自留在折丹峰，研究从向司觉那里看来的阵法。她对萧灵并没有多大的好奇心，更没有兴趣去给她找麻烦。

手腕上的印记肯定跟那晚出现的魔头有关，魔气未消，说明他还没死。

聂音之最初的打算，是诱使向司觉提前召唤出魔头，给桑无眠找点儿正事做。可惜没能成功。那就只好自己亲自试一试了。

"聂音之手腕上的这个环是什么东西？怎么像是嵌在皮肤里面的？"

"还怪好看的，像花枝文身一样。说真的，她很会捯饬自己。有哪个修士会在剑柄上缠软绸防止磨手呢？"

"话说，一个修仙门派，这些凡人想离开就能离开的吗？"

"前面的，你会在意几只蚂蚁从你家离开吗？桑无眠知道聂音之把下人打发走了，只要聂音之不走就行。”

“阿音为什么要留下啊？知道自己是替身了，就该跑啊。”

“她把下人都打发走了，我觉得她要干一票大的。”

“聂音之要是不折腾我灵灵，直接对付桑无眠，我就敬她是条汉子。”

过了午时没多久，孟津领着几个弟子降落到折丹峰。

此时聂音之正在给院中的海棠花浇水。她被孟津带到桑无眠面前，云笈宗的长老也都在，看这架势，是要兴师问罪。

桑无眠坐在上方，冷凝的眼眸中透着几分失望：“阿音，你擅自对同门动用私刑，你可知罪？”

聂音之只觉得好笑：“邹程华出言不逊，我教导他如何友爱同门，何错之有？用得着这么兴师动众？”

“荒唐！你这哪里是教导？就算邹程华做了什么事冒犯了你，也罪不至死。”内事堂的长老怒道。

聂音之歪头看向他：“不会吧？邹程华死了吗？”

“你少装模作样。”内事堂长老气急。邹程华是他的弟子，他是定要为他讨个公道的。

一来二去，聂音之算是听明白了——邹程华被她一柳条抽死了，死时经脉寸断，五脏六腑都被剑气绞碎，死状极为凄惨。

她打人时毫不避讳，这件事在云笈宗飞快传开，影响极其不好，内事堂长老必须要桑无眠给宗门上下一个交代。

聂音之看了一眼殿中那内事堂弟子，的确是那时候见过的，想来是作为证人来的。

孟津一脸沉痛道：“聂音之，那可是你的同门师弟，活生生的一个人，你怎能为了一点儿口角摩擦，就如此心狠手辣，将他折磨致死？”

“折磨致死？我可不敢认。我顶多就是让他受了些皮肉之苦，让他走的时候，他还中气十足地骂我给大师姐提鞋都不配。”

内事堂那名弟子鼓起勇气道：“才从折丹峰出来，邹师兄就吐血昏迷了，浑身上下更是被迸发的剑气撕得皮开肉绽，是……是我亲眼所见！”

聂音之无所谓地耸肩：“兴许是他听了我一席话，自惭形秽，所以自爆而亡呢？”

孟津难以置信道：“聂师妹，你怎么会变成这样？”

聂音之笑了笑，她要是想杀他，不需要等邹程华走出折丹峰：“欲加之罪，何患无辞。既然你们认定人是死在我手里的，那打算怎么处置我？”

刑堂长老道：“禁闭思过崖十年。”

“十年之后，我还出得来吗？”

“你若是知错，宗门自会给你一个机会。”

聂音之摇头：“我怕我是没有这个机会了，师尊已经为我安排好了，不是吗？”

桑无眠皱起眉。聂音之继续道：“我还在猜你们会怎么做呢，原来是想给我安个罪名，关在思过崖，悄无声息地取我的金丹和眼睛。”

她这话说完，桑无眠立马变了脸色，斥道：“一派胡言。”

聂音之扬起嘴角，半点儿也不退让：“那好，师尊敢不敢当着所有人的面，以道心发誓，绝无取我的金丹为萧灵疗伤的想法？”

“放肆！”桑无眠冰冷的目光如剑一样钉在她身上，强势的威压罩在头顶，聂音之当场被拍得跪到地上，偏头吐出一口血。

她擦了擦嘴角的血迹，换了个姿势，改成就地坐下，讥讽道：“你不敢。”

荆重山上前一步道："聂师侄，你莫要强词夺理。你师尊身为云笈宗掌门，栖真仙尊，这样的誓言内容传出去，会引人误会。"

聂音之嗤笑一声，神念传音，在桑无眠耳边道："师尊，区区一句誓言你就怕引人误会，那你和萧灵师徒生情，有悖人伦，又该如何是好呢？"

桑无眠蓦地抬起头，一道冰冷的剑气从他掌中射出，那剑光逼至聂音之心口，往上偏了几寸，贯穿了她的肩膀。

与此同时，聂音之被封了口舌和神识。

鲜血从她肩头喷涌而出，在大理石地面飞快地凝结成形，汇成一个阵法，阵法里泄洪一般涌出澎湃的黑气。

献祭阵！桑无眠在阵法初现那一刻就认出来了。不能让她成功，否则就算剖出聂音之的金丹，那金丹上也会染上魔气。

殿上众人大惊。

"魔气！"

"聂音之，你做了什么？"

桑无眠抬手从虚空抽出长剑，毫无保留地朝着阵法劈去。声势骇人的剑压逼得众人急促退开，大殿上顷刻间结了冰。那雷霆一剑却在血阵光芒外凝住，汹涌的黑气从血阵中涌出，将聂音之裹在当中。

"是你。"魔气中传出熟悉的男子声音，他叹了一口气，好似十分苦恼，"有什么心愿求神拜佛不好吗？为何非要同我这个魔头过不去？"

桑无眠的禁音诀失效，聂音之扯开手上的丝带，露出手腕上的印记："神佛不会在意我的生死。"

"但我猜，你会在意。"她说。

"什么情况？？什么情况？？"

“聂音之是怎么知道她会被剖丹、挖眼的？又是怎么知道召唤魔头的？我看漏了什么吗？”

“聂音之都还没去羞辱萧灵，还没给她投毒，还没将她受伤的眼睛抠出血，还没往她身体里放蛊虫，还没毁她的容。”

“还没有用铃铛让她产生幻觉，让她看见桑无眠移情别恋的幻觉，还没有害得她心如死灰呢！怎么就因为一个莫名其妙的邹程华被审判了？”

聂音之失血过多，像一尊失了色的雪人，手腕处的皮肤越发轻薄剔透，缠绕在腕上的花枝印记也就越发显眼了。

那夜在毕阳峰后山，向司觉布下的共生阵法生效，当时在场的只有他们三人，向司觉死了，魔头却安然无恙，她被魔气舔舐鲜血后，手腕上就多了这么一个印记。

共生阵法绑定的，多半是她和魔头。

聂音之本来就是在赌，如今看来，她赌对了。

魔气很快蔓延开，将地面上的鲜血吞噬干净。

桑无眠看不清魔气中的人影，却认出了这股独特的魔气。看来封寒缨确实还不死心，想要冲出万魔窟。他一剑未能劈开法阵，又挥一剑，剑光、魔气相撞，肉眼可见的冲击弧光将大殿撞出斑斑裂纹。

“聂音之！”桑无眠衣袂翻飞，长剑凝着骇人的气势，“你知不知道你在做什么？因一己私欲，置天下苍生于不顾，你这个孽障！”

动不动就苍生苍生的，苍生知道你这么惦记他们吗？

聂音之拂开魔气，她一身白裙已经被鲜血染透，像大朵大朵绽放的芙蓉花。魔气缠绕在她周身，浓艳的色彩中，那张苍白精致的脸上，黛眉纤细，桃花眼含笑，嘴角噙着淡淡的讥诮。

“堂堂栖真仙尊都有一己私欲，我为何不能有？”她语气冷漠，甚至透着点儿天真。

殿上众人表情惊惧，直到这一刻才恍然发现，她与善良的萧灵是如此不同，根本没有半分相似。

“师尊，是你们想要我死。既然如此，那谁都别想活。”聂音之嘴角淌下鲜血，顺着下颌滴落。她畅快地笑出声来。

魔气中探出一只骨节分明的手，帮她拭去嘴角的鲜血。阴冷的感觉蔓延至她的身体，魔气涌入，将肩头的贯穿伤口愈合。

魔气浸润着聂音之，她身上鲜红的血迹被吞噬干净，一点儿都没有浪费。

聂音之有种自己被人嘲了一口的错觉，顿时起了满身的鸡皮疙瘩。她的视线被那修长的手指牵引着，落到黑气里浮出的一张英俊面孔上。男子眉眼浓郁，轮廓深邃，狭长的凤眸带着惺忪睡意。

他舔去指尖沾染的血，语重心长地说道：“你小小年纪，怎的戾气如此之重？有什么误会，大家坐下喝杯茶，解释清楚便可，何必打打杀杀？”

不只是聂音之，就连殿上其他人都微妙地静默了一刹那。

只不过，这话从一个魔头嘴里吐出来，在场没一个人相信，云笈宗的长老们该劈魔气屏障还是在劈，剑光陷入魔气，又被反弹回去，胡乱地朝众人扫去。

只有魔气当中的聂音之看出来，他不是在开玩笑。

“嗯？”聂音之仿佛听到了什么天方夜谭，虽然每个字都听进去了，但她实在难以理解这话的内容。

这魔头说的是什么狗屁话？

你是魔尊吧？是吓得满殿长老屁滚尿流，连桑无眠都急眼了的魔头吧？

恶贯满盈，杀人如麻，所到之处流血漂橹？

我放这么多血，献上自己的神魂和肉身，难不成就为了请你出来喝杯茶？

聂音之快气炸了，恶向胆边生，一把钳住他的下巴："喝了我这么多血，你对我说这个！"

"我要你杀了桑无眠，杀了这大殿上……"献祭阵在脚下发光，她每说出一个字，神魂都在抽痛。

聂音之没能将话说完，身体里猛然袭来一股巨大的撕扯力道，像是要将她的魂魄硬生生逼出体外。

她透过摇曳的魔气，看到桑无眠飞快结印的手指，目光不受控制地牢牢黏在他的手指上。

顾绛看到她的表现，猛然间意识到什么，抬手往她的眉心一按，想要阻止她的魂魄离体，只是魔气尚未渗入，就被弹出。他皱了皱眉，反手挥出一道罡风，风刃切开大殿地面，朝着桑无眠劈去。

只不过，已经迟了。

有那么一段时间，聂音之完全陷入无边的黑暗中，只能感觉到一股蛮力在将她往外扯。

她的魂魄正一点儿一点儿地脱离自己的身躯，与此同时，有另一个魂魄在往她的灵台渗透。

聂音之没想到，她竟在这样的情况下，和传闻中的大师姐见了面。

萧灵的神魂被严丝合缝地保护着，那双眼眸确实和她很像，聂音之被她看着，就像是被另一个自己看着一样。

她眼中充满歉意，好像是身不由己要夺占她的身躯。

聂音之如同提线木偶，什么都做不了，被逼着让出自己的身躯，最后只剩手腕上那一圈黑印拽着她。

黑印的枝蔓一端拴着她的肉身，一端系着她的魂魄，牢不可破地将二者绑在一起，拉扯到最后，她觉得自己的手腕都要断了。

大殿上弥漫的魔气消散开，顾绛的身形完全显露出来。桑无眠的剑光凝成一柄巨剑，洞穿了大殿的穹顶，以雷霆万钧之势朝着两人落下。

顾绛连步子都没有挪动，伸手接住了那巨大的剑影。

罡风呼啸，将整座大殿夷为平地，云笈宗的长老围在四面八方，手中长剑同时出手，一起压在那巨剑上。

只听轰的一声巨响，地面四分五裂，尘土飞扬，顾绛站在裂纹中心，稳稳握住剑光，手背上青筋暴起。

建筑坍塌的轰隆声中，龟裂的脆响刺激着每一个人的神经。

只见细密的裂纹从顾绛的指尖蔓延开，只是一个呼吸间，半空中那柄骇人的巨剑咔嚓一声，碎了。澎湃的剑气反噬，周围的长老们一个个地倒飞了出去，砸到地上。

桑无眠手中的长剑断裂，一连倒退数步，踉跄着单膝跪地，喷出一口鲜血。待尘土落下，桑无眠才看清了他的模样："你不是封寒缨？"

黑影罩在头顶，桑无眠已经太久没有感受过这种浑身僵冷，被人彻底掌控在手中的滋味了——他向来是掌控别人生死的那一方。

他的血液几乎凝滞，从内心深处滋生出的恐惧是那样陌生。

"我那徒弟看来还挺有名。"顾绛叹了一口气，"没想到我睡一觉起来，你们正道已经不时兴'君子动口不动手'这一套了？"

桑无眠难以置信："顾绛？"

封寒缨的师尊，魔道老祖！怎么会？他为什么还没死？

顾绛伸出手，手指牢牢钳住桑无眠头顶，指尖的力道轻而易举便破开了他的法身防御，就像捏碎一枚微不足道的核桃一般，捏裂他的头骨。

“本座很久没杀过人了，手生，想必会有些痛，你且忍忍。”

尖锐的疼痛传来，桑无眠挣脱不开，想要舍弃肉身，神魂离体，却发现就连他的神魂都被人扼制在手中，动弹不得，无处可逃。

神魂和肉身同时被摧毁，桑无眠控制不住地惨号出声，到最后，躯体崩坏，倒在了满地的血污里。

堂堂栖真仙尊，死得如此狼狈不堪，叫大殿上的众人无不胆寒心惊。

“不要——”

聂音之差点儿被萧灵的叫声震晕过去。在别人的灵台里大喊大叫，实在是没有礼貌。

紧接着，聂音之神魂上一直拉扯着她的力道蓦地松开。魂魄得到自由，她就像在黑暗中一脚踩空，重新落回自己的身躯里，与挤占她灵台的萧灵狭路相逢。

护佑在萧灵魂魄周围坚不可摧的神识力量消失，两人总算“坦诚相见”，聂音之嘴角含着微笑道：“大师姐不请自来，我定会好好招待你。”

萧灵睁大她那双无辜的眼睛，仓皇撤离。

黑暗的灵台里亮起微光，仿佛万千星辰飘下，细细一看，才发现那是铺天盖地涌来的细丝，细丝黏上逃窜的魂魄，将她缠入其中。

萧灵宛如一只被蛛网黏住的蝴蝶，越挣扎，陷得越深。

聂音之欣赏着这脆弱而又美丽的画面，说道：“我小的时候，有一段时间很喜欢蹲在花园里看枝叶角落结成的蛛网，看那些不长眼的小虫子撞到网上，在网上无助地挣扎，越是挣扎，死得越快。”

随着她的话音，黑暗里传来窸窸窣窣的声响，缠在萧灵魂魄上的每一根白丝都在颤动。

萧灵慌了：“聂师妹，我并不想夺舍，只是被师尊神识力量牵引，是逼不得已……”

一只巨大的蜘蛛自黑暗中显露出来，聂音之学着她之前那般，露出满含歉意的眼神：“师姐知道的吧，擅入别人的灵台是很危险的，师妹我实在控制不住自己的想象。”

蜘蛛尖锐的口器毫不留情地刺入萧灵的后颈，换来对方一声凄惨的尖叫。

聂音之捂住耳朵。在巨蛛撕碎萧灵的魂魄前，她身上忽然散发出奇怪的光晕，裹着她从聂音之的灵台里消失了。

啊，好像被她逃掉了。

灵台里的画面散去，过了好一会儿，聂音之神魂归位，身体一时半会儿还没恢复知觉，动也动不了。

她平躺在破碎的地面上，望向头顶铺天盖地的文字。

这还是她第一次看到这么壮观的场面，像一支浩浩荡荡，连绵不绝的大军，把晚霞都遮尽了。

“桑无眠死了？”

聂音之感受到了大能陨落的灵气动荡，这种动荡怕是要在云笈宗持续好几个月。

云笈宗的洪钟鸣响，震动得天地都在嗡嗡颤动。

聂音之在钟声中笑起来，笑到最后肚子都有点儿疼了。她咬牙从地上爬起来，一眼便看到瘫在仙尊主座上的人。魔头跷着腿，脚踝搁在膝盖上，身体微微右倾，一条手臂支在腿上，托着腮懒懒地看着她。

在他脚边是桑无眠残破的身躯，眉心破了一个大洞，连魂魄都被揪出来碾碎，死不瞑目。

除此之外，周围只剩一片废墟。

聂音之看了一圈陷在废墟里的众人，遗憾地想，魔头为什么没有把他们都解决？

她偏头看到孟津，他浑身是血，失魂落魄，正用一种看恶鬼凶煞一般的眼神看着她，嘴唇动了动。

聂音之踏着废墟，朝他走去。

孟津伤重，不能动弹，他惊恐地瞪大了眼睛，看着那个越来越近的身影："你要做什么？"

聂音之走到他面前，喘了一口气，取下头上玉簪，黑发如瀑布般倾泻而下，她偏头笑了笑："先下手为强。"

青碧色的玉簪末端十分尖锐，从他眼前一闪而过，孟津惨叫一声，捂住自己的眼睛。鲜血从他的指缝里渗出来，他整个人都在颤抖："聂音之，为什么……你这个疯子……"

"我只是提前做了你想做的事罢了。"聂音之退后几步，失血过多让她脑袋有点儿晕，差点儿跌倒，幸被人一把捞住。

"你还真是很有当魔修的潜质。"

聂音之谦虚地说道："谢魔尊大人赏识。"

顾绛轻笑了一声："忙完了吗？本座累了。"

聂音之捏着玉簪，还想继续补刀来着，只是她先是大量失血，之后又与人争夺灵台，现在站都站不稳了。

在魔头欺近之后，孟津就连滚带爬地躲去了角落，他手心里捏着一把剑光，浑身透着狗急跳墙的狠劲。

聂音之只能见好就收："完了。"

魔头松开她："你住哪里？"

"折丹峰。"聂音之扶着倾塌的残垣道。她实在没什么力气了，几次试图抹开玉簪上的铭文御空领路，都没能成功。

顾绛啧了一声，像抱孩子似的单手抱起她：“哪边？”

聂音之吓了一跳，慌忙抱住他的脖子，镇定下来之后，乖乖坐在魔头的手臂上给他指路。

第三章　与魔头共生

折丹峰上到处都是盛开的海棠，风里带着清淡的花香，庭院的造景也很讲究，假山池水相映成趣，花草修剪得恰到好处，廊柱上刻着小铭文，萦绕着丝丝缕缕的冰凉水雾。

院中海棠树下摆着一张软榻，旁边木几上的冰盒里镇着果子。

才走到半途，怀里的人就晕了，顾绛弯腰将她放到软榻上，身躯晃了晃——他吞了太多聂音之的血，那血渗入他的躯体，蚕食着他的五脏六腑，偏偏这血对魔又有着难以抗拒的诱惑力。

顾绛拈了几颗桑果进嘴里，压住喉咙里的腥甜味儿，随后便好似没有骨头一样，在聂音之身边躺了下来。

聂音之也不知自己昏迷了多久，醒来时天光破晓，轻薄的晨雾浮在院墙外的半空中，清淡花香萦绕在四周。见到熟悉的环境，她本能地放松下来。

直到抬头看到一个陌生的男人，聂音之才猛地一惊，从他怀里坐起来，慌忙踩下地。

刚站起来，就有一阵眩晕感袭来，聂音之摇晃了两下，又栽了回去，压得对方闷哼一声。顾绛单手一捞，像制住调皮的小猫崽一样，将她按在身边，继续大睡。

聂音之挣扎着撑起身体，揉了揉眉心，想起昨日种种，再一次偏头看向大剌剌地躺在软榻上的人。

魔头衣衫零乱，暗红近黑的衣袍上落满了雪白的海棠花瓣，看样子是在这里睡了一夜。

聂音之确认了一下自己手腕上的印记，又轻轻掀开他的袖摆，在他腕上看到了相同的印记，心下了然。她试着推了推他，喊道："封寒缨。"

对方毫无反应。

聂音之又用力推了两把："封寒缨！"她有点儿怀疑他到底是不是

十年前搅得修真界不得安宁的魔头。

据她了解到的信息，封寒缨脾气暴戾，野心很大，是个杀人不眨眼的狠毒角色。当初他横行修真界，被桑无眠联合修真界仙门关进万魔窟这么多年，按理说，他出来后定会在修真界重新掀起一阵腥风血雨才对。

眼下，他为什么这么懒？

榻上的人被她推醒了，不耐烦地一把抓住她的手，指尖落在她的咽喉处："别吵哦。"

聂音之浑身一凛，被赤裸裸的杀气激得起了一身鸡皮疙瘩，虽然仍满肚子疑问，但一时半刻不敢吭声了。

虽然有个共生契约，但她不清楚那东西能有多大的保障。

"我叫顾绛。"身后的人含糊不清地说完，呼吸又渐渐平稳而有规律了。

顾绛？顾绛是谁？

晨雾散去后，晴朗的天空显露出来，聂音之瞥到半空飘过的文字。

"我查到了！这个顾绛是封寒缨的师父！退休老魔！只有一句话的人物，真正的魔尊还没出场。"

"这才是实力天花板，难怪桑无眠被秒杀。"

"不会吧不会吧？桑无眠不会就这么死了吧？我不相信！"

"这个故事的男主角、男配角都废了，那是不是可以期待一下男三号上位？正好我其实也看不上他们找替身的做法。痴情男三号他不香吗？千里寻老婆，又专情，实力又强。"

"聂音之可真狠！就算她被当作替身，但在云笈宗的五年被人好吃好喝地供着，被剖丹、挖眼这些都还没发生呢，她抱上了大腿，一张嘴就要灭全宗门。"

“外面腥风血雨，如临大敌，他们竟然抱在一起睡觉？”

“这个老魔头长得好好看啊！聂音之该不会硬生生给自己搞出一条感情线吧？”

“让我有点儿怀疑女主角到底是白月光还是替身了。我前面几十集看了个寂寞？女主角是萧灵没错吧？”

“这是我看过的剧情崩得最彻底的AI剧。官网说什么这就是个真实世界，会怎么演绎他们也无法控制，根本就是放屁。”

“气死我了！我们灵灵怎么办！”

锻炼了这么多日，聂音之已经学会在成串飘过的文字里，筛除重复的或者没什么意义的内容，捕捉自己需要的信息。

按照字幕的说法，顾绛是封寒缨的师父，轻而易举就杀了身为仙尊的桑无眠。

这么厉害的一个人，怎么会轻易就被向司觉一个献祭阵召唤过来，还被他的共生阵法坑住？

聂音之想不明白这个问题。但就她目前的处境来看，她跟这个魔头绑定，还是有利无害的。

花园里的软榻本来是聂音之一个人的地盘，现在多了一个牛高马大的男人，顿时就显得十分逼仄了。

顾绛的手按在她的腰上，她挣脱不开。这魔头多半是有起床气，聂音之刚被他威胁过，暂时不敢打扰他睡觉，只好调整了一下姿势，窝在他怀里，闭上眼睛。

她之前流了大量的血，如果是普通人，早就一命呜呼了，即便她是修士，大量失血也耗损不轻。

聂音之的身体依然很虚弱，精神并不好，闭上眼睛没多久就沉沉睡去。

折丹峰内越是寂静无声，折丹峰外的众人便越发紧张不安。

要知道，当初一个封寒缨就搅得九州四海不得安宁，那一场正魔大战前前后后持续了近二十年。

修真界各大仙门为了剿灭魔修，损失了多少大能才俊，才将魔修逼入万魔窟中封起来，至今修真界都还没有缓过气来。

这顾绛是封寒缨的师尊，他的事迹与封寒缨比起来，有过之无不及，一千年前单凭一己之力就差点儿灭了整个修真界。

那时候仙门凋敝，魔修也不好过，正魔两道都差点儿断绝在他手里。

之后传言他遭到天诛，就此陨落。

万万没想到，他竟会被一个献祭阵召唤出来，还一出来就杀了云笈宗掌门桑无眠。

整个修真界都大为震撼。

云笈宗的精英全都被调动起来，门内闭关的高阶修士都被唤醒，严阵以待。

不到一个昼夜，魔祖现世的消息像插了翅膀，飞遍了整个修真界。

有的宗门紧锣密鼓，积极备战，但也有许多宗门比较丧气，已经开始坐等灭亡了。

修真界一下子乱了套。

顾绛的魔气牵动了千山万水之外万魔窟的封印，使得封魔印上出现一丝裂纹。

一缕魔气从中溢出，影子一般随着呼啸的风卷入临近万魔窟的边塞重镇。

万魔窟外岩崖峭壁，不见一丝绿意，却遍布着大大小小的窟窿，每一个窟窿里都雕凿着一尊佛像，而镇守在那边塞重镇的宗门，正是佛宗，无量宗。

以往封魔印只要有一丝风吹草动，这帮秃驴就会立马跑来检查，封寒缨和他们交手数回，都没能冲破封印。

如今他偷跑出来，都到了无量宗山脚下，这帮佛修居然还没有动静，奇哉，怪哉。

封寒缨四下扫了一眼，正好有一行车队入城，里面有个金丹修士，他当即降落下来，魔气渗入那人后心，毫不费力地接管了这具身躯。

他横冲直撞地扫过这人的灵台，读取对方的神识，想了解现在外界的情况。

当头第一个，便看到顾绛的名字。

封寒缨本能地哆嗦了一下。他这才知道，这一行车队里的修士都是被顾绛的大名吓到了，来投奔无量宗，到此处避难的。

封寒缨不敢置信。他在这金丹修士身体里待了片刻，入城之后，又劫掠了几个修士，甚至铤而走险地侵入了一名无量宗的元婴秃驴。

确认师尊真的回来了后，封寒缨毫不犹豫地离开无量宗，原路返回，缩回封魔印下。

“我来打个卡，看看是不是真的崩得很彻底。”

“哈哈哈，太好笑了。”

“出来了又缩回去，就是玩儿呢。”

“封寒缨，你醒醒！你才是杀人如麻，邪肆狂狷的大反派啊！你为什么这么㞞！”

“按照这个发展趋势，正魔两道都被吓得歇菜，男主角死了，女主角昏迷不醒，后面还看个屁啊！看聂音之和魔头天天睡觉？”

“也不是不可以，但我希望他们能睡个荤觉。”

“萧灵才是主角！气死我了！气死我了！”

“好像出来了一条聂音之的单独人物线，可以去看看！”

聂音之瞟了一眼骤然涌来的字幕，瞥到了一点儿前一个剧情的信息。

她蹲在院子里，打量眼前这个吓得封寒缨出来又回去的老魔头。

顾绛已经昏睡了三天三夜，中途醒过来也只是半昏半醒地哼唧几声，就跟喝醉了差不多。他的魔气动荡得很厉害，连带着折丹峰上也浓云滚滚，弥漫着一股恐怖的威压。

好处是，这种骇人的威压使得旁人都退避三舍，不敢靠近折丹峰。

折丹峰就像是这灵山环绕中生出的一个魔窟，被魔气萦绕着，黑气流淌在地面上，连路都看不清，院中花草被魔气浸润得都开始往怪异的方向生长了。

这种状况明显不太对。

聂音之也不知道他到底出了什么毛病，不敢随意动他。

旁边的海棠树被魔气侵蚀得最厉害，雪白的花瓣几乎落尽了，将他整个人葬在花瓣下，像堆起了一座小坟茔。

又过了两日，顾绛才悠悠转醒，他被花香熏得打了个喷嚏，吹得花瓣乱飞。

聂音之坐在距离他八丈远处的小板凳上，膝盖上放着果盘，嘴里叼着一颗樱桃，黑黝黝的眼珠一眨不眨地盯着他。

两个人对视片刻，顾绛翻了个身，看样子又要睡过去。聂音之都快服了他了，这是“魔猪”吧！

“你睡了五日了。”聂音之开口道。

过了好一会儿，顾绛才摇摇晃晃坐起来。他听出她语气里的不满，撩了一下披散的长发，单脚踩在榻上，手支在膝盖上按揉眉心：“你的血太毒，若是寻常魔修，已经一睡不起了。”

闻言，聂音之立即警惕起来：“我的血有问题？”该死的桑无眠，又暗地里对她做了什么手脚？

顾绛抬起凤眸懒洋洋地睨她一眼：“民间传说，每逢妖魔乱世，民不聊生之时，便会有神女降世，以身饲魔，度化万魔，还世间以清明。”

这是什么穷乡僻壤的小传闻？现在说书人都不屑用这么老掉牙的故事桥段了。

聂音之无语地看着他，觉得他有病，果然是千年的老古董。

“这不是我灵灵的设定吗！神女血对魔修来说无法抵抗，会引得魔修发疯的。”

“原本设定萧灵后面还会用血控制封寒缨吧？这种重要设定也被聂音之抢过去了？”

“这可是结局前的大高潮，萧灵义无反顾跳下万魔窟，身饲万魔，拯救苍生，怎么换到聂音之身上了？”

“有病吧！这部剧的工作人员是不是都是聂音之粉？到底要抢萧灵多少设定才罢休？不然，把女配角搞成女主角算了。”

“哈哈，桑无眠都死翘翘了，你们还强求什么设定？我倒要看看这剧情能崩到什么程度。”

“我看了聂音之的个人角色线，就是从她闭关走火入魔的时候开始，剧情就开始乱了，根本就是出bug（漏洞）了。”

“讲道理，十年前正魔大战的时候，萧灵的血对魔修是没有诱惑力的，要不然她那个时候就被魔啃光了。”

“桑无眠剖了聂音之的金丹，金丹吸尽了聂音之的血气与精气，再塞给萧灵，滋养她的经脉，从那之后萧灵的血才有了这个特性。”

“搞了半天，萧灵才是强盗啊！抢眼睛，抢金丹，抢设定。”

“你因果关系搞错了吧？正因为萧灵被赋予了‘身饲万魔，拯救苍生’的剧情，聂音之才能暂时得到这个设定。说白了，这个世界的一切，都是为了男主角、女主角服务的。”

聂音之的余光看着字幕里的争吵，神情很是麻木。

这是什么令人绝望的设定？被魔修啃是什么香饽饽吗？竟还要去抢？

幸好现在魔修都被封在万魔窟中，不然她也太惨了。身饲万魔，拯救苍生，她可做不到。要抽尽她的精血，把她的金丹给萧灵，那也绝不可能。

聂音之烦得要死，整个人都散发着一股暴躁的戾气。

“所以，那个献祭阵并没有用？”聂音之问道，“前辈只是被我的血吸引来的？”

她召唤魔头，是抱着宁为玉碎，不为瓦全，要和桑无眠他们同归于尽的想法，献祭的条件是杀了桑无眠，杀了孟津，杀了当日殿上随便张张嘴便想定她生死之人。

顾绛嗯了一声，听到“我的血”这三个字时意犹未尽地舔了一下唇，喉结上下滑动了一下。

聂音之条件反射地提起小板凳退远了几步，礼貌地问道：“那前辈以后有何打算？”

顾绛昏睡时，聂音之就仔细思量过，她当着云笈宗诸位长老的面召唤出魔头，现在又跟他绑定在一起，毫无疑问会被打入邪魔外道一类。

她不能回聂家，更不能把魔头带回聂家。聂家都是凡人，若是正魔双方在那里发生冲突，很容易被殃及。

就目前而言，只有远离聂家，才是对他们最好的保护。一来，凡人入不了仙家修士的眼；二来，修士讲究因果，这笔账怎么算也算不到她父母头上，更何况滥杀无辜会损伤道心。

聂音之想知道大魔头接下来有什么打算，才好思考自己之后该怎么办。

顾绛觉得她的样子很有趣："奉上神魂和肉身献祭，我以为你不怕死。"

"我怕死。"聂音之扬起脸，眉眼间透着骄矜，明明是一副明媚的长相，说的话却半点儿都不阳光，"但是，憋屈地死和畅快地死，是不一样的。如果我不得不死，那我也要拖上讨厌的人给我陪葬。"

"所以哦，谁爱拯救苍生谁去拯救，我才不干这种事。"既然萧灵能用血控制封寒缨，那她也能用血控制魔修。聂音之摩挲着手腕上的印记，朝顾绛瞟了一眼，胆大包天地觑觎着眼前人。

顾绛微不可察地勾起嘴角，有种被不知天高地厚的小猫崽子盯上了的感觉。他扬了扬下巴，示意她手里的小碟子："怎么可以吃独食？"

聂音之又往嘴里塞了一颗樱桃，这才站起来给他送过去。

云笈宗失去掌门，当日在殿上的长老也死伤惨重，门中高层修士一夕之间损失泰半，受到前所未有的打击。

幸而还有三位太上长老及时出关主持大局，才暂时稳住人心。

太上长老从荆重山那里了解了事情的前因后果，对桑无眠这种感情用事，以至于连累宗门的做派极为失望。可如今大祸已经酿成，只能设法将危害降到最低。

太上长老亲自联络各修仙大派请求援助，又在折丹峰外设起了重重封印结界，势必要将魔头困死在此处，不能放出去危害世间。

顾绛昏睡的那五日里，折丹峰上落下数重封印结界，将折丹峰整个锁在其中，聂音之到底只是金丹修为，无可奈何。

魔头听她说完后，看了一眼头顶的结界，“哦”了一声。

聂音之都快气死了，差点儿要失去理智去狂摇他的肩膀，求他快点儿醒一醒，和封寒缨学一学。他的徒弟被囚禁的十年间可一直都没放弃冲击封魔印。

她试图用激将法激他：“不会吧？你难道是冲不破这结界？”

顾绛勾了一缕魔气去撞结界，她只不过眨了一下眼睛的工夫，魔头就收回手：“这结界的确强悍。”从头发丝到脚后跟都摆明了在敷衍她。

聂音之原本期望顾绛能名副其实，与他那令人胆战心惊的名声一致，阴晴不定，心狠手辣。

只可惜，魔头只有在睡觉被吵醒时的那片刻工夫会阴晴不定，只有在跟她抢果子、点心吃时会心狠手辣。

要问魔头之后的打算，那就是混吃等死，没有打算。

聂音之在心里吐槽：这条大腿抱得好没有前途。

这一日，折丹峰上又落下一重倒扣的金色大鼎，鼎上刻着密密麻麻的封魔铭文，那些铭文彼此呼应，在半空中忽隐忽现，微风过时能激起阵阵梵音。

聂音之站在折丹峰最高处往外望去，只能看到一片虚无，别说人影子，连只鸟影都见不着。折丹峰像是被整个儿从人间分离了出去，成了一处绝地。

折丹峰只有这么大一片地域，没办法自给自足，被封死之后，灵气便一日比一日衰弱。

聂音之尝试往折丹峰外飞，差点儿被封印剑阵劈成傻子，脚下玉簪粉碎，她在下坠的过程中又被梵音撞入灵台，声势浩大得几乎将她三魂七魄唱散。

折丹峰外布着数不清的结界，聂音之落入无灵域之中，灵气顿消，浑身不再轻盈，手脚都如同灌了铅，从空中直直坠下。

眼看着即将被摔成肉饼，聂音之狠狠咬了一下舌尖，鲜血溢出唇瓣，一缕魔气像闻着肉腥味的狗，骤然袭来，及时缠住她，将她扯回折丹峰内。

也就只有这种时候，那懒惰入骨的魔头才最积极。

聂音之吐了一口血，脸上滑过阴冷触感，魔气贴着她的下颌，在她的唇上徘徊，将血迹舔舐干净。

聂音之咬紧嘴唇，拒绝魔气钻入嘴里。她面上一阵红，一阵白，没好气地将魔气扯开。

真是够了！

头上大鼎草木皆兵，一阵闪烁，封魔铭文密密匝匝地覆盖在天幕中，几乎要闪瞎人的眼睛，很快将那一缕魔气化尽。

聂音之把自己折腾得半死不活，放弃了寻找出路，快快不乐地回到院中。

枯萎的海棠树下却没见着顾绛的身影，聂音之瞪大眼睛。奇了！祖宗终于起床了！看来是头顶的封魔铭文实在太过分，就算是泥人，也终于有了三分火气。

她提着裙摆，快步跑入屋里。

“顾绛？”她里里外外找了一圈，都没有看到他的身影。聂音之心中一慌，放出神识，覆盖住整座院落，才在浴池里找到正舒舒服服泡澡的男人。

氤氲着水汽的池中漂着一个托盘，碟子里装着新鲜果子和点心。这些都是折丹峰上的库存。大厨下山前，给她做了一大堆好吃的，存放在保鲜阵法里，如今灵气不济，顾绛一直用魔气催动着阵法。

对方感觉到她的神识，屈指弹出一粒水珠，将她的神识扫出净室。

聂音之像是兜头被洗澡水泼了一脸，她深吸了一口气，故意踩出重重的脚步声闯进去，咬牙切齿道：“我还存了好多花瓣，魔尊大人需要吗？泡个花瓣澡如何？”

顾绛将头枕在浴池边，抬起眼皮，目光落在她的唇上，从善如流道：“都行。”

聂音之心道，行个鬼啊！

“笑死！好分裂啊！外面调兵遣将，风声鹤唳，要开启正魔大战，里面是老年人日常。”

“前面的，你怕是对老年人有什么误解。老年人每天起得可早去锻炼身体呢。”

“我从没见过这么咸鱼的魔头，看聂音之抓狂，我好快乐，哈哈哈！”

“外面的人可以洗洗睡了，魔头对覆灭修真界没兴趣。”

“反派还得靠封总啊，封总才是兢兢业业的打工人！”

“不想看女配。”

“说真的，这水还挺清澈，这个角度……啧啧啧……”

“阿音，你漱口了吗？不漱口就敢来找魔头，就不怕魔头掐住你的腰，将你按在墙上吸血？”

聂音之看到提醒，双手捂住嘴，瓮声瓮气道：“我们已经被关在这里半个月了，你真的、真的、真的一点儿都不想出去吗？”

这已经是她第三遍问起这个问题了。

顾绛收回目光，从托盘里端起一碟子桂花糕递给她：“你就算捂住，血腥味也很重。”

聂音之接过桂花糕，迅速往嘴里塞了一个，甜味盖住了口中的血气。

她说："我不把舌头咬出血，现在都已经摔成肉饼了。你就不怕我死了，你也会立刻死？"

顾绛喉咙里发出咕噜一声。这句话听上去和满汉全席差不多，他甚至觉得嘴里的糕点都无滋无味了："放心，我没你那么弱，不会立刻死，来得及帮你将后事处理妥当。"

聂音之简直不敢细想他会如何处理她的后事。

她无语地盯着魔头上下滑动的喉结，转身准备逃走，才迈开一步就被一股力道捉回去。

顾绛披上衣袍，湿滑的指尖捏住她的下颌，逼迫她张开嘴，两根手指探入她嘴里，夹住舌尖，似乎是想要揪出她的舌头，再挤出一点儿血。

聂音之睁大眼睛。她毫不怀疑，顾绛会像字幕里说的那样，吸她的血。

她艰难地呜呜发声，飞快在指腹上戳出一道口子，举到他眼前。

顾绛的视线被吸引了过去，松开了她的舌头。

魔气裹上她的指尖，往那细小的伤口里钻，带来微微的刺痛感。

"那你会不会哪天控制不住，把我吃了？"聂音之觉得这很有可能。

顾绛像拍狗一样拍拍她的脑门："放心好了，本座不喜欢暴饮暴食，况且一次吃太多，就算是我也会被超度。"

她并没有得到安慰。

顾绛疑惑地"嗯"了一声，掐住她下颌的手却没有松开，指腹在她脸上摸来摸去，从下颌骨一直摸到耳后，又回到脸颊，摩挲着她的五官。

"你干什么？"聂音之拽住他的手腕，警告道，"你别太过分了。"

顾绛笑了一声，语气慢悠悠道："神魂被人动了手脚，差点儿被夺舍，身体也被人动了手脚，我看你就算哪天真的被人吃了也不稀奇。"

聂音之仰头盯着他，没有再躲闪。

带着潮气的指腹轻柔地抚摸过她的面颊，聂音之脸上麻酥酥地痒，也不知是被摸的还是怎么的，白嫩的皮肤渐渐浮上红晕，连耳垂都红透了。

顾绛摸了很久，聂音之被迫一直维持着仰头的姿势，脖子都快僵硬了：“到底怎么了？你摸出来没有？”

冷冷的指尖终于停在她眼下的那颗泪痣上，阴冷的魔气渗入皮肤，面皮下传来细微的感觉，聂音之忍不住眯起眼睛，下意识想退，又被钳在下颌上的力道拉了回去。

片刻后，一张膜从她脸上浮出来。那膜蕴含着充盈的灵气，柔软地浮在半空，薄如蝉翼，轮廓立体，五官清晰，眼尾下方有一颗小痣。

聂音之与萧灵的神魂有一面之缘，认出来这是萧灵的五官轮廓。

顾绛颇为感兴趣地摆弄了一下浮在半空的面具：“摹面，要炼出这么精致的一张来，要费不少工夫。”

聂音之回头去照镜子，发现取下那所谓的摹面后，镜子里的人五官并没有什么改变，只有眼下那颗泪痣不见了。她气红了眼，用力地揉着脸，恨不得将这副五官从自己脸上撕下来。

顾绛本来没管她，看她快把自己的脸都挠伤了，这才抬脚走出浴池，从她身后捉住她的双手，盯着镜子里的人说道：“摹面使用的条件很苛刻，摹与被摹的两人本身底子就有相似之处。你身怀灵骨，摹面改变不了你的骨相，只能影响你的皮囊。摹面取下来后，过些时日，你会恢复原本样貌的。”

聂音之安静下来，在手腕上割开一条口子，举到他嘴边。

她从小心高气傲，受了委屈要报复回去，得了恩惠也要还回去，不想欠人人情。顾绛帮了她很多，魔头修为高深，没什么缺的，就好她这一口血。聂音之现在无以为报，也只有这点儿血可以还人情。

鲜血渗出，和手腕上的黑影枝蔓缠在一起。

顾绛看明白了她的意思，魔气缠上手腕，吞了鲜血，将她那道伤口舔愈合，有些好笑地说道：“我从未见过你这样蠢的人。”

聂音之怒瞪着他：“别以为你帮了我就可以随便贬低我。”

顾绛举起手退后一步：“抱歉，是我失言了。不过，你要是害怕被我吃了，最好别动不动用血引诱我。胃口是会被养大的，由奢入俭难。”

“我当然知道！”聂音之看了一眼他衣衫不整的样子，气鼓鼓地退出净室。

就算他们有共生契约绑定，摹面其实也影响不到顾绛，聂音之承他的情，安分了两天。

这两天里，顾绛基本上没挪过地儿，聂音之三不五时进屋里看他醒没醒。她蹲在床榻边盯着他看，大魔头该睡还是睡，半点儿警觉都没有。

两天过后，聂音之终于忍不住开始动手动脚了。

她还是有点儿怕顾绛的起床气，于是把所有的防御法器都戴在身上，躲在多宝橱后，用灵力操纵着从花园里揪来的狗尾巴草，隔着老远去挠他的脸。

顾绛终于翻了个身，抬起双手抱住脑袋，用两只袖子将脸挡得严严实实，又没动静了。

聂音之垂头丧气地跑进书房里，翻出法术书籍，找到御使术法，苦学了半下午。到了傍晚时分，聂音之蹲在花园里，神识在花丛间铺开，挑选了三五只饥肠辘辘的大飞蚊。

聂音之用手指掐着诀，对自己现学现用的成果还算满意。

那几只飞蚊被操纵着，悍不畏死地从窗口钻进主屋。

聂音之隔着老远偷看。

前两只飞蚊还没靠近顾绛，就被吓死了。剩下几只胆大一点儿的飞蚊在他耳边嗡嗡转，顾绛在半梦半醒中伸手去挠，挠死两只，最后只剩一只“小坚强”。聂音之全神贯注地偷看，“小坚强”也很灵活，见缝插针地落在顾绛的脖颈上。但就算这只是最大胆的，也不敢叮魔头。聂音之强蚊所难，硬是控制着它在他的锁骨上下了嘴。

飞蚊叮一口换一个地方，过了好一会儿，顾绛终于被叮醒。

聂音之看他睫毛颤动，飞快勾手，将唯一一只幸存下来的飞蚊扔回花园里，然后假装若无其事地看书。

过了片刻，内间传来窸窣的声响，祖宗终于下了地，朝外面走来。

“你醒了？”聂音之睁大眼睛，一脸无辜地看着他。她装得很像那么回事，视线却悄悄地往他的领口处瞟，在锁骨周围看到四五个红疙瘩。

顾绛伸手挠了挠，坐到她身边。

花园里响起嗡嗡的振翅声，一个巨大的黑影突然朝屋子里扑来。聂音之吓得立即站起身，手里掐着剑诀。那影子越来越近，飞入灯光中，竟是一只足有两个巴掌那么大的巨型飞蚊。

聂音之一惊，心下明白，应该是“小坚强”，现在变成“大坚强”了。

她万万没想到，顾绛的血能让一只飞蚊长这么大。它的一对翅膀锋利如刃，口器像一根坚硬的钢针，腹部环着一圈圈的黑白纹路，俨然成了一只狰狞的魔兽。一针扎下去，绝对能把人吸成干尸。

“这是你养的？”顾绛挠着锁骨问。

聂音之疯狂摇头。她疯了吗？养这种东西？飞蚊身上的灵气，她应该已经抹除干净了的。

“那就好，会吸血的东西，你养我一个就够了。”顾绛偏头对着她笑。他睡眼惺忪，当着她的面，用魔气折断“大坚强”的双翅，拧断它的口器，慢慢将那只巨型飞蚊踩死。

聂音之心道，这绝对是在杀蚊儆她。

想来他们这边确实很无聊，文字都好几天没出现过了，聂音之便也无法得知外界到底是什么情况了。

魔头浑不在意被封，过得悠游自在，聂音之却快被闷坏了，就跟坐牢差不多。

她从小到大，还是第一次被人这么关着。

聂音之闷得快要挠墙了，她实在是无聊得慌，遂亲自动手把院子里枯萎的海棠清理了。

剩下的都是些适应能力极强的，在魔气浸润下，已经在往奇怪的方向变异了。聂音之折了几枝有好多重花瓣的黑色海棠，这花颜色重，香味也重，不是海棠花原本的那种难以捕捉的清淡花香。

能让海棠花逆转天性，香味变得如此浓郁，可见顾绛的魔气有多厉害。

她被顾绛杀蚊警告后，忍了一夜外加一个上午，没敢再去招惹他，此时肚子里的坏心眼又开始蠢蠢欲动了。

她剪了许多黑海棠，插满几个白玉花瓶，抱进屋中四处摆上，在顾绛枕头旁边摆了一瓶开得最盛的，然后把窗户全都关死，捂着被香味熏得发痒的鼻子，快快乐乐地出了门，躲得远远的。

一重又一重的结界封锁下，折丹峰内灵气枯竭，连草木都变得奄奄一息，成片成片地枯萎。

本来开得极盛的海棠花也几乎全部凋零，只剩院子里被顾绛的魔气滋润得变了异的黑海棠仍在盛放。

这种枯败的景象看得人的心情也郁结起来，聂音之靠折腾魔头得来的好心情，转瞬就烟消云散了。

头顶上的结界交相辉映，透出绮丽的光，没有魔气波动，封魔铭文隐没，便浮出朦胧的剑阵虚影。

聂音之看到了一抹熟悉的剑光。

这座剑阵收纳了云笈宗开宗以来所有弟子的剑气，宗门内每一名弟子炼出的第一缕剑气，都会上交宗门。

这剑阵中，自然也有她的剑气。

她要把它拿回来。

聂音之折了一枝海棠，坐在临崖的四角亭里，收敛心神，将剑气裹在枝条上，树枝唰的一声悬立在半空，随着她并指一挥的动作，朝着折丹峰上空射去。

海棠枝冲入剑阵中，那道剑气自动寻来，融入海棠枝中。

她空虚的经脉被补足，剑气里意气激昂，仿佛破土的第一株芽，蕴含着新生命的无穷锋芒，不惧任何力量，盛气凌人得有些莽撞。

聂音之从自己的第一缕剑气中有所悟，能感觉到剑意又上了一个层次，马上要突破了。

她想要收回剑气，但那自动寻来的剑意里，除了她自己的，还夹杂着别的，聂音之一时没能察觉，神识被猛地往剑阵中拽去。

“如意？”她用了如意五年，一直想将它收为自己的本命剑，对它的剑气实在太过熟悉，以至于根本就没想过要防备它。

聂音之一下子落在密集的剑雨中，剑光遍布在她的四面八方，严丝合缝地封锁住所有退路。

如意剑气中夹着幽幽笛音，聂音之心神一恍惚，被两道剑气穿透神识。

折丹峰上剑鸣不休，浑浊沉闷，黑暗的房间内，顾绛坐起身，被屋内浓郁的花香熏得鼻子发痒，一连打了好几个喷嚏。

屋内暗沉沉的，密不透风，他挥袖震开四周的雕窗，天光泄进来，照亮屋内的变异海棠。

顾绛一股脑把黑海棠扔出窗外，魔气涌入院中，捣烂了这些香气逼人的花团。破天荒地踩着窗户出了屋，身形在半空留下几道残影，赤脚踩上折丹峰最高处的屋脊。

他垂眸看了一眼远处的人，指尖拈起一片随手摘来的海棠叶，放到唇边……不料，竟被海棠叶子边缘的细茸扎了嘴。

顾绛嗞了一声，搓了搓海棠叶，将就着放到嘴边。谁叫他只摘了这么一片叶子？懒得去换了。

哨声破开闪烁的封魔铭文，渗入剑阵中。

剑阵里的聂音之只听到一阵鬼叫似的尖哨，恍惚感觉耳膜都快被捅破了。那哨声忽长忽短，时而尖鸣，时而哑声，有曲难成调，难听得让人汗毛竖立，脑浆翻滚。

剑阵里扰乱心神的笛音被这浑然不讲理的尖哨一冲击，顿时走了调。

聂音之昏沉的意识陡然清醒，她半点儿都不退缩，直接循着如意剑气莽撞地往前冲。

如意剑气似乎被她的样子吓到了，飞快缩回漫天剑光背后。

云笈宗，明霄峰。

这是最临近折丹峰的一座山峦，明霄峰上搭建了高台。白石高台上悬着折丹峰的缩影，缩影之上共有五重不同颜色的结界，正是阵法枢纽。

如今修真界领头的仙门共七派，七派都派了门中显要修士前来云笈宗看守结界。

剑阵呜呜鸣响，一柄纤细长剑从剑阵虚影中射出，回到一人手中。

如意剑剑柄柔软，缠着细致轻软的绸缎，有一缕清甜的香气渗在如意剑的剑气中。

萧灵有些恍惚，这把剑终究是不一样了。

她被扑面而来的剑气逼得倒退两步，衣裙飞扬，被剑锋撕开好几道口子，就连面上覆眼的白纱都断开了，连同被削掉的一缕青丝，随着剑风飘飞。

萧灵急忙伸手捂住眼睛。她的眼睛受瘴气侵蚀，眼周皮肤如同枯树皮，丑陋不堪。她就算目不能视，虚弱的神识也能感觉到无数视线落在自己身上。

这些目光让她心如火焚。

有人从身后揽住萧灵的腰，她才没有跌下高台。

一张面纱及时覆盖到她脸上，缓解了她的局促不安，身后传来荆重山的声音："有没有受伤？"

萧灵转向声音来处，感激地笑了笑："我没事。"

随着如意剑出阵，刺耳的尖哨声从剑阵中传出，完全盖住了笛声，音浪以肉眼可见的波动荡开，冲破剑阵，高台上的几人同时飞身后退，落下高台。

音波携着刺骨剑意，削掉前殿檐角。

沉音阁少主常寻春闷哼一声，鲜血滴落，染红了手中白玉长笛。

萧灵听到他粗重的喘息声，急忙上前一步，歉疚地说道："常少主，对不起，我并非想弃你不顾……"

"无碍，只是一点儿小伤，萧姑娘也是情势所迫。"常寻春抹去嘴角的血迹，转头去看被削掉的殿檐，那劈面十分平滑，是融了剑气的，"看样子，顾绛也修习过音律。"

剑阵被破，云笈宗的三位太上长老都受了不同程度的伤，脸色都不大好看。

聂音之和顾绛身中共生咒，聂音之便成了那魔头唯一的弱点。这一次突袭，本打算快刀斩乱麻，将聂音之一击毙命，没想还是惊动了魔头。

三位长老同他间接交锋，便已是不敌，后面怕是难再有这样的机会。所有人都严阵以待，观察着折丹峰上的封印结界情况。

剑阵的动荡平息后，只剩封魔铭文不断闪耀，最终归于宁静。

众人松了一口气。

“看来魔头暂时破不开无量宗的封魔鼎。”

无量宗一位佛修双手合十，道了声佛号：“与封着群魔的万魔窟不同，顾绛到底只是一个人，只要将他锁在里面，封魔铭文早晚会耗尽他的魔气。”

剑阵破损，他们必须重新布下一重结界才行，各派凑在一起商量。

从高台另一侧传来一位太上长老的声音，他语气冷淡地说道：“萧灵，辛苦你了，你且下去休息吧。”

萧灵咬了咬唇，淡漠的口气几乎令她喘不过气来，她躬身行礼：“是。”

荆重山皱起眉。他虽然不满太上长老的态度，却也不敢造次。他这个医修本来就是为了看护萧灵才在这里守着的，自然跟着她一同离开。

他手上掐着一缕灵力，搀扶着萧灵离开高台，往明霄峰后殿走去。

荆重山看出她情绪不佳，宽慰道：“你要做的就是将聂音之引入剑阵，这个任务你已经完成了，做得很好。”

萧灵沉默着摇了摇头。

三位太上长老对她不满，她知道。

她刚刚退缩得太快了，太不堪一击，有笛声相助，云笈宗万千剑光为后盾，她却在聂音之反击的第一刻便落荒而逃。

可他们又何尝想得到，她的神魂受过聂音之伤害，如今修为又远不及对方，就连手中的如意剑都对聂音之还有一丝眷顾，她若退迟了，说不定那袭来的剑气就不只是割破她的衣衫了。

他们根本就没想过要保护她。

萧灵侵入聂音之的灵台时，看到了联系她肉身和魂魄的咒文，她苏醒后的第一刻，就忍着头疼将图案画下来，让人送去给太上长老。

若不是她还有点儿用处，大约已经被扔在角落里烂掉了。可他们依然责怪她，把这一场祸事算在了她头上。

可她有错吗？难道她希望自己心心念念记挂着的宗门，记挂着的师尊，在她失踪后不来寻她，而是去找一个酷似她的人取代她？又是她想要剖她的金丹，取她的眼睛吗？

她从未对这个取代自己的人表现出恶意，挤占她的灵台，也是被师尊的神识力量胁迫的。

聂音之明明是因为她才得来这一切，却反过来这样对待她。

萧灵的身体里仿佛还残留着被蜘蛛撕扯的剧痛，她的魂魄损伤不轻，现在可谓从外到内都残破不堪了。

她好像一直都在痛，从虚空裂缝落入死寂深渊，被瘴毒一点点儿侵蚀，为什么遍体鳞伤的人总是她？她原以为回到云笈宗，所有的苦难都会结束。师尊答应过她，会不惜一切代价医治好她，会还给她一副健康的身躯，她以为还能回到从前。

原来，都回不去了。

萧灵胸中一窒，偏头吐出一口血。

“灵灵。”荆重山低呼一声，伸手握上她脉门，打算用灵力为她疏导。

萧灵摆摆手：“荆师叔，不用了，别浪费你的灵力。”

“你这是说的什么话？”荆重山斥责道。看着自己从小看大的姑娘这般心如死灰的样子，他心中的酸楚难以言喻，不由分说地弯腰抱起她，脚步飞快地穿过长廊，“你放心好了，我一定想办法治好你，让你恢复如初。”

这句话，桑无眠也对她说过。

萧灵想到他，心口已经不会感觉到刺痛了。

她在深渊里挣扎时，一心念着他，因此她宁愿受瘴毒侵蚀，舍弃朱厌，离开他的保护，从死寂深渊出来。

这日积月累的思念，在她知道聂音之的存在时，就开始一点点儿消磨掉了。

桑无眠不值得她这么放在心中，云笈宗，这个她曾经视作归宿的地方，如今都不值得。

萧灵勉强勾起嘴角，她的笑容很淡，虽并不怎么相信荆重山的话，却还是顾及他的心情，点了点头：“谢谢师叔。”

荆重山的语气缓和下来：“那你要好好配合师叔治疗，切不可自暴自弃。”

萧灵颔首：“我知道了。”

第四章 那我刚刚亲到你了吗

“什么太上长老？气死我了！灵灵都伤成那样了，还要让她去做诱饵，也太不是人了！”

“萧灵现在就是被利用的工具！她辛辛苦苦回宗门是为了什么？为了遭受这样的对待？还不如不回来！”

“想把桑无眠拖起来鞭尸！你倒死得爽快，现在所有的错全都怪到灵灵身上了。”

“垃圾宗门！聂音之快支棱起来，给魔头吹吹枕边风，把他们全灭了。”

“无事聂音之死一边去，有事聂音之起来干活，就问亏不亏心？”

“我只骂过桑无眠，从没骂过聂音之，谢谢。”

“桑无眠死了总得有个上位的，目前出场的孟津、荆重山之流都不行，朱厌是上古凶兽，应该有和顾绛一战之力吧？”

“怕就怕萧灵太直了，为了大义，赶我们朱厌小可爱走，不准他出深渊。”

“封寒缨其实挺不错的，和灵灵相爱相杀也很有看点，只可惜现在灵灵没有神女血了，就很难办！”

“我宁愿魔头都爱上聂音之。”

“笑死，你在做梦吧？”

“到底是谁在做梦？看看现在大魔头抱着的是谁？孤男寡女再相处几天指不定干柴烈火。”

“干柴烈火？我看你是在为难我大魔头，你看他懒成什么样了？”

“大魔头懒得动，除非聂音之主动……”

“别说了，脑子里有画面了！”

聂音之也很想咆哮：别说了，脑子里真的有画面了！

“你的脸怎么皱得跟抹布一样？很疼吗？”

聂音之一言难尽，揉了揉脸，她乌黑的眸子转了转，朝顾绛伸出双手：“神识被刺了好几剑，头确实好疼，要有劳魔尊大人送我回屋。”

两个人一站一坐，无声对视。

聂音之的手都快举酸了，顾绛终于弯腰抱起她，慢慢往院子里走。

“你身上好香。”聂音之揉鼻子。

“拜谁所赐？”黑海棠的香气都快将他腌入味了。

聂音之想起自己的杰作，尴尬地笑了两声：“香香的，挺好闻。”

顾绛从鼻子里哼一声，问道：“你就这么想出去？”

“如果我说想，我们就能出去？”聂音之眼睛一亮。

顾绛：“随时都可以。”

聂音之难以置信，她觉得顾绛应该不会这么听话才对。

果然，下一刻他慢悠悠地继续道：“只要你能冲开封印。”

聂音之心道，说什么屁话呢？

她环住顾绛的脖子，指尖捏起他肩头的一缕头发搓着玩：“我只是想取回我的剑气，都叛出师门了，当然要把我所有的东西都拿走。”

顾绛对她动手动脚的行为十分纵容，聂音之便得寸进尺，揪了揪他的头发：“我当然也想出去，这里灵气匮乏，也不能修炼，闷都要闷死了。”

她撇撇嘴，又纠结道：“只不过，我现在和你这个魔头难分难离，出去肯定会被正道修士追杀，感觉也不会好过。”

顾绛颔首：“说得在理。”

聂音之快把那缕头发搓得打结了，兴致勃勃地鼓动他道：“要是魔尊大人能重振雄风，挑几只实力不错的‘出头鸟’杀鸡儆猴，震慑住所有人，那就不一样了。”

顾绛笑了一声，兴致缺缺道：“聂音之，你的提议听上去很辛苦。”

“就知道你会这么说。”聂音之的脑袋耷拉下去，垂头丧气道，“看来传闻都是骗人的。”

顾绛将她丢到院子里的软榻上：“什么传闻？”

院中的黑海棠全都没了，花团被碾得粉碎，和泥土混在一起，香味散去不少，不再那么浓郁熏人，聂音之假装没看见，回答他道：“说什么一千年前，你凭一己之力差点儿灭了正魔两道，令天下人闻风丧胆，惶惶不可终日，能止小儿夜啼。”

这都是她从那些飘在半空中的文字里看来的，她自己添了点儿油，加了点儿醋。

顾绛瘫在软榻另一边，见聂音之眼巴巴地盯着他，道：“本座放下屠刀，立地成佛了。”

他曾经的确日夜不停地修炼，追求实力巅峰，修行到了极致，经历九十九重天劫，临飞升时，一刀斩断了飞升路，堕落成魔。

聂音之一双黑似乌木的眼珠子骨碌碌地盯着他打量：“这么说，传闻都是真的？”

“害怕吗？”顾绛回望她。

聂音之嗤笑一声，举起手腕，毫不畏惧道：“等你哪天知道怎么解开这个共生咒的时候，我再害怕。”

顾绛没说话，伸手在他那宽大的袖子里掏了好一会儿，一团魔气甩下来，地上多了一堆小山那么高的卷轴和书籍：“都是以前收来的典籍，这里面应该有，你可以学一学。”

聂音之半信半疑，随手抽出一本典籍，被封面上的书名震惊了——《度厄真经》。

她又抽了一卷卷轴，竟是《十绝阵》，还是完整版的。要知道，现存于各大仙门中的都是残卷。聂音之相信他说的话了，这一堆典籍里面应该有解共生咒的。

“所以，你一直知道怎么解？”聂音之瞪大眼睛看着他，她突然觉得自己的安全不太保险了。

“不知道。”顾绛打着呵欠，隔空从保鲜库里抓来一个食盒，食盒盖子一打开，肉香和热气一起冒出来，“这种东西太繁琐了，本座一贯对这些阵法咒术没兴趣。”

太过离谱！聂音之不是很相信他的说辞：“那你收集这些典籍做什么？”

“杀了人，顺便捡一些东西留作纪念。”顾绛取出食盒里的红烧肉、清蒸火腿、拔丝红薯和一碗青菜汤，摆上木几。

聂音之沉默片刻，毫不客气地收下所有典籍。

顾绛从食盒底层取出一小碗米饭和竹筷，往自己面前的空碟子里拨了一半，才放到聂音之面前。

“你存的吃食实在太少了。”顾绛嫌弃地说道。

提到这个聂音之就来气：“我一个人吃的话，够吃一个月了！”

她之前想逼魔头出去，半夜偷偷摸摸去库房，想将吃食、点心全都毁了，但是看到厨娘辛辛苦苦给她准备的那些食盒，尤其是看见食盒上还挂了日期牌子，她又舍不得了。

要她一夜之间全部吃完，她又吃不下，犹豫不决之时，就被顾绛发现了。现在她连进出保鲜库的资格都没有。

顾绛伸长胳膊拍了拍她的头，安抚道：“吃饭的时候别生气，容易早逝。”

聂音之觉得他像是在拍小孩，但想想魔头一千多岁的芳龄，她确实还没有他零头大。

这难道就是他这么纵容自己的原因？聂音之觉得不太可能。年龄在修真界是最不值一提的东西，一切凭修为、天资以及背景说话。

顾绛，他应该就是不在意罢了。

这种修为高深，又什么都不在意的老魔头，太棘手了。

她要真正成为他的软肋，才谈得上控制他。

聂音之用发簪戳破手指，挤出圆润而鲜艳的一滴血，递到他面前:“今日你将我救出剑阵以及送我那一堆典籍的谢礼。”

顾绛没推辞，勾出一缕魔气。

聂音之手腕一转，绕开魔气，莹白如玉的指尖直接按在他唇上，血珠在他的唇瓣上晕开，像点染的口脂。

老魔头是真的好看。

聂音之面不改色地收回手：“我记得你之前是舔过我的血的。”

顾绛微怔了一下，舔去嘴上腥甜的血。他的眼睛又不瞎，看她那灵动的眼眸，就知道她满肚子的坏水都快咕噜噜地冒出来了。他只是觉得无所谓。

饭后，聂音之在院子里走了一圈，钻进书房。

她的神魂受了伤，需要调理。折丹峰上灵气不足，她只好掏出自己的家当，在身边摆了两箱子灵石，抽取灵石里的灵气打坐养伤。

这就等同于拿真金白银来修炼，好在聂音之不缺这点儿钱。

等她从入定中醒来已是三日后，两箱灵石已经化成粉末。聂音之勾了一缕风，将灵石粉末撒进花园里，试图拯救一下院子里凋萎的草木。

做完这一切，聂音之去屋里找人，竟然没在榻上看到熟悉的身影，她又去净房晃了晃，隔着屏风喊人：“顾绛？”

里面没有声音。

她钻进去看了一眼，依然没人。

“不会又在躲我吧？”聂音之暗自嘀咕。她老骚扰魔头，顾绛有时候会不胜其烦，跑去侧院睡觉。

聂音之神识有伤，没办法外放，只能一间屋一间屋地推开门，四处去寻他，把主院找完了，又去偏院找。最后找烦了，干脆戳破手指头。

魔气从虚空中冒出来，缠上她的手指。头上封魔铭文又在闪，聂音之拽着那缕魔气，问道："你在哪里啊？"

魔气在她手里扭来扭去，聂音之松开手指，那一缕魔气就如蛇一样向前游，领着她穿过庭院长廊，来到折丹峰后山的荷花湖。

这一个湖并不大，是人工凿成的。湖心有座凉亭，夏天的时候，聂音之喜欢待在亭子里午睡，如今湖里的荷花都枯萎了，只剩下半黄不绿的叶子浮在水面上。

薄纱后透出顾绛的身影，他霸占了凉亭里属于她的躺椅。

聂音之御风飞进凉亭，从芥子里掏出蒲团，在另一边坐下，摸出顾绛给她的典籍研究。

这一大堆功法典籍里，有正道仙门的，也有魔族的，还夹杂了几本民间话本子。

聂音之将卷轴和书籍分好类别，看了一眼闭目养神的魔头，开始翻找共生咒相关的资料。

共生咒是伏岭咒术世家阮家的四大秘术之一，阮家人体弱，不善修炼，却能在千年前昌盛的修真界占据一席之地，靠的就是那一手神秘莫测的咒术。

阮家人行事诡谲，亦正亦邪，其所修习的咒术也大多不是什么正统法术。

阮家覆灭后，咒术、阵法大多都失传了，流传至今的，只剩一些残卷，多是不被正道仙门接受的歪门邪术，共生阵便是如此。

也不知道向司觉是从哪里学来的共生阵，用一个不完善的阵法，竟然也叫他把共生咒落成了。

聂音之怀疑，阮家说不定就是被顾绛灭门的，因为她手里捧着的卷轴，是完整的阮家四大秘术。

术法成体系，像一棵茁壮的大树，从主干衍生出无数分支，单单是共生咒这一个术法，其衍生便达三十余种，这一卷卷轴铺开能有一丈长，看得聂音之眼花缭乱。

共生咒能成为阮家四大秘术之一，可不止向司觉嘴里所说的“我死，你也得死”那么简单，生命共享只是这个术法最基础的功能。

共生咒有主从之分，这个咒术可以绑定多人，以主咒术所在的那个人为主，主人死了，这个共生咒上绑定的所有人都会死，但只有从者死光了，主人才会死。

那中咒的人还不得拼了命地保护主人？

这咒术多半是阮家用来控制人的手段。

聂音之仔细研究了共生咒的主术，然后闭眼内视她手腕的咒印。拨开弥漫在印记上属于顾绛的魔气，她看到了隐藏在深处的核心，一株金色的小芽，如今那芽上只有一个分杈，而印记上弥漫的魔气皆来源于此。

主咒术真的在她身上！

聂音之按捺住欢喜的心情，睁开眼睛，便对上一双黑黝黝的眼珠子。

顾绛支着头侧躺着，如同墨染的长发垂在他肩头，眉眼懒怠，目光中透着些兴致，也不知道盯着她看了多久。

聂音之吓了一跳，眼神闪烁，心虚地说道：“你……你这么看着我干什么？吓我一跳。”

“你方才笑得很开心，叽叽咕咕的，笑得跟耗子似的，把我都吵醒了。”顾绛说着，朝她手里的卷轴瞟了一眼，“怎么，发现好东西了？”

聂音之的眼眸转了转，那日在毕阳峰后山，顾绛一眼就认出了共生阵法，她是不太相信顾绛没看过这些卷轴的。

“这共生咒是伏岭阮家的秘术，阮家四大秘术这么隐秘的典籍，你怎么全都有？”

“阮家？”顾绛抚着眉心想了好一阵，“哦，当初阮家家主想在我身上下咒，我就杀了他，约莫是那时候得来的。”

魔头那时候那么强，若可以掌控他，的确堪比一件神兵利器。

“这确实是个可以以弱御强的咒术。”聂音之摸着手腕上的印记，当场展示了一下自己的学习成果——她并指掐了一个繁复的诀，右手指尖在印记上轻轻一钩，黑印从她手腕上浮出来，魔气散开，露出内里金色的小芽。

“这片小叶子就是你哦。”聂音之伸手给他看，把卷轴上的内容给他念了一遍。

顾绛伸出指尖，缠在聂音之手腕上的魔气探出一个触角，碰了碰那片金色的叶子：“什么意思？”

聂音之眨眨眼，从他脸上看到了真诚的疑惑，只好给他解释了一遍：“身负主咒术之人，就如同这株金芽的主干，共生咒可以绑定多个中咒者，生出很多很多叶片，主干死了，叶片都会同时枯萎，但一两片叶片枯萎，却影响不了主干，除非这金芽上的叶片全都枯萎，主干才会死。

“主咒术在我身上，我现在只绑定了你，所以只有一片小叶，你我同生共死，但若是我再绑定一个人的话，我死你会死，但你死，我可就不会死了。”

这下总解释清楚了吧？

她有点儿怀疑，大魔头之前说对复杂的阵法、咒术没兴趣，该不会是因为看不懂吧？

顾绛挑眉："难怪你方才笑得像只偷了鸡的黄鼠狼。"

聂音之无语了。她这样天仙般的美人，他形容起来不是耗子就是黄鼠狼，到底会不会说话？

她伸手摩挲了一下叶片，顾绛眉头一蹙，朝她看去。

聂音之还有一句话没有说——如果她掐掉叶子的话，顾绛会立即受到咒术反噬而死。

伏岭阮家全家都是妙人，向师叔太棒了！

她这辈子都不会解开共生咒！

"这根本不是什么共生咒，这应该叫后宫咒才对！"

"我又想问了，到底谁才是女主角？一个女配角凭什么有这么多金手指？"

"伏岭阮家，和顾绛一样，又是原著里一笔带过的人物。"

"果然，一千年前的修真界才是最牛的修真界。"

"现在聂音之拥有令魔修趋之若鹜的血，再加上这个共生咒，岂不是可以横行霸道，收服万魔，自己当魔尊了？"

聂音之看着那飘过的文字，心里咯噔一声——刚冒头的那点儿小野心，还没焐热乎就被捅出来了。

她偷瞄了一眼顾绛，不知道他会怎么想。

顾绛屈指一抓，共生咒卷轴落到他手中，他举着卷轴，蹙眉盯着上面密密麻麻的文字看。

"哎——"聂音之想去抢，被涌来的魔气裹住，绑到凉亭柱子上。

共生咒有解咒之法，只有她能解，毕竟这是阮家用来掌控他人的咒术，当然要将一切都掌控在自己手里。

这卷轴她只囫囵吞枣地看了一遍，还没好好研究呢！

顾绛看了片刻，看得头疼，果断放弃，将卷轴扔还给她。

聂音之被魔气放开，抱着卷轴，不可思议道：“你知道这个咒术的情况，还放心把卷轴给我？”

“给你了就是你的，本座不至于还抢回来。”顾绛说道，“放在我这里也没用。”反正他也看不懂。

魔头竟然对她这般信任，聂音之都有点儿感动了：“你就不怕我学了上面的咒术，强迫你大杀四方？”

顾绛沉吟了一下，对着她和蔼可亲地笑道：“要是太过分，我会杀了你。”

言外之意，要我干活，毋宁死。

聂音之哪里会不懂他的意思？她赶紧摆摆手干笑道：“开玩笑的啦！我怎么舍得劳累你呢？我只会心疼魔尊大人。”

她保证，就算她以后养了很多只魔，顾绛都会是她最疼爱的那只魔头。

几日过去，明霄峰那座封印阵法的高台四周，又搭建起了小楼阁，看守结界的修士可以在其中休憩。

将聂音之引入剑阵击杀那一次试探后，众人皆以为此举必会打破双方的对峙，折丹峰内必有大动，所以七派高阶修士片刻都不敢离开，预防魔头冲击封印结界。

只是几日过去，里面安静得过分，只有封魔符文偶尔闪烁一下，且闪烁的光芒很微弱，不是遭到袭击时的状态。

里面越是安静，外面越是紧张，仿佛暴风雨来临前的寂静。

无量宗的佛修双手合十：“阿弥陀佛，在万魔窟，封寒缨几乎每日都会冲撞一遍封魔印，万魔窟上的封魔印日夜闪耀不休，贫僧还是头一次见着封魔印多日都无动静。”

有人问道：“元明大师，若是一直如此，封魔符文多久可以耗尽魔头的魔气？”

元明摇了摇头：“魔气与符文对撞，是最快蚕食魔气的方式，如果顾绛一直如此平和，魔气收敛，符文对他的作用有限，自是难以估计。如果顾绛没有出世的意思，那我们倒是不用继续在这里守着，云笈宗三位太上长老守在此处便已足够。”

也有人忧心忡忡地表示：“这段时日以来，各大派都在挖掘顾绛的过往，诸位也了解他过去那些事，就连封寒缨都惧怕他师父，躲入万魔窟中不出来，这样的人，恐怕不会安分待在封魔印下。”

“说得也是。”

众人又商量了一番，最后决定，须得进去里面探探究竟才好。

“好在阮家公子不日即将到来。”

聂音之虽然在心里保证要疼魔头，但难保以后遇上更可心的魔，所以，当天晚上她彻夜未眠，把共生咒下最有保障的一个衍生术法——转移伤害学会了。

聂音之可以将加在自己身上的伤害，通过那株金芽，通通转移给顾绛。

所以，顾绛要是敢打她的话，她一个心法驱动咒术，大魔头就只能自己打自己了。这共生咒简直是为她量身定做的！

聂音之兴奋得抱着卷轴在榻上打了几个滚，随后一骨碌坐起来，当场就打算试一试转移伤害咒术。

聂音之默念咒术心法，灵力流转到手腕上的咒印中，汇入那片指甲盖大小的金色嫩叶中，然后她鬼鬼祟祟地摸去主屋。

这原本是她住习惯了的房间，布置得最为舒适，如今却被这魔头霸占了去。

他当初还满不在乎地邀请她与他同住，简直不拿自己当外人，一副就算他们同床共枕，他也不会对她有半点儿非分之想的表情。

聂音之想起来就生气，往他腰以下打量了一眼，深觉有一条字幕说得对，魔头多半是不行，断然不可能是她魅力不够。

聂音之蹲在床榻边从窗棂投入的幽幽月色中，像一抹怨念深重的幽灵。

顾绛四仰八叉躺在她的床榻上睡得心安理得，睡相十足豪放，但睡得很安静，一点儿呼噜声都没有，就连呼吸声都浅浅的，时常让人分不清他到底睡没睡着。

聂音之轻轻扯了一下他垂在床榻边缘的长发，又探出指尖去撩他纤长的睫毛，骚扰良久，他都没有反应。

聂音之放下心来，开始干正事。她扒拉出顾绛的左手，轻轻捏住小指，然后抽出发簪，在自己的左手小指头上戳了一下。

她什么感觉都没有，指头上也没有伤口。

顾绛的小指头开始流血。

聂音之喜形于色，心中顿时充满豪情壮志——只要后宫咒绑定的佳丽越多，她就越无可匹敌！看她跳下万魔窟，将所有魔修收入麾下！

试问，她若是不能成就一番宏图霸业，将整个修真界踩在脚下，还有谁能？！

聂音之只是想想，就迫不及待地想要从折丹峰出去，大干一场了。

顾绛的手指动了动。

聂音之抬起头，视线和那双慵懒的凤眸对个正着。

一时之间，两个人都没有开口说话。

聂音之手里还捏着凶器发簪，她脑子里飞快地转过许多念头。转移伤害是瞒不住的，只要她使用，顾绛就会察觉。万一以后真的遇上需要转移伤害的危险时刻，顾绛有心理准备总比猝不及防要好。

聂音之相信他会理解，毕竟她现在只有金丹修为，承受伤害的能力太弱，外面随便一个元婴期的正道修士都能捏死她。她好好活着，他们俩才能好好活着。

提前告诉他，对双方都好，还显得她坦诚。

聂音之面不改色地站起身，淡定地坐到床沿上："我新学会了一个衍生术，跟你有关，所以想着还是先知会你一下，取得你的同意比较好。"

顾绛抹去小指头上的血，起床气发作，眸子黑沉沉的，丝丝缕缕的魔气萦绕在他周身，气场非常阴沉，仿佛下一刻就要暴起杀人。

聂音之现在已经不怎么怕他了，反倒觉得他现在这样披头散发地坐着，气鼓鼓的样子，有一点点儿可爱。

她中止伤害转移的心法，皱着眉忍痛在手指上划开一个口子，按到他唇上："对不起嘛，你别生气。"

为了安抚魔头，也为了给接下来要说的事做好铺垫，她划得很深，不用挤，鲜血就直往外涌，染红了顾绛的唇，又从他的嘴角滑下。

顾绛的反应有些慢，像是还没睡醒，聂音之一边疼得直哼唧，一边用了点儿劲，主动将指头戳进他嘴里："不可以浪费食物，我献祭那日失的血，现在都还没补回来呢。"所以她的每一滴血都是很珍贵的。

顾绛这才伸手抓住她手腕。淌到下颌的血，颤巍巍滴落下来，尚在空中就被一缕魔气裹住，那魔气又往上蔓延而去，将他下巴上的血迹吞掉。

他的唇动了动，聂音之感觉到指尖被柔软的触感包裹，他的舌尖在来回舔舐着她的指腹。

微妙的感觉从指尖蔓延开，聂音之的眼眸略微睁大，手腕猛地颤了一下。她下意识地想要将手抽回来，却被顾绛更用力地握住手腕，铁钳似的控制着。

吞咽声在寂静的夜里显得格外清晰。

她的心跳一顿，视线落到他滑动的喉结上，心中莫名其妙地生出想要扑上去，咬一口他的喉结的冲动。

顾绛低垂着眼睛，专心致志地舔着她指腹上的伤口，看上去没有半点儿旁的杂念。

聂音之只恍神了一小会儿，便很快压下满肚子的旖旎遐思，冷静下来。她堂堂聂家大小姐，什么大风大浪没见过，绝不会这么轻易露怯。

她一手撑在榻上，倾身凑近了些，挑高了纤长的黛眉，嘴角微翘，指尖动了动，故意带着几分玩弄的意味，压向他的舌尖，抚过他的牙齿。

顾绛抬眸对上她的眼神，愣了一下，松开她的手腕。

“不要了？”聂音之的语气中似透着遗憾。

她抽回手。许是这夜里的月色过于明亮，修士的视觉又过于敏锐的缘故，她清楚地看到从她指尖到他唇上，瞬间拉长又断开的可疑银丝。

她到底是在干什么啊？

聂音之脑袋里嗡嗡响，面上却装得神态自若。她将手指举到他面前，纤纤玉指沾着莹莹水光，指尖微红，伤口已经被舔愈合了，在月光的映照下，一截皓腕越发莹白如凝脂。

聂音之的口气里带着惯常使唤人的骄矜：“都是你的口水，给我擦干净。”

顾绛一点儿都没有因为她的口气恼怒，听话地捏起袖口囫囵裹住她的手。

这还不得给她抹均匀了？

“哎，算了算了，我自己来。”聂音之有点儿嫌弃，慌忙抽回手，掏出一条手帕自己擦。

顾绛舔了她的血，浑身低沉的气压早就消散，起床气荡然无存。他满足地眯起眼睛：“你说你新学了什么？”

对了，她是来说正事的，不是来逗魔头的。

“转移伤害，是共生咒下的衍生术法之一。如果我运转这个术法的话，其间我身上受到的所有伤害都可以转移给你。”

顾绛捻了捻左手小指头上已经愈合的伤处，无奈道：“怎么吃亏的总是我？”

聂音之默默腹诽，你往后吃亏的地方还多着呢，脸上的表情却十分诚恳：“这个咒术本身就不是对等的。不过，你放心，一般的伤害我会自己承受，只有危及生命……”

顾绛摆摆手，倒回榻上，神情有些迷离：“都行，随你。”

聂音之哑口无言。她准备的一大堆说辞一下子没了用武之地，堵在喉咙里吐不出，咽不下，总觉得有点儿噎得慌。

“什么都行？那我吃了你是不是也行？”她故意挑衅道。

顾绛“呵”了一声，明摆着不以为意。

聂音之被他气到了，伸出指头戳他的手臂：“你又要睡了？修士哪里需要这么多睡眠？你真的每次都睡着了吗？”

顾绛没搭理她。

聂音之不想就这么走了，因为回去一个人会很无聊。虽然在顾绛身边待着同样很无聊，但比一个人待着强。

她从他的手臂一路戳到肩膀、锁骨，然后犹豫了一下，轻轻摸了摸他的喉结。

顾绛的喉结在她的指尖下滑动，他睁开眼睛看了她一眼，翻身往床榻里面滚了一圈，给她留出位置。

聂音之在床沿上坐了片刻，撩开他的长发，躺了下去。

过了好一阵，她抬手捂住脸。怎么回事？天都要亮了还睡什么睡？她为什么就躺下了呢？

懒惰果然是会传染的。

聂音之看了一眼窗外透进来的微光，眼眸半阖，有了一点儿睡意。

一条条文字蓦地冲入视线中，她浓密的睫毛颤了颤，刚染上睡意的眸子又变得清明起来。

“花园里这位偷窥的大兄弟怕是下巴都要掉了吧？”

“这两位是在干什么？发展是不是过快了！”

“前面的姐妹预言要成真了，双修的日子怕是不远了。”

“魔头是不是太逆来顺受了？聂音之怎么搞他都不反抗，佛得都快升天了，这真的是曾经差点儿灭了修真界的人吗？”

“这是不是哪个程序员的恶趣味？毕竟顾绛在原著只是一句话带过的背景角色，根本不好设置AI性格特征。”

“就算只有一句话，和原著里给人的感觉也差得太远了。”

“好耶，我现在就要看聂音之搞他！快点儿！聂音之，你到底行不行？”

聂音之匆匆扫过字幕，心神全被有人在花园偷窥这件事占据了。

她一点儿都没有察觉到对方的存在，说明这个人的修为比她高，但没道理顾绛也发现不了。

顾绛刚喝了她的血，这一回比之前两次都要多，是这个原因，才疏忽了吗？

一时半刻，聂音之也不敢轻举妄动。她转了个身，把贴到床榻里面的魔头刨出来，将他的脑袋扒拉过来贴向自己。这在外人看来是个非常亲密的姿势，就像她在故意撒娇一般。

因为那些文字已经开始“尖叫”了。

“啊啊啊，要开始了吗？这是我们可以看的内容吗？不需要拉灯吗？”

“前面闭嘴！拉个屁灯！在座的都是花了钱的大爷，说话豪横点儿！”

“他们两个人为什么那么熟练啊？”

“为什么？为什么女配角的线可以这么甜，进展这么快？？我哭了！”

之后字幕就开始讨论顾绛行不行的话题了。

简直离谱。

顾绛闭着眼睛任她折腾，想来刚刚喂的那些血还是有用的。

聂音之对漫天飘过的字幕视若无睹，她神识上的剑伤还没好，无法神识传音，想说悄悄话时，就很不方便。

不过，她猜外面的人必定忌惮顾绛，是绝不敢将神识铺过来的。所以她贴到顾绛耳边，非常小声地提醒他：“顾绛，外面好像有人。”

“嗯。”顾绛含糊应了一声，显然是知道的。

聂音之气得牙痒痒，将嘴唇贴在他的耳朵上，恨不得咬一口：“不管他吗？”

顾绛被她呼出的气息拂得耳朵发痒，抬手隔开她的脸：“你是这里的主人，若是想待客，你自己去便是。”

聂音之一头雾水。她看上去有这么好客？

聂音之想掐死他，不死心地碎碎念：“祖宗，在这个节骨眼上进入折丹峰，他肯定来者不善，是来刺探情报的，难道就任由他偷窥？万一他待着不走呢？那个人修为比我高，我发现不了他，万一他趁你不在杀了我怎么办？所以，最好还是先杀了他。”

“他不敢动手，若是动手，我会发现。”太吵了！顾绛叹了一口气，后悔给她留床了，“你明明是正道弟子，怎么动不动就喊打、喊杀？”

聂音之气结。她也很想问，你明明是大魔头，人家都蹬鼻子上脸，闯到家门口偷看你睡觉了，你为什么还无动于衷？

“那就算他不动手，他若是一直潜伏在暗处，万一偷窥我沐浴怎么办？”

顾绛从鼻子里发出一声意味不明的轻笑，显然这个问题不值得他开尊口回复。

聂音之一挺身，坐了起来。气都气饱了，还睡个屁！

“是我大意了，他们肯定还是清白的。”

“顾绛太能气人了。我怀疑一千年前，他是把正魔两道的人都气死的。”

“聂音之是怎么发现外面有人的？她一个金丹期修为，应该察觉不到化神大佬的行踪啊。”

“我很好奇，大魔头这么佛，要怎么才能逼得他动手呢？”

“之前杀桑无眠不就动手了？可能要到生死攸关的时候？那时候聂音之死了的话，他也会死。”

“这种怎么样都无所谓的人好难搞，看起来好像对你百依百顺，怎么都不会生气，实际上就是没上心罢了，能迁就你，也能迁就别人。我前男友就是这样的，根本抓不住。”

聂音之偏头看向安安静静躺在身旁的人，抬手将鬓发别到耳后，露出一个不怀好意的笑容。

她猛然翻身，跨坐到顾绛身上，捏住他的下巴，俯身吻上去。

这回看他还说不说，都行，随你，还睡不睡得下去。

聂音之刚刚触及顾绛清浅的呼吸，就看到他蓦然睁开了眼睛，她还没来得及得意，眼前忽然天旋地转。

等回过神来，她已经不知道被卷入了什么鬼地方。沁凉的液体淹没了她的神识，水中摇曳着细碎的光，五光十色的，有种迷离又梦幻的美。

聂音之泡在水中，只觉得浑身舒爽。她不由自主地呻吟了一声，半点儿都没想要挣扎。

顾绛的声音从水的上方传来，显得有些含糊不清："这是五色露，什么都能治愈，包括你神魂上的剑伤。"

竟然还有这种好东西！

"那我的身躯呢？"

顾绛好似能听到她的疑问，慢悠悠道："本座会帮你好好看护它。"

他在"好好"两个字上咬了一点儿重音，带着一点儿不痛不痒的威胁口气。

聂音之抚摸自己的手腕，咒印的枝蔓依然紧紧绑着她的神魂和肉身。

方才她打算强吻顾绛，虽然魔头一直逆来顺受，但万一他对自己的贞洁特别看重呢？

为防止顾绛恼羞成怒，暴起打她，聂音之早就有先见之明地把"伤害转移"打开了。所以即便顾绛现在想对她的身体做什么，伤的也是他自己，聂音之半点儿都不担心，还拼了命地拱火作死："哥哥，那我刚刚到底亲到你了吗？"

在贴上他的唇之前，她的神识就被拽走了，那一瞬间太过突然，加之眼前天旋地转，分散了她的注意力，以至于聂音之都分不清到底亲没亲到。

真是可惜。

顾绛抿了一下唇："你还真会给自己长辈分。"

聂音之的神识漂在五色露里，这玩意儿比她那两箱子灵石都好使，神魂上的钝痛一下子就轻微了。她苦恼地问道："那你喜欢我叫你什么？叫爷爷不大好吧？魔尊大人这般年轻俊美。"

顾绛选择无视五色露里的烦人精，他把聂音之沉睡的身躯从自己身上挪开，平放在榻上。

毕竟是个姑娘家，这么潦草地躺着似乎不大好，聂音之醒来肯定会生气。

她平时很爱美，就算折丹峰内只有他们两人，他大多数时候都还处于闭眼状态，她每日里还是会将自己拾掇得光鲜亮丽。

每一次都像一朵花一样飘入他的视线里，烦人，但是美丽。

她今夜穿的是一身月白色的烟罗裙，袖口和裙裾绣着小碎花，脸上洗去了粉黛，清丽得如出水芙蓉。

顾绛犹豫了片刻，好心地帮她整理好发髻和衣衫。

他垂眸看了看，并指从自己袖口上抽出一根泛着金光的红线，穿入手中装着五色露的小珠子，将它系到聂音之的手腕上。

那珠子散发着绮丽的微光，红线细细的一根，和她白如皓月，纤细得仿佛力道重了都能折断的手腕极为相衬。

顾绛自己都没意识到，他的动作放轻了些，将那双柔若无骨的手叠放到她的肚子上。

聂音之的神识泡在五色露里，身体的五感却没断开，能感觉到他在自己身上窸窸窣窣地动。

这种感觉非常奇妙。

顾绛几乎没直接触碰到她的身体，只能从身上衣料的摩擦感觉到他的动作，但越是这样，她的肌肤反而越加敏感，像是蚂蚁在啃噬，刺痒感蔓延到她的神识里。

聂音之的神识蜷缩在水里，挠又挠不到，说不出地难受。

这到底是在折磨谁呢？可恶，顾绛一定是在报复她！好阴险的魔头！聂音之都想开口求他直接摸摸自己了。

她可以扑上去亲顾绛，但是这种话，不知为何，她又觉得难以启齿，就是这么奇怪。

隔靴搔痒般的触感终于从她的手腕上离开。

不知什么时候开始，五色露里的烦人精不吭声了，顾绛看一眼她微红的脸颊，并没放在心上。做完这一切，他委实有些倦了。

窗外天光已经大亮，顾绛屈指弹出一缕魔气，魔气轻柔地撩起聂音之的发梢，穿过雕窗，射向屋外，刹那间变得气势逼人，呼啸着朝着院中隐秘处击去。

头顶的封魔符文登时大亮，动静第一次这般大。

那一缕魔气撞上半空，虚空中泛起肉眼可见的弧波，冲击波蔓延到主屋窗前时，被一股无形之力化开，连窗前的白纱都未能惊动。

院子里，一个人影从虚空狼狈地跌到地上，头顶封魔符文落下，那人趁着这点儿间隙化作一道白光冲入天幕中，离开了。

铭文符光和魔气纠缠了一阵，各自散开，这里又恢复一派宁静。

折丹峰外，白光从层层封印结界中射出，一呼一吸间，坠入紧邻的明霄峰内，落地化成人形。

那人从头到脚一水的白色，白发白肤，穿一身白，但他的白衣并不特别白，身形仿佛比别的人都要单薄些，一不留神就会融入周遭的背景似的。

此人正是太虚门长老余摇清，他一落到高台上，身上的白衣便逐渐染上旁侧楼阁的木色纹理，快要隐进环境里了。

众人对此早已习惯，离他最近的云笈宗太上长老颜异伸手捉住余摇清的手臂，免得一会儿又找不到他人在哪里。

余摇清修行避役之术，能和天地万事万物共融，是潜伏的一把好手，凭借他化神期的修为，行踪莫测。站在这高台上的众人已经算是修真界中的顶尖大能了，时常都会察觉不到他的存在。

没想到竟这么快就被魔头发现了。

高台上摆着一面巨大的圆镜，里面的画面正是余摇清在折丹峰内所见所闻，已经实时转播给台上的诸位长老了。

余摇清被打出来后，镜中景象中断，有人在镜子上点了一下，镜面上又开始回放之前余摇清看到的内容。

镜子里，一根半枯的海棠枝条搭在窗棂上，正好能将屋里景象尽数收入。轻薄的白纱后，能看到聂音之一手斜撑在榻上，背对着窗，一手按在顾绛唇上，正玩弄着魔头的唇舌。

一群修士大能围在镜子前看里面的人卿卿我我，他们听不到话音，只能看到画面。

无量宗元明大师双手合十，垂下视线："阿弥陀佛。"

这画面大家之前已看过一遍了，饶是再看第二遍，还是觉得有些不可思议。顾绛堂堂一位毁天灭地的大魔，竟然在一名金丹期女弟子的指下如此……难以描述，实在令人一言难尽。

"那弟子的血看来并不简单，似乎能引诱、迷惑顾绛，共生咒应该没有此效果。"

"颜真人，她是你派弟子，以前可曾发现她身上有何特别之处？"

云笈宗的三位太上长老都是常年闭关，因这次宗门大震荡才出关，桑无眠收下这名弟子的时日尚短，他们并不了解。

颜异转头对高台下随侍的弟子说道："拿我的令，去内事堂把掌门亲传弟子名册取来。"又对另一人道，"唤孟津过来。"

他抬头时，扫了一眼蹲在不远处前殿檐角的小白鸟，不甚在意地转回目光。

小白鸟抖了抖翅膀，脑袋转来转去，豆大的眼睛里映着高台上的圆镜。

在重重楼阁背后，萧灵扶着廊柱，面朝着明霄峰前殿的方向。她的眉心上多了一个形如羽毛的白色印记，与珍珠小灵鸟连契，那只蹲在前殿檐角的小白鸟暂时能充当她的眼睛。

这小白鸟是荆重山为她寻来的。她如今身体羸弱，不得自由。在找到治疗她的方法之前，他希望她能借助小白鸟的眼睛，在云笈宗内四处看一看，纾解心中郁气。

荆重山原本不让她住在明霄峰上，这里离折丹峰太近，又是阵法枢纽所在，若是有什么变数，和魔头打起来了，明霄峰必定首当其冲。但萧灵不愿走，不是因为对这曾经的家有所留恋，而是，她很想亲眼看看聂音之会怎么样。

萧灵对自己这个替身怀有一种说不出的复杂心情。她一开始是怜悯她的。

聂音之不顾一切，以身献祭，召唤魔头现世，完全不在意他人的做法，会不会再次引起十年前那样的正魔大战，牵连无辜？

萧灵经历过那场大战，所以她不喜聂音之的做法，但另一方面又佩服她的决绝果断。

反观她自己，总是顾念太多。

小珍珠的存在自是瞒不住高台上那些大能修士的灵感，不过，太上长老或许觉得她只是个废人，和明霄峰上的小猫、小鸟差不多，所以并不在意。

圆镜里的景象，萧灵全都看在眼里。

她实在难以理解，面对那样杀孽深重的魔头，聂音之为何能与他相处得如此自在且亲密？

萧灵不由得想到她身陷死寂深渊时，她的身边也有一个可以保护她的存在——朱厌。这一只传说中的凶兽，不知为何对她莫名亲昵。她从虚空裂缝落入死寂深渊，醒来便是在他的巢穴里。

那只凶兽大约是把她当成他的所有物了。朱厌现世，则天下大兵，他的身上有着浓重的血腥气和怨魂戾气。

萧灵很不喜欢他。

前峰高台，弟子取来了云笈宗掌门亲传弟子名册。

云笈宗内门弟子入门，都有详细的档案记录，入门后每一年都会更新档案，记录弟子成长。亲传弟子的记载更加详尽。

档案上对聂音之的籍贯、出身背景、父母亲族之类都有记载。

聂音之属于天生灵骨，灵脉通透，入门不到三个月就开了灵窍，之后修炼亦是顺风顺水，五年就跨入金丹境界，的确是上上等的资质。她修习剑诀却不怎么样，至今才练到《青锋剑抄》，这是云笈宗弟子必学的一本中级剑谱。虽说和门中其他弟子的进度差不多，与她的修为却是不匹配的。

颜异看了她的灵脉记录，心里已经明白，聂音之并不适合剑修。但以她的资质，就算走了一条不适合自己的修行之路，却还是在五年就结了金丹，依然令许多人难以望其项背。

太虚门的一位长老柳桦羡慕得抠脚，忍不住叹道：“是个法修的好苗子啊。”可惜了，怎么就让剑宗捡着了！如果能入太虚门就好了。云笈宗竟然还不知珍惜。

他们聚集在云笈宗这么些时日，多少还是听到了一些云笈宗内部的隐秘，虽然嘴上不好说，但柳桦心中实在瞧不上云笈宗掌门的作为。

她转头去找余摇清，她的这位同门已经完全看不见人影子了，沉音阁少主恭敬地捏着余摇清的袖子，标记他的存在。

柳桦只觉得自己和空气对视了一眼，深觉无趣地收回视线。

云笈宗的三位太上长老有些尴尬，档案上没发现什么异常，便着人赶紧送了回去。

这时候，孟津跟随弟子的指引到来。

孟津被聂音之划破双眼，此时面上戴了一个银白色的铜制面具，将鼻子以上的面容完全遮挡了，面具紧贴面部轮廓，上面简单勾勒出眼形。

他的眼睛虽然盲了，但神识可以外放，行动自如，身量依然挺拔。他迈着稳健的步伐走到高台一侧，俯身行了一礼。

颜异免了他的礼，询问过他的伤势后，说起正事："将你所了解的有关聂音之的一切情况详细道来。"

小白鸟从前殿屋檐离开，落在了高台一侧的小阁楼上。

第五章 他不容于天地，也不容于世人

孟津和聂音之同为桑无眠座下亲传弟子，平日里一起修炼，他身为师兄，在桑无眠忙于宗门事务时，还肩负着指导聂音之剑术的责任。

按理来说，在桑无眠陨落后，他应该是云笈宗内最了解聂音之的人才是。

然而孟津说来说去，也只知道一些浮于表面的东西，比如聂音之如何骄纵，她是如何不肯舍弃口腹之欲，练剑时又是如何偷懒躲闲。

在春日里，她带着她身边的小丫鬟放纸鸢，自己做的纸鸢飞不起来，便把不知从哪里学来的符咒画到纸鸢上，纸鸢飞是飞起来了，却在仙山上空燃起了一场大火，火势顺着灵气蔓延，把云笈宗的护山大阵烧得尖叫不止。

类似惹出这种大动静的祸事，她不知闯过多少回。入门五年，却怎么都洗不去红尘牵绊，把凡尘里的俗气都带进了仙山内。

这些事迹，随便哪一个内门弟子都知道。

颜异摆摆手打断他的话，再细问他聂音之的喜好，平日相处中的细节之类，孟津就答不上来了。说到底，他只想从聂音之身上看到他想看到的，只想看到她与萧灵相似的面容，只想看到她练剑时酷似萧灵的身姿。

那些会彰显聂音之特质的地方，他甚至会刻意忽略，除了类似火烧护山大阵这种会被无数人提及，他实在忽略不了的事。

柳桦意味不明地嗤笑一声。自从知道聂音之是株法修的好苗子，又被云笈宗这样糟蹋后，她就有点儿压不住心里那点儿不待见了。

“就算养只小猫、小狗，日子久了，也知道它是喜欢追蝴蝶呢，还是喜欢刨泥巴，更何况是个人。”

高台上的修士都朝柳桦看去，表情各异。她耳边传来一声低语：“柳师姐，你的比喻实在不太恰当。”

柳桦回过头，什么都没看到，只看到沉音阁少主常寻春尴尬伸长的手臂，看那翘起的兰花指，大约只敢捏着余摇清的袖摆边儿。

常寻春是这座高台上辈分最低的，他爹正在闭关，被老爷子一声令下，赶鸭子上架，赶来此处增长见识。

常少主心里苦。顾绛的凶名一夕之间传遍修真界，万一打起来，他就可以去黄泉增长见识了。常寻春很怀疑他爹娘是不是背着他，又在外生了个同父同母的私生子，不然为何急着想要掐死他这株独苗？

他娘是这样安慰他的："放心吧，千年前的修真界大能无数，魔头都能杀得正魔两道闻风丧胆，他若想再来一次，你就算躲在沉音阁，爹娘也护不住你。"

何其有道理。

沉音阁门内大多都是风雅的音修，不擅长打打杀杀之事，属于已经丧失斗志，坐等被灭的仙门之一，但因为勉强跻身修真界七大门派末尾，只能死撑面子，不敢像那些小门小派一样坦然承认罢了。

常寻春听了聂音之以往的丰功伟绩，又看了镜中画面，对她甚是佩服，说道："聂姑娘如此不同凡响，看上去与顾绛两人情投意合，若是能感化魔头，实是修真界之大幸。"

众人忆起镜中画面，神情一言难尽。

元明大师双手合十："阿弥陀佛，善哉善哉。"

太上长老挥手，令孟津退下。

孟津躬身行礼后，转身离开。他偏头朝着明霄峰后殿望去，神识却不敢放出去，只萦绕在自己周围。像他这样随时神识外放视物也是很危险的，尤其明霄峰上聚集的都是各大派的修士，所以他并不敢轻易扩散出去。

他伤势初愈后，就来找过萧灵，可惜师姐不愿意见他。

孟津听荆师叔说，萧灵不愿意离开明霄峰，想来她还眷顾着自己的洞府。

这里有太多他们曾经的回忆，每一处景致都有他们过往的身影。过去十年里，孟津曾无数次地进入这里，靠着这些熟悉的景物纾解心中的思念。

他和桑无眠一样需要这个地方，所以师尊给了他进出明霄峰的权限。

知道萧灵还活着后，孟津没有一刻不希望能跟灵灵师姐重温过往岁月，只可惜，因为这一场惨烈的变故，师姐这最后的净土都被毁了。

师姐不愿意见他，也是可以理解的。

孟津深恨自己的无能。若他细心一点儿，察觉到聂音之的居心，或者他再心狠一点儿，在聂音之用如意剑劈向明霄峰禁制那一日，就将她杀了，也不至于会是如今这样的境地。

那明明是大师姐的如意剑，却指向大师姐的故居。

孟津抬手摸自己的眼睛，指尖触到冰凉的面具，他狠狠地咬了咬牙，这个仇他一定会连本带利讨回来。

啾啾。

一声清脆的鸟鸣传入耳中，一只拳头大小的小白鸟扑棱着翅膀飞入他的神识范围内。

孟津在小白鸟身上感觉到萧灵的气息，所以未加防备。

孟津神识一动，那半张脸上狰狞的神色蓦地一松。

“灵灵师姐？”他摊开手，小白鸟乖顺地落到他的掌心，在他的掌心啄了两口，展开翅膀往后殿方向飞去。

孟津大喜过望，快步跟随小白鸟跑去后殿。

明霄峰上的殿宇长廊孟津走过无数遍，即使不用神识探路，他都知道哪里有台阶，哪里需要跨过门槛。

萧灵住在后殿最偏僻的一栋楼阁里，她站在二楼的围栏旁，身着一袭灰白色的衣裙，眼上覆着白纱，浑身上下没有任何装饰，像一卷褪色了的画，刺得他心中泛起绵密的痛。

他压抑着心中翻涌的情绪，开口的时候声音干涩："师姐。"

萧灵低下头："孟师弟，你方才在前殿说的那些……"她顿了顿，继续道，"关于聂音之放纸鸢这些事，可以再同我说说吗？我想听。"

孟津怎么都想不到，师姐愿意见他，竟是为了问聂音之。

"笑死！你们希望谁感化谁？这届的修真界带不动。"

"聂音之表示：看我今天就趴在顾绛耳边低语，让他速速灭了修真界！"

"呜呜呜，我们灵灵好憔悴。"

"灵灵待在明霄峰上不走，一直关注结界，还守着圆镜看聂音之和魔头亲亲，如今找孟津去竟然是为了打听聂音之的事。"

"孟津还以为要上位了，哪里知道会这样。"

"孟津应该要说一句，要不然我走？"

聂音之泡在五色露里，竟然还能看得到文字，足以见得，这些东西简直无孔不入。

根据她以往的经验，这些东西刚出现时，会有许多关于前一个剧情的讨论。

聂音之本来很悠闲地筛选着，这样就能知道一些另一边的信息，直到看到那所谓的"圆镜"。

她一下子警惕起来，又看了十多条关于这个的文字，她整个人都要气炸了。

该死的顾绛，什么都无所谓！被人偷窥无所谓，现在被人偷窥的画面传出去，被一群人围观评论，他估计也觉得无所谓。

那些仙门长老要不要脸！偷看别人房中事，也不怕长针眼！

“顾绛！”聂音之气鼓鼓地喊道。

床榻上，安静睡着的顾绛被这一嗓子惊得身体震了一下，翻了个身，手臂搭到聂音之身上，没醒。

聂音之的神识波动很大，蓦地从五色露中挣脱出来，落回身躯里。她睁开眼睛偏了一下头，看到顾绛贴在她头侧的脸。

现在天气已经有些热了，阳光从窗外斜铺过来，但顾绛身边永远都是凉丝丝的。阳光穿过薄纱落到他脸上，照出白玉一般的色泽，那精雕细琢的眉眼就显得尤为浓艳，是一副绝佳的皮囊。

美色当前，聂音之暂时不生气了。她的目光在顾绛淡色的薄唇上徘徊，想到文字里说的，外面的人在偷窥她和魔头亲亲。

这么说，她当时是得逞了的。

亲了，自己却没感觉到，那她可太亏了。

她聂音之从不吃亏。

聂音之抓住顾绛的手臂，将它抬起一点儿，小心翼翼地转过身面对着他。昨夜冲动行事和现在有足够的时间酝酿干坏事是不一样的。

前者她来不及多想，干就完事了。而后者，她现在心已经快蹦到嗓子眼了。

聂音之不得不承认，她现在还是不够强大，这么点儿小事就这么不淡定。她须得加强自己的心理素质才行。

她深吸一口气，闭上眼睛凑上去。

下一秒，整张脸贴到了蓦然伸来的手心。顾绛屈指捏住她的鼻子："你又想做什么？"

聂音之睁眼瞪他，瓮声瓮气道："你竟然装睡？你怎么可以这么阴险狡诈？"

顾绛捏着她鼻子的手指用了点儿劲，垂下视线往她的心口扫去："我被你吵醒了。聂音之，你的心跳声很大。"

聂音之痛得去掰他的手指，眼中冒出一点儿泪花，一本正经地为自己澄清："你别想太多，不是为你而跳的。"

顾绛松开手，懒懒散散地笑了一声。

聂音之看到自己手腕上的珠子，惊讶地晃了晃："这是什么？"还挺好看的。

"五色露。"顾绛伸手捏住珠子，那珠子竟像软的一般，被他捏得变了形，一滴玄黄清露被挤出来，顺着聂音之的手腕滑落，"内服、外用均可，像这样直接挤出来就行。"

"你这些都是从哪里来的？"聂音之问完就想到了答案。

果然，下一秒便听顾绛回道："杀了人，抢来的吧。"

"你以前可真坏。"聂音之沉默片刻，突然想到什么，支起身子趴在床榻上，若有所思地盯着他，"顾绛，该不会是因为有什么绝色美人，为天下苍生舍生取义，用爱将你救赎之类的原因，你才放下屠刀，立地成佛的吧？"

顾绛眉梢扬起，翻身转到床榻内侧，忍笑忍得肩膀直颤抖，最后憋不住大笑出声，笑得整个床榻都在抖。

聂音之盘腿坐起来，没好气地揪他披散在枕上的黑发，恼羞成怒道："话本子上都是这么说的！还是你丢给我的话本子。"

她会这么想，合情合理。

顾绛笑够了，用指尖蹭了一下眼角：“你说得有几分道理。”

聂音之的脸色蓦地沉下去，拉着他的头发迫使他转向自己：“你若是也和桑无眠、孟津一样的话，我也会杀了你。”

她说到“杀”字的时候，鼻子里泛起酸涩，咬住唇，恶狠狠地盯着他，眼眶霎时就红了。

顾绛愣住，半撑起身子，像以往一样拍了拍她的头，轻声道：“没有这样的人，聂音之，你是第一个救赎我的绝色美人。”

“啊啊啊！这两人好甜啊！”

“聂音之，男人这么哄你就是想让你爱他！你到底行不行啊？”

“老魔头为什么这么会啊？我不信他以前没撩过别的妹妹。”

“盘正条顺，实力傲视群雄，会送首饰，还会说情话哄人开心，平时也懒，压根不出门，不会到处拈花惹草，这不比桑无眠强上百倍？这样的男人竟然不是女主角的，这不合理。”

“这话说得，全世界的好男人都该是女主角的？”

“废话！不然为什么是女主角？我觉得现在女配角的光环已经压过女主角了！”

“就如官方声明中说的，这已经是个真实完善的世界了，文字只能呈现作者安排好的一种可能，人却可以有无数种选择，不然你直接去看按剧本演的呗。”

“灵灵党叫了这么久了，怎么还在？要是看不下去，就别看了，乖，去看原著吧。”

聂音之扑哧一声，实在憋不住笑出声来。

这些文字真的很破坏气氛！

她刚才明明都心跳加速了，一排排“尖叫”文字突然撞入视线里，她一下子心如止水，什么心动的感觉都没了。

顾绛见她笑了，立马重新躺回去。

聂音之推了推他：“外面还有人在偷窥吗？”

“跑了。”

聂音之不想跟他继续躺着虚度光阴，起身去沐浴洗漱。她换了一身浅粉色的衣裙，料子轻薄，裹着窈窕的身材，外面罩一层沁凉的月光纱，走动起来翩翩欲飞。

没有丫鬟伺候，聂音之自己不太会梳头发，只能绾最简单的发髻，再插上一些珠翠。

镜子里的人眉眼似乎有了些许改变，但细细一看，又说不出哪里改变了，反正担得起顾绛嘴里的绝色美人的称号。

她在妆屉里挑来挑去，耐心地描眉，点上口脂。手指上的蔻丹有些斑驳掉色了，聂音之擦掉指甲上的残留，自己怎么都染不好，便带上工具去找大魔头。

顾绛被她推醒，还没表现出不高兴，就被捏开嘴滴了一滴血入口中。

聂音之在他唇上蹭干净指腹上的血，用五色露愈合伤口，动作非常自然。

顾绛虽然很无语，但舔唇舔得很诚实。

他坐起身，苦恼地按住额角：“你又要做什么？”

“我的蔻丹掉色了，自己一个人没办法染。”聂音之竖起双手，充满期待地看着他。

顾绛看向摆在床沿上的一系列物什，一个巴掌大的黛蓝色银纹胭脂盒，还有一叠皱巴巴的荷叶碎，一缕缕小布条，看上去会是个很麻烦的活。

他说："你的手指已经很好看了，不需要这些。"

"还可以更好看。"聂音之可不会就这么被他一两句甜言蜜语糊弄住，她抢先说道，堵住他的后路，"谢礼你已经收了，可不能拒绝。"

顾绛最后被她连哄带骗地拖下床，坐到院子里的软榻上。

聂音之用他的一个手指头做示范，手把手教他："先挖一点儿花泥，像这样敷到指甲上，然后用荷叶裹住手指尖，缠上布条就可以了，是不是很简单？"

顾绛的手指修长，指甲圆润，很是好看。聂音之捏起荷叶往他指尖上裹："但是动作要轻点儿哦，不要弄到外面，不然手指头也会被染红，就不好看了。"

她嘴上这么说，结果自己也裹不好，把凤仙花泥弄得他手指上到处都是。

以前都是澄碧帮她做这些，聂音之只见过她做，还是第一回亲自上手，动作很生疏。

"行了，我知道了。"顾绛抽回手，擦去手指上的花泥，对她摊开手，"手给我。"

求人办事，聂音之只能选择相信他。

"我笑死！请余摇清再进来偷窥一下！这就是让整个修真界寝食难安的魔头的真面目。"

"修真界以为魔头一定在谋划着灭世，实际上魔头被逼起床染指甲，哈哈哈。"

"这是什么老夫老妻的生活？我被甜齁了。"

"大魔头，你难道没发现音音换了漂亮的小裙子，戴了步摇，还化了妆吗？怎么不夸几句？你那两只大眼睛是长来出气的吗？”

“聂音之打扮得好招摇，要开始勾引魔头了吗？”

“聂音之，我求求你，别把魔尊培养成姐妹了！”

顾绛捏着她的手指，眉头皱得很紧，专注地给她染蔻丹。

聂音之被这些吵闹的文字逗得想笑，眼眸转了转，忽而心血来潮，一缕心念淌入手腕上的咒印，融入金芽上唯一一片小叶里。

一股莫名的欢喜涌上顾绛心头，他的动作顿住，被那股不属于自己的情绪冲得眉间不由得舒展开，嘴角染上了笑意。

“这是什么？”顾绛疑惑地问道。

聂音之很开心。她越开心，涌向顾绛心口的浪潮便越大，每一片浪花里都带着欢喜，几乎让他有种被淹没的错觉。

聂音之摇晃着被荷叶裹好指尖的右手：“也是共生咒下面的衍生术法之一，叫‘共情’。我可以把自己的情绪分享给你，也可以偷偷窥探你的情绪。不过，你放心，我不会随便偷窥你的。”

这种术法可以将她的欲望强加给顾绛，潜移默化地迫使他完成她的心愿。比如，她想要从这里出去，只要不断将这个心念灌输给他，无须多久，顾绛便也会生出同样的想法。

“你现在感受到的，就是我现在的心情。”聂音之盯着他的眼睛，好奇地问道，“你现在是什么感觉？”

顾绛笑了一下：“傻乐。”

“你才傻乐。”聂音之软绵绵地斥道。

顾绛沉吟片刻，品味着心中的情绪：“你还想让我夸你？”他上下打量她，遂了她的意，“你今天确实很好看。”

聂音之脸颊微红，有些不好意思地断开“共情”，嘀咕道：“我平时不好看吗？”

顾绛只觉得心口就像是退了潮，又恢复了寡淡无趣：“你还学了什么衍生术？一并展示来看看。”

“阮家的咒术精妙，我虽然天赋绝佳，但这么短的时间，我就只学会了三个。”聂音之扬起下巴，一点儿也不谦虚地自夸，“伤害转移、共情，还有一个是五感控制。”

她兴致勃勃道：“你确定想要试试吗？”

顾绛敏锐地嗅到她的不怀好意，往后仰去：“我现在拒绝，你会依吗？”

“自然是不依的，堂堂魔尊不能出尔反尔。”聂音之给了他一个“我要开始了”的眼神，默默运转心诀，她将腕上的金芽勾出咒印，金色叶片浮出，能看到一道灵光汇聚到叶片处。

“我先剥夺你的视觉。”

随着她的话音，顾绛眼前骤然一黑。他瞳光涣散，那双墨玉似的眼眸蒙上了一层迷离的雾。

聂音之在他眼前晃了晃手，顾绛的眼眸没有任何波动：“别晃了，看不见。”

“那我继续了？”聂音之说完，又相继封了他听觉、嗅觉、味觉，忍着坏笑将他的触觉催发到一个极为敏感的程度——她在五色露里难受了，也要让他难受一次才行。

顾绛距离飞升仅一步之遥，这一步还是他自己退回来的，他的五感本就敏锐非常，如今周身更是有一种难以言喻的微妙感受。

在聂音之的操控下，他的触觉敏锐得过分了，一丝风拂到裸露的皮肤上，都能引起他过激的反应，带给他与平时截然不同的刺激，连身上衣料的摩擦都变得令他不太舒适了。

聂音之拆了手指上包裹的荷叶，指甲上的蔻丹染得很成功，殷红清透。她伸手摸上顾绛的喉结。

顾绛浑身猛地一颤，鼻息骤然加重，一把捉住她的手腕。

聂音之吃痛，挣脱他的手。既然不能摸他的人，她转而伸手去摸手腕上的金色叶片。

顾绛撑在软榻上，整个人都在微微地颤抖。他将袖摆垂下，挡在身前，隐忍地吞咽了一声，话音中带着一丝不易察觉的颤音："聂音之，可以了。"

魔气缠上她的手腕，将那片小叶子紧紧裹住，藏了起来。

"摸叶子魔头也会有感觉？他看上去好像很爽的样子。"

"这个共生咒也太有趣了吧！还有什么衍生术？快快使出来！"

"我能把这片叶子摸烂，摸到魔头爽得满地爬。"

"天啊！把封寒缨也绑定了吧。"

"如果把共情和五感控制同时打开，会怎么样？"

"讲道理，这个咒术我觉得有点儿那个，真的不是房中术吗？"

"我懂了！这下子就算顾绛懒得动，聂音之也有办法。"

"那么问题来了，魔头都行了，聂音之你到底行不行？"

她不行，就算行，她也不敢行。

聂音之被缠绕在周身的魔气威胁着，瘆人的寒意从她的皮肤渗透进去，往骨子里钻，她被极致的恐惧淹没，仿佛下一瞬就会被挫骨扬灰。

在两人犹如云泥的境界差异下，聂音之整个人都被他的威压控在原地，连气都喘不过来。

头上封魔铭文大盛，密密匝匝地亮起来，覆盖住整片天空，符光从头顶洒下来，和魔气纠缠在一起。

聂音之从来没在顾绛身上感觉到过这么重的杀意，就像被兜头泼了一盆冰水，从头冷到脚。

她好像玩得有点儿过分了。

聂音之收回手，解开顾绛被封的感官。

光亮重新涌入眼中，顾绛闭了闭眼，等适应后再次睁开。

聂音之坐在他对面，脸上血色褪尽，有些苍白。她咬了咬唇，说道："是你让我试的。"

顾绛的感官被剥夺，完全不知道自己的魔气方才失控过，看到封魔印的亮光，他下意识伸手去拉她。

聂音之慌张地缩回手，退后两步。她还没从刚刚的死亡威胁中缓过来，看他的眼神中残留着惊惧。

顾绛一时间有些错乱，尘封的某段记忆被触动。

他曾经被很多人用这样的眼神看过。在很长很长的一段岁月里，不论他走到哪里，投向他的都是这样恐惧的眼神。

他不容于天地，也不容于世人。

顾绛缩回手："抱歉。"

聂音之看了他一眼，压下心中余悸，想要伸手去握他垂下的手。头顶的结界猛地一震，天空中霎时布满蛛网似的裂痕，整个折丹峰都跟着震荡起来。

封印结界破了。

折丹峰大震时，萧灵正在一名弟子的引领下往荆重山所在的医堂走，小白鸟蹲在她的肩头，被结界龟裂卷起的罡风吹得奓了毛。

萧灵将它捧在手心里，差点儿因地面晃动跌到地上，幸而身旁有人扶了她一把。

“萧师姐，你没事吧？”清灵如黄鹂的嗓音在她耳畔响起，萧灵通过小白鸟的眼睛，看向搀扶着她的小弟子。

弟子名叫白英，是荆重山座下最小的一名弟子。自从荆重山找到治疗她的办法后，每日里都是白英去明霄峰接她来医堂。

小丫头十四五的年岁，像春日里新发出的花蕾，浑身都洋溢着勃勃生机，笑起来眼弯成月牙儿，声音比她手心里的小白鸟还要清脆。

与之相比，萧灵觉得自己就如一株枯败的残花，从内到外都散发着腐朽的气息。

白英扶住她的手臂，藏在袖子里的手串便硌痛了萧灵的手腕。

这个年纪正是爱美的时候。

小白鸟歪歪头，从袖口看进去，看到一串珍珠环在那纤细嫩白的腕子上。

萧灵想到聂音之的手腕，圆镜里，泛金的红绳串着一颗斑斓的白珠，被轻柔地系到她手上，很漂亮。

她以前每日都要练剑，是不能戴这些首饰的。她的资质并不差，在修炼进境方面，已然算是佼佼者。只不过，身为掌门座下大弟子，萧灵还必须做得更好，做到最好。

她的前半生，都在为成为所有人心中最好的大师姐，为了成为桑无眠心中最好的弟子，而活着。

聂音之的存在让萧灵明白了，她过去的努力就是个笑话。聂音之肆无忌惮，任性妄为，却得到了她都没有得到过的优待。原来这样的人，在他们眼中，也是可以代替她的。

如果她没有回来，萧灵这个名字在云笈宗内依然是不能提的存在。

何其可笑啊。

“萧师姐，好像是折丹峰发出的动静。天啊，聂师姐不会是要和那魔头一起出来了吧？”白英的声音拉回了她的思绪，萧灵被心中滋生的阴暗惊到了，眉心微微蹙起，将起伏的心绪深深压回心底。

她忍不住往左侧偏了一下头，自己的心境是不是也被影响了？

身后那个如影随形的气息像是得到了某种暗示，突然凑上来，贴到她身上。

血腥躁烈的气息涌入鼻息，萧灵的颈间起了一层鸡皮疙瘩。她厌恶地抬手一挥，低吼道：“滚开！”

白英吓了一跳，不明所以地问道：“萧……萧师姐，怎么了？”她意识到自己方才说错话了，提到了不该提的人，忙抬手捂住嘴，“对不起，萧师姐。”

萧灵转向她，嘴角噙了一点儿淡淡的笑意，声音却无波无澜：“聂音之唤醒魔头，害得掌门师尊陨落，多位长老死伤，为云笈宗乃至整个修真界引来一大祸端，令所有人惶惶不可终日，门中弟子谈起她时大都是一副深恶痛绝的口气，只有你还叫她聂师姐。”

白英睁大眼睛，眼睫颤得像蝴蝶的翅膀，面上的血色飞快褪去，她赶紧松开萧灵的手臂，俯身认错：“对不起，萧师姐，我只是叫习惯了，一时疏忽，没能改口。”

“叫习惯了啊？”萧灵喃喃着重复，轻轻地拍了一下白英的肩膀，“起来吧，不怪你。”

结界动荡使得所有人都很紧张，云笈宗上方的护山大阵降下一波波灵潮，地面的震动终于平息，无数白光朝着明霄峰上飞去，如白日流萤。

荆重山匆匆跑出来，看到萧灵的身影时，松了一口气：“灵灵，今日的药池已经备好了，你快随我进来。”

他看一眼动荡的护山阵：“折丹峰上有重重结界，又有各派高阶修士守着，不用担心。你的疗伤正是紧要关头，不能中断。”

萧灵点点头，往药殿内走。

白英低垂着脑袋，默默吐了一下舌头，打算行礼告退。

荆重山唤住她道：“阿英，你跟着一起进来。”

走在前面的萧灵浑身一僵，回过身。小白鸟窝在她肩上，歪着脑袋看向那师徒二人。

白英惊讶地抬起头来：“师尊，我也要进去吗？”往常她都是把人送到就去忙自己的，估摸着时辰快到了，再来把萧师姐送回明霄峰。

“你也跟在为师身边学习近两年了，可以来为我搭把手。”

白英脸上绽开惊喜的笑容，脆生生地应道：“是，师尊！”

这一段时日以来，荆重山几乎翻遍医书药典，又向修真界中的其他圣手医修请教，终是让他找到了根除瘴毒，又能恢复萧灵体内灵脉根基的法子。

只是这个法子万不能泄露出去。

药池里撒满了仙草灵药，室内水汽氤氲，盈满药香。萧灵在入水前服了一枚丹药，随后踏入水中盘膝坐下，很快就像以往一样，软绵绵地靠着药池温润的石壁，陷入了昏睡。

等到萧灵醒来，已是落日时分。

她躺在前殿的软榻上。经过数次药浴，她经脉里的瘴毒十去八九，那渗透在骨骼里的丑陋斑纹淡了很多，皮肤上也没有了隐隐透出的纹路。

初愈的内府扎进了一丝灵力。

萧灵感受到这丝灵力，几乎喜极而泣。她坐起身来，失声喊道：“荆师叔，我的灵枢恢复了？”

荆重山的笑声从旁边传来：“对，再药浴一次，你体内的瘴毒就清干净了。灵枢和经脉受到这么多的仙草滋养，恢复得很快。只是你的修为却只能从头开始了，苦了你了。”

萧灵眼中含着泪，露出了回到云笈宗后第一个真心实意的笑容：“我还有什么苦没吃过呢？我不怕吃苦。”

荆重山叹了一口气，很是心疼地说道：“那就好。”

“折丹峰结界动荡，明霄峰上必然不能平静。灵灵，最后几次的治疗很关键，绝不容有失。你暂时别回明霄峰了，就住在医堂吧。”荆重山说道。

萧灵犹豫了片刻，虽然她很想看看折丹峰情况如何，但自己的治疗更为重要，便颔首答应了。

“我叫人送你去桃苑暂住，那里清静。”荆重山立即唤来一名弟子送她去休息，他还要处理药池里用过的灵药，不方便久留她，唯恐被她发现异状。

若是知道治疗她要付出的代价是什么，她怕是会愧疚不已，不会继续配合疗伤，若是半途而废，那之前的牺牲都没有了意义。

小白鸟被从暗笼里放出来，落到萧灵肩头，她被蒙蔽的视觉也终于恢复。她看了一眼那名弟子，疑惑地问道：“师叔，白英小师妹呢？”

“那丫头，”荆重山呵呵笑了两声，无奈地摇头，“她今日协助我为你疗伤，有了些许感悟，不等你醒来就迫不及待去闭关了。”

萧灵抿了抿唇。荆重山摆手催促她道：“你回去休息吧，我准备好下一次治疗再遣人去接你。”

“好，谢谢师叔。”萧灵拜过后，转身跟随那名弟子离开。

直到两人的身影消失，荆重山才敛下神色，重新回到封闭的药池殿内。这座建筑的门扉、窗棂皆刻着符文，没有他的允许，一只苍蝇都飞不进去，同时，殿内的药气也半丝都透不出来。

此时药池的水已完全冷却，一具娇小的身躯和枯败的灵草一起漂浮在水面上，戴着珍珠手串的手腕上遍布着狰狞的斑痕，一直没入袖子底下。

荆重山不忍地看了一眼那张被死气吞噬的脸，面上的表情不受控制地扭曲变形。他愧疚地跪到池子边上，面露悲戚，须臾后又双眼大睁，眼中布满蛛网似的血丝，低低地笑出声，俨然一副走火入魔的样子。

荆重山被自己嘴里发出的声音吓到，慌忙从怀里掏出一粒丹药服下，打坐调息。

片刻后，他那副诡异的表情才恢复正常。

萧灵被医修弟子领着去往桃苑。

不知是不是天气干燥的缘故，云笈宗内人心浮躁，弟子之间动不动发生争斗，切磋对练也不知轻重，每日都有伤员被送到医堂来。

医堂内人满为患，吵吵嚷嚷，没有半点儿以往的清静。

就连医修弟子都受到这种氛围影响，来往的人眉目间都带着躁郁之色，时不时便能听到争执的声音。

医堂里的清心静气丹药供不应求，医修根本炼制不过来。

小白鸟在医堂的殿宇之间穿梭，落在繁茂的枝叶间，四下都能听到门中弟子的议论。

“一定是受了魔气影响，大家的心境才会如此动荡，就连方师兄都在修炼时走火入魔了。长此以往可不是办法。”

“别说你们剑修，我们医堂都有好几名弟子心境不稳，闭关去了，至今未见人影。”

“今日结界又破了一重，我看根本关不住那魔头。”

“就算要关，也不应该封在我们云笈宗内，应该将他封入万魔窟才是，也不知道长老们是怎么想的。”

“嘘！你胆子肥了，敢议论长老是非？你以为那么轻易就能将魔头逼入万魔窟？掌门可都在他手下陨落了！”

小白鸟从一处院落离开，落到另一边的屋檐上。透风的楼阁里，有压低的耳语声飘出。

“我听说掌门打算剖聂师……聂音之的金丹为萧师姐疗伤，聂音之逼不得已才使用禁阵召唤出魔头的。”

“剖金丹？这和要她的命有何差别？换作是我，也会不顾一切。”

“孟师兄的眼睛也是被聂音之刺瞎的。”

“唉，到头来最倒霉的还是我们这些无辜弟子。当初拼了命挤进云笈宗内门，没想到……”

小白鸟与一群小麻雀一起飞离，穿过逐渐合围而来的暮色时，不知从何处飘来一声抱怨：“萧灵为什么要回来？如果她不回来，就不会发生这场祸事。”

小白鸟飞入桃苑，耳边的声音逐渐少了，萧灵坐在暮色四合的院子里，整个人都陷在桃树的阴影里。

“听了不开心，又何必要听？”虚空中传来一个声音，昏暗的半空扭曲片刻，慢慢凝成一个人影。那人影轮廓渐渐清晰，竟是早已陨落的桑无眠。

萧灵抬头面向他，小白鸟落到她的肩头上。

桑无眠俯下身，盯了她片刻，了然道：“你心里已经没有这个人了。”

他说完，身上出现水波一样的纹路，身形骤然缩小了一圈，腰肢细软，眉目与萧灵有几分相似，抬手别了一下鬓发，腕上的红绳上缀着一颗珠子：“让你不开心的人，都该死。”

折丹峰上一共七重结界，剑阵已破，如今又一重结界破碎。即便如此，加上封魔鼎，还留有五重结界，足以见得外面的人有多惧怕顾绛出去。

还有五重呢，聂音之根本就没指望顾绛会趁机冲破结界出去，震荡平息后，她就准备该干啥干啥去了。

顾绛抬头看了一会儿结界，喊道：“聂音之，我们要离开这里。”

聂音之差点儿以为自己听错了，过了好一会儿才反应过来，提着裙摆从屋里跑出来，差点儿迎面撞上顾绛。

顾绛往后退了一步。

聂音之站定，犹觉得不敢置信：“你刚刚说，我们要离开这里？真的吗？你为何愿意出去了？”她共情的时候，没有把自己的想法强加给他呀。

顾绛皱起眉，有气无力道：“外面有难闻的气息，这里会变得很烦。”

他的话音刚落，一排排文字涌入聂音之的视线里。

“啊啊啊！朱厌！是朱厌！灵灵终于想通了！她身边也终于有保护她的人了！”

“看到云笈宗的人都变得暴躁易怒，心境动荡，我就猜到可能是朱厌来了。”

“又西四百里，曰小次之山，其上多白玉，其下多赤铜。有兽焉，其状如猿而白首赤足，名曰朱厌，见则大兵。——《山海经》”

“在死寂深渊时，朱厌一直顶着桑无眠的形象，如今不是了，可见萧灵真的对桑无眠没有感情了。”

“桑无眠好惨一男主角！哦，已经不是男主角了。”

“但是朱厌变成聂音之是几个意思？”

“萧灵对替身心生执念了吧？”

第六章 你还真会使唤人

“魔头终于要离开了？”

“朱厌出现在这里，过不了多久，云笈宗就会乱了，确实会很烦呢。”

“只要我跑得够快，麻烦就追不上我。的确是顾绛的作风。”

“其实我还挺想看他们打一架的啊，怎么能说走就走呢？”

“朱厌的战斗力不行吧？毕竟那家伙属于那种煽风点火型幕后选手。”

根据从文字里看到的信息，聂音之猜测顾绛嘴里说的“难闻的气息”，多半就是朱厌散发出来的。那家伙还顶着她的外貌讨好萧灵，怕不是脑子有病？

聂音之一点儿都不好奇朱厌和萧灵之间是什么关系，有什么纠葛。若真如字幕所说，朱厌这东西，见则大兵，那云笈宗很快就会乱起来。这里的人被朱厌的气息影响，变得暴躁易怒，他们很可能会成为众人发泄愤怒情绪的宣泄口，成为众矢之的。

的确应该快点儿跑才行。

顾绛说走就准备走，聂音之连忙道：“等等，能稍等我片刻吗？我有好多东西都没收拾呢。”

“不急于这一时，等你收拾好了再走也行。”顾绛重新坐回院中软榻上，并不是很着急的样子，十分善解人意。

“我很快的。”聂音之被关了这么久，恨不能插翅飞出去，现在顾绛终于愿意离开这里了，她片刻都不想耽搁，转头回到屋里，开始丁零哐啷地翻箱倒柜。

这种时候，她就尤为想念阿浣和澄碧。

顾绛倚靠在软榻上，看着从雕窗透出的身影。聂音之像一只忙碌的蝴蝶，在烛光中翩跹，先把她那装满裙子的几个大柜子塞进芥子里，接着是多宝橱上的摆件……总之，什么都往芥子里塞。

他看聂音之是打算把整个折丹峰都装上。

聂音之之前劈了自己的梳妆台，首饰和胭脂毁了一多半，余下来的也不少。

她在折丹峰住了五年，把这里当作另一个家，实在有太多的东西想带走，属于她的，一件都不想留下。

芥子根本装不下，聂音之收拾得有些累了，趴在窗台上休憩片刻，望向院中悠闲躺着的人，非常想让他来帮忙。

太过直白地开口不太好，聂音之遂暗示道："顾绛，你没有想要收拾的东西吗？"

顾绛想了想："你。"

聂音之一噎。

"哦，我亲爱的家人们，瞧瞧我都听到了什么！魔头竟然会说土味情话。"

"天啊，聂音之的裙子好多！好想全部给她抢光！"

"估摸着等聂音之收拾完，天都亮了。"

听到顾绛暗示自己不是人的话，聂音之选择忍气吞声，用软得能流出蜜来的声音请求道："你没有的话，能不能帮我收拾一下？"

两个人隔着半个庭院对望，聂音之从那双黑沉的眼睛里读到了"麻烦死了"四个大字，她暗地里撇了撇嘴角，果然，要喊动魔头做事，比登天还难。

她挽起袖口，打算自己加把劲儿，争取子时之前收拾妥当。

她才挽好袖子，一抬头，差点儿被眼前的人影吓死——原本躺在院中的人已经到了近前，就站在窗外。

顾绛对她勾勾手，似笑非笑道："你还真会使唤人。"也只有使唤人的时候，语气才会这么矫揉造作，"出来吧。"

这是要帮她？为防止他后悔，聂音之先抓住他的手，接着才问道："出去？"不应该是你进来吗？

顾绛垂眸看了一眼她的手，收拢手指反握住，另一手捉住她的腰，将人从窗口抱出来，脚下几个起落，飞快地退出庭院，落到了折丹峰外缘。

聂音之不明就里地挂在他身上，脚下悬空。夜色里的折丹峰上，亭台楼阁影影绰绰，主院里亮着烛光，那是他们居住的院落。

"你要做什么？"聂音之茫然不解道。他还真把她当东西收拾了？

"我是让你帮我收拾东西，不是让你只收拾我，我才不是个东西！"

顾绛失笑："别骂自己。"

聂音之噎了一下，反呛道："你才不是个东西！"

顾绛本来在抽刀，被她逗得实在忍不住，扶额大笑起来。聂音之被他单手抱在怀里，整个人都在随着他的笑声抖动，她一脸麻木道："再笑我咬死你哦。"

顾绛笑够了，才深吸一口气，抽出一把暗红色的长刀。那刀有多长呢？跟聂音之的身量都差不多了，刀刃约莫三指宽，甫一现世，便散发着一层不祥的红光，就连头顶的月色都像被浸染了一般，蒙上血晕。

折丹峰上的大阵争先恐后地嗡鸣起来，封魔符文一瞬间从天空铺展到地上，显出封魔鼎的形状，闪烁不停，简直热闹极了。

这样大的阵仗前所未有，聂音之紧张地搂紧顾绛的脖子。

顾绛手执长刀，横扫一刀，暗红色的刀光从刀尖荡开，呼啸着没入折丹峰内。

须臾后，刀光从遥远的另一端迸出，折丹峰所在的山峦整个儿往下一滑，发出惊天动地的巨响，鸟兽皆惊——折丹峰竟然被他一刀削掉了。

削掉的山头被吸入半空，片刻后，一枚芥子飞到二人面前，那芥子犹如一枚琥珀，将折丹峰整个儿装在里面，其上假山池水、亭台楼阁保存完好，屋内的烛火都还没灭，透出萤火似的一点微光。

聂音之嘴巴半张，整个人都惊呆了。

“愣着干什么？拿着呀！你还有什么要带的？”顾绛的口气随便得如同在路边摘了一朵花，而不是削掉了人家一座山。

聂音之呆滞地望向被挖空的那处，伸手接过芥子，握进手心里：“没……没了。”

“太震惊了！土匪都没有这么蛮横吧？地皮都给人刮走十层，太不是个东西了！”

“笑死！我也想要这样简单粗暴的打包技术。”

“这两口子太适合干打家劫舍的行当了。”

“所以，聂音之之前纯属白忙活。”

“霸道老魔和他的磨人小娇妻。”

“我们顾顾虽然咸鱼，但关键时刻还是很靠谱的。姐妹们看到了吗？找男朋友就该找这样的。”

“瞎说什么！这样的，在现实里是会坐牢的！”

顾绛削完山头，又举起他那把要命的刀，对准头顶呜哇乱叫，闪个不停的结界一连挥出数刀，每一刀都携着滔天的魔气，撞上封魔铭文，带着血光的黑气将封魔印吞得一干二净。

那具倒扣的大鼎半点儿反抗之力都没有，很快就龟裂了。

对撞的罡风从头顶灌下来，在这样的威压下，聂音之觉得自己的五脏六腑都快成挤压成糨糊了。她有气无力地趴在顾绛耳边道：“哥哥，我要死了。”

顾绛这才意识到他怀里的人是个用手指头都能捏死的金丹，遂垂眸看了她一眼。

聂音之身上的压力骤然一轻，又能喘匀气儿了。

顾绛劈开封魔鼎，闲庭信步一般跨过无灵域，这几重封了他们一个多月的结界，在他眼里就如同纸糊的一样。

聂音之表情扭曲，魔头曾经说过的话在她耳边不断回响：“这结界的确强悍……的确强悍……强悍……”

折丹峰这边的动静就如投入火中的一个炮仗，把所有人都炸得神经紧绷，如临大敌。

各派的高阶修士围在折丹峰的四面八方，严阵以待。折丹峰结界动荡之时，诸位长老之间就已经达成共识。

顾绛未在天诛中陨落，销声匿迹这么多年，若他真有心覆灭修真界，早该动手了。再兼之，从这一段时日他们对折丹峰的观察来看，大家一致认为，魔头应该不会急于起冲突。

修真界还未从上一次大战中恢复过来，此时不宜再挑起纷争。最重要的是，看顾绛砍破结界如切豆腐的实力，他们全部加起来说不定都打不过他。

正道各派的领头人分析利弊后，决定先和谈安抚，以守为主，先礼后兵。

所以，折丹峰上的结界尽数崩溃后，守在最前方的各派领头修士都没有动手。

众人屏息等待着折丹峰重现。

云笈宗遍布灯火的楼宇中，不知从何处飘来一声视死如归的声音：“我正道弟子，以诛妖伏魔为己任，誓死诛杀魔头和妖女，守天下太平。”

这一声很快如燎原之火，传遍了所有人的耳朵，此间的每一个人，每一声回应，都将这簇心火拱得更高。

这意念传到折丹峰前的大能耳中时，众人心中同时咯噔了一声。

“不好！”

云笈宗的三位太上长老焦头烂额，宗门内人心浮动，那种仿佛烈火烹油的氛围萦绕在云笈宗的各个地方，只要一点儿火星就能蹿起漫天大火。

他们还没来得及肃清云笈宗内的浮躁之气，今夜，这火就被那一点儿火星燎起来了。

此时，医堂的桃苑依然清静，甚至远比平时还要清静。朱厌顶着聂音之的脸，抚唇轻笑：“还是年轻一辈血性单纯，一点就燃，不像那些老乌龟，心防比城墙还厚。修为越高，膝盖反倒越软，竟想和魔头和谈。”

朱厌深吸一口气，期待着即将到来的血流成河，血腥扑鼻，不解地偏头对另一人道：“萧灵，辜负你的人都将死，你应该开心才对。”

“聂音之召唤魔头的时候，可没你这么多的怜悯心。”朱厌伸手捏住她的下巴，“你不是想像她一样敢爱敢恨，活得自在肆意吗？”

萧灵皱起眉，通过小白鸟的视觉，近距离看着那张与自己相似的脸，缓缓点了一下头。

她要学会自私一点儿，不应该顾虑太多，正邪本就不两立。

“就让爱你的孟师弟先去冲锋陷阵如何？”朱厌啧啧道，“可惜，桑无眠死得太随便了，连神魂都被打散，不能拉起来鞭尸。”

萧灵不高兴道：“朱厌。”

“好，我不说他。”

折丹峰内，顾绛随手一扬，将那把暗红色的长刀插进了折丹峰被削得十分光滑的空地上。

刀上的暗红近黑的魔气四处蔓延。

结界崩溃，折丹峰重现人间，外界的灵气汹涌而入，形成了呼啸的灵岚，夜色下能看到外面流淌过来的犹如白昼的灯光。

灯光被灵雾晕开，模糊不清，但聂音之仅凭肉眼就能看到外面严阵以待的无数人影。为了阻止魔头祸害世间，大概整个云笈宗的修士都披甲上阵了吧？

应该不只云笈宗，还有其他仙门。

高阶修士的威压环绕在四周，云笈宗从天到地充斥着一片剑拔弩张的肃杀之意，几乎凝为实质，仿佛暴风雨来临前最后的宁静。

有如浪潮的神念从外面涌进来："诛杀魔头和妖女，守天下太平。"

无数弟子的神念凝成了一股势不可当的洪流，扑面而来，饶是顾绛，都被这众怒扰的身形凝滞，苦恼地皱起眉。

聂音之攥紧顾绛的衣襟，不由得屏住呼吸，心脏怦怦狂跳，既紧张，又忍不住兴奋。最终，那唯恐天下不乱的戾气从骨子里冒出来，她的眼眸映着云笈宗游龙似的灯光，亮得几乎有些邪性。

那就杀了他们好了，杀光他们。

聂音之心中不可抑制地生出这样的念头，并为此热血沸腾，驱使顾绛的咒术已经盘桓在心头，在催动之前，她忽然犹豫了一下。

共生咒是阮家用来操控他人的咒术，当初阮家家主对顾绛下咒，应该也是想将他变成手里的一件杀人兵器。

可顾绛不是件兵器，他是个人。

聂音之不想这样控制他。要杀这满山遍野的人，逆着众怒而上，他那么懒，定会觉得很烦。

发热的脑袋因为她这一丝犹豫，有了片刻的清醒。聂音之意识到她兴奋得有点儿不对劲，她不是这样嗜杀的人。

她也被朱厌影响了吗？

聂音之狠狠咬了一口舌尖，借助疼痛将自己从那种异常的情绪里拽出来，正色道："顾绛，我不太对劲，我如果强迫你杀人的话，你可以反抗我。"

趁现在还算清醒，聂音之飞快地默念了一句心诀，汇入手腕上的咒印："我给你拒绝我的权力。"

顾绛垂下眼眸，指尖抚上她的唇，望进她的眼里，目光有些复杂难辨。他问："你不想控制我？"他能感觉到聂音之的身体兴奋得战栗，顾绛以为她会很高兴驱使自己。

"无法不想吧？"聂音之无奈道。可以将这样强大的人捏在手心里玩，随意掌控，只是想想就能产生心理快感，让人根本把持不住，"但我可以忍住。我更在乎你的感受，不想强迫你。"

聂音之眨眨眼，真诚地说道："你有没有被感动？"

顾绛默默地盯着她看了一会儿，嘴角勾起笑意："感动坏了。"他捏开聂音之的嘴，魔气从她的唇边钻进去，裹缠住柔软的舌尖，舔舐她口中的血腥气。

聂音之心道，感动个屁！就问你现在这么做合适吗？

这个人是不是有病！满脑子是不是只有她的血？聂音之好委屈。

阴冷的魔气纠缠着她的舌头，聂音之闭嘴也不是，张嘴也不是，吐又吐不出来，有种正在被人强吻的感觉。

聂音之皱着眉，一把抓住他的头发恼怒地拽了拽，口齿不清地说道："你……别太过分……"她脸上漫上红潮，微眯的双眸中泛着水色。

另一缕魔气缠上聂音之手腕上的白珠，挤了一点儿五色露吞掉，随后，聂音之嘴里的魔气透出一丝甜味，是五色露的味道。

原来，魔头之前愈合她的伤，都是用的五色露。她就说魔气怎么可能会有治疗的效果。

顾绛见她眼中的杀气尽消，将她舌尖的伤口舔愈合，这才勾勾手，将那一缕魔气撤出来："心境这么容易被人影响，你真是太弱了。"

聂音之心里那点儿想要杀光所有人的戾气早就烟消云散了。

魔头这么做，不会只是为了转移她的注意力吧？为了不打架出卖色相？倒也不必如此。

聂音之的目光落到从自己嘴里退出的魔气上，那缎带似的黑气里还含着一点儿可疑的水迹。

她满脸通红，恨不能找个地缝钻进去，狠狠瞪他一眼，埋在他胸前不吭声了。

"大战当前，能不能严肃点儿！不想看这种甜腻腻的画面了！"

"救命，还能有这种操作？"

"魔头，你真的好怪哦！"

"不会吧，不会吧！顾绛不会没意识到他这个举动是在强吻别人吧？他是不是有点儿笨？！"

"折丹峰不是已经跟外界连通了吗？怎么双方还没见上面？两边时间流逝难道不一样？"

聂音之也很快意识到，他们周遭有点儿不对劲，和其他人似乎有一种空间和时间上的错位。顾绛带着她踏出折丹峰，从外面守着的长老们身边走过，对方没有一人发现他们，所有人依然神色紧绷地望着折丹峰的方向，被顾绛遗留在折丹峰的那把刀吸引了全部注意力。

大能修士之间交流的神识波动从他们身边拂过，像无视花草山石一样无视了两人。

高阶修士身后，是云笈宗列阵以待的弟子，高昂的剑意和头顶护山大阵相呼应。他们走在群情激奋的战意中，就像逆着水流而行。

聂音之疑惑地看向顾绛。

“保持心态平和，就当自己是随风飘絮。”顾绛嘴角含笑，慢条斯理地解释，“在所有人眼中，我们就是掠过的一缕风或是落下的一片叶，在这种紧张的时刻，没有人会在意这些无关紧要的存在。他们越是全神贯注，便越会忽略这些寻常的东西。”

这不就是逃跑大法?

堂堂一个令整个修真界闻风丧胆的大魔头，对于潜行却如此地驾轻就熟，顾绛以前应该没少用这种方式溜出重围。他十分乐于分享：“这是本座潜心领悟出来的，你想学吗？”

聂音之默了默：“那你的刀怎么办？”

顾绛无所谓道：“就放在云笈宗吧，若是以后还用得上它，再召回也不迟。”

那要是用不上，就把它抛弃了？聂音之突然有点儿同情小红刀。

另一边，随着折丹峰上的魔气外泄，群情激奋压都压不住。所谓的众怒难犯大约就是这个样子，就连守在折丹峰外围的高阶修士也开始动摇了。

这种情况下，和谈根本不可能。

正在这千钧一发之际，云笈宗上方的护山大阵发出嗡鸣，无数流光朝着高空汇聚，云笈宗所有弟子手中的剑同时震颤起来。

只见那流光汇聚之处，一个身影高悬在天空中，天青色宗门校服，面上覆着银色面具，浑身衣袍被灵气卷得猎猎作响。那人正是孟津。

颜异意识到他要做什么，一声大喝，如惊雷从众人耳边滚过：“不好，快往后撤！”

护山大阵自云笈宗建立之初由开派祖师亲自设下，炼入了云笈宗所有修士的剑气，之前封锁折丹峰的剑阵仅是从护山大阵中抽出的极小的一部分，堪称九牛一毛。

这一剑落下，不只折丹峰，相邻的几座山都会遭受池鱼之殃，云笈宗周边的剑气动荡起码要持续十数月才能平息，这是波及范围极广的攻击手段，不到万不得已之时绝不能轻易动用，更何况是将剑指向宗门内部。

孟津就算身为桑无眠的亲传弟子，被他当作下一任掌门培养，也不该在继任前就获得动用护山大阵的权限。

“桑无眠，简直荒唐！”颜异气疯了，他一边飞快后退，一边卷袖将附近的弟子裹走。

一时间，剑光和人影乱成一锅粥。

孟津高举手中剑，剑尖与护山大阵融为一体，大阵中浮出数以万计的剑光，直指折丹峰上蔓延的魔气。

他原本想等折丹峰结界破开，各派长老同魔头斗到你死我活之时再出面。没想到这些软骨头，竟眼睁睁地看着结界破开，没有一个动手的，到了这个地步，都还在犹豫不定。

孟津摘下面具，拜聂音之所赐，一条狰狞的伤疤自他的左眼角开始，切断鼻梁，横划到右眼太阳穴。今日，他绝不能让她活着走出云笈宗。

聂音之猛然被一股恐怖的力量锁定，浑身一震，全身的汗毛都竖起来了。

“我……”她张开口，想说“我有点儿不祥的预感”，话还没说出口，顾绛已经伸手抚上她的后颈，将她按到怀里。

高空中，孟津朝着某处略偏了一下头，喃喃道：“聂师妹，原来你已经躲到那里去了。”

以他的修为，实在难以承受护山大阵上加身的剑意，孟津的七窍都流出血来，持剑的右手已经血肉模糊，剑尖携带雷霆之势，重重劈下。

顾绛在一座高塔上现身，左手死死按着聂音之，右手朝着虚空抓去："红叶。"

折丹峰上蔓延的魔气倏地倒流回长刀，红叶拔刀而出，刺破虚空，落入他手中。

顾绛五指握住刀柄，迎着头顶落下的雷霆剑光挥去。

聂音之被他的袖袍完全挡住了，什么都看不到，一声惊天动地的巨响过后，耳边一刹那静极了，随后响起无数的金石之音。

清冷的、激越的、枯燥的……无数不同的剑音，如洪流一样窸窸窣窣流淌过她耳边。

这些剑意散入云笈宗的群山中，有主的自动识主而归，已然无主的徒留下一声剑鸣，消散于天地间。

聂音之的耳朵嗡嗡鸣响，也不知过了多久，晕头转向的她被顾绛提出来，一把刀塞入她手里，刀尖下是还在吐血的孟津。

顾绛站在她身后，松开她的手："你自己决定要不要……"

聂音之想都没想，一刀戳穿孟津。孟津的神魂刚浮出身体，就在刀刃的魔气中消融了。聂音之确定他死得透透的，才满意地转头看向顾绛："好了，你刚才说要不要什么？"

顾绛沉默片刻，无奈改口："要不要吃点儿东西？"

聂音之看了一眼孟津，觉得十分倒胃口："不要。"

她抿了抿唇，有些生气地瞪向他："你是不是只要看见血就胃口大开，不管那是不是我的血？"聂音之一把将刀拔出来还给他，"那你自己舔吧。"

顾绛一脸蒙，从头发丝到脚后跟，都透着茫然不解。

“哈哈哈，老魔头好蒙，女人简直不可理喻。”

“我错了，我已经自行举报我上一条了，我还没看够你们甜蜜蜜，你们别吵架了。”

“酸气扑鼻啊，聂音之！她急了，她吃醋了，她竟然吃尸体的醋！”

“前面的小姐妹，你打出这段话，有没有觉得哪里不对劲？”

“老魔头快说一句‘傻瓜，我只喜欢喝你的血’。”

“聂音之对魔头已经有占有欲了，她完了。阿音爱上了阿绛，就像阿珍爱上了阿强，在这个没有星星的夜晚。”

“打斗之前终于不多嘴了，本大爷爽了。”

“绝了！男主角、男配角都死在聂音之手里，下一个是不是就轮到朱厌了？”

聂音之气鼓鼓地扫过从眼前飘过的文字。

占有欲什么的，就是胡说八道。让魔头只喝自己的血，这句话听上去就很自虐，她的脑子还没有坏掉。

顾绛一甩长刀，红叶刀刃上沾染的血迹被尽数甩到地上，不留一丝残余。他用“你在说什么屁话”的眼神看了聂音之一眼，说道：“只有你的血才能诱惑魔。”

聂音之“哦”了一声。顾绛就是根木头，根本不可能明白她为什么生气。就连聂音之自己都不明白她为什么要生气。

指望魔头来哄自己，那是不可能的。现在显然不是闹别扭的时候，聂音之默默地把自己哄好，飞快地把自己那点儿不合时宜的小情绪挖个坑埋了，能屈能伸地主动牵住他的袖子：“那趁他们还没反应过来，我们赶紧跑吧。”

“不急。”顾绛偏头看她，实在搞不懂聂音之是怎么做到上一息瞪眼生气，下一息又展颜对他笑的。

像他游走人间时看过的民间变脸戏法。

顾绛抬手用力揉了一把她的脸，确认她脸上没有第二张摹面。

聂音之不明就里地看着他。顾绛安抚地摸了摸她的头，手顺势滑下去捉住她手腕，带着她纵身飞上一处高地，示意她抬头望去。

覆盖在云笈宗上空的护山大阵崩溃，剑气散入下方的山川楼宇。

天幕中唯有一把冰蓝色的巨剑高悬着，如一棵参天巨木，直插云霄，剑光将方圆百里都照得犹如白昼，一阵阵的剑鸣扩散开，整个云笈宗的大地都在随着剑鸣声战栗。

“玄魄剑？”颜异望着那柄顶天立地的巨剑，激动得眼冒精光，“是师祖的玄魄剑！”

他身侧传来太虚门余摇清的声音：“所以，贵派师祖韩竟仙尊并没有飞升？”

那柄剑不是残留的一缕剑意或是剑光，是货真价实的一柄巨剑。可以看出，它正是护持云笈宗几百年的护山大阵的根基所在。

余摇清从未听说过有哪位剑修飞升仙界，却把自己的本命剑扔在下界的。

颜异脸色一变。余摇清一句话将他眼中的惊喜压下去了。师祖飞升之事在云笈宗有清楚的记载，飞升动静何其之大，在整个修真界都会留有记录，就算他们不曾亲眼看见，也不应该有假才是。

可若是师祖未能飞升，那他为何又没有任何音讯？

他转头寻人。余摇清被握住手臂，开口道：“我在这里。”

“余真人，都这种时候了，能不能别这么鬼鬼祟祟？”颜异没好气道。

“习惯使然，实在失礼。”余摇清憋足劲儿，将自己的头显现了出来。

颜异：“旁边有弟子被你吓晕了。”

长老们很快会合。

此时云笈宗内大部分修士都在这座试剑台内，各派长老在仓促撤退的时候，都尽可能地带上了自己附近的弟子。

试剑台上有单独的法阵护持，处于云笈宗最前方的正山门处，距离较远，被波及得不是很严重。

有这柄巨剑镇着，清冽如甘露的剑气将云笈宗内浮躁的气息涤荡一空，剑气动荡逐渐平息。

众人只觉得自己的眉心像是被寒霜激了一下，那股直冲头顶的躁郁顿时消弭，他们一个接一个地从怒海狂涛的浪尖落回地面，脸上显出几分茫然。

玄魄剑的剑光重点汇聚在两处地方，一处是顾绛所在之处，另一处在云笈宗深处，幽僻的医堂。

众人和顾绛遥遥对峙，魔头看上去并没有要动手的打算。

云笈宗三位太上长老对视一眼，颜异朝另外两人点点头，两人朝着医堂掠去。

桃苑内，朱厌被这股中正清冽的剑气压制住，如同深陷泥沼，浑身都不舒服。

那削葱似的指尖在廊柱上留下一道深深的指印，阴郁的神情给“聂音之”这张明艳的脸蒙上了一层阴霾。他伸手抓住萧灵：“我讨厌那把剑，跟我走。”

萧灵甩开他的手，往后躲去，冷漠地说道：“我不能离开这里。”

朱厌察觉到有人正朝这里来，不由分说地欺身过去，身形骤然膨胀并拉长，变回了自己的原身，长臂一挥，抓住她的腰，将人扛在肩上，卷起一股狂风往云笈宗外飞。

几乎是前后脚的时差，云笈宗两位太上长老落在桃苑中，被这里弥漫的凶戾气熏得直捂鼻子。

女修长老看了一眼折断的廊柱："好浓的凶兽妖气。"

她在这凶兽气息中察觉到另一个人的气息，脸色蓦地凝重了几分："是萧灵！落在这等凶兽手里可活不了，快追！不能让他在我云笈宗掳人！"

"宗门风气不正，才使得什么乱七八糟的东西都敢往我宗门跑。"另一人气得吹胡子瞪眼，"难怪师祖的剑都看不下去了。"

"话忒多，走！"

两人提着剑，循着那凶兽气息追去。

"你放开我！"萧灵拼命挣扎，用经脉里仅存的一点儿灵力凝出一把匕首，胡乱地朝朱厌后心扎去。

那灵刀连他的皮都没划破，就折断消散。萧灵恳求道："朱厌，我不能离开，我的治疗还没有结束。"

身后两个讨厌的剑修追得很紧，朱厌半点儿都不敢停留："等我找个时机替你将荆重山抓走就是，把他给你找来的替死鬼也一并抓走。"

听到"替死鬼"三个字，萧灵的脸色一下子白了，半点儿血色都无。她又踢又咬，越发挣扎得厉害："我不要跟你走！放开我！"

小白鸟扑扇着翅膀落到朱厌头上，叽叽叫着拼命啄它。

朱厌烦躁地一把抓住小白鸟，犹豫了一下，没有捏死，气极反笑道："萧灵，你不会真不知道他是怎么为你治疗的吧？"

萧灵浑身软下去，控制不住地流出泪来。泪水浸湿了遮眼的白纱，她呜咽着低声祈求："闭嘴！我不知道你在说什么！求求你放过我……"

身上的人越是求他，他便越想将萧灵那点儿自欺欺人碾碎，撕下她那副总是想要和他划清界限的清高面孔。

萧灵若真想和他划清界限，就不应该回应他。

朱厌嗤笑道："荆重山挑选那些与你灵脉契合之人，将你体内的瘴毒过渡到他们身上，用他们的灵基为你修复内府。"

"不要！闭嘴！不要说！我不想听……"萧灵咬得嘴唇渗出血来，朱厌说的每一个字似乎都能穿透她的耳朵，扎进她的心里。

她不想听。只要不去听，不去探究那些异常之处，糊涂一点儿，自私一点儿，便能心安理得一点儿。

就像聂音之那样。

萧灵想要继续闭目塞听，可朱厌偏偏不让她如意："你每一次药浴，都有一个人为你牺牲，那个经常接送你的小丫头，也为你而死了。萧灵，你是知道的，你不是还为她哭过了吗？为什么不敢承认？"

耳边细弱的呜咽声消失，朱厌闻到浓郁的血腥味，皱了皱眉，将萧灵放下，托到怀里。

萧灵一张脸惨白如纸，她已经昏迷过去了。即使是这样，她紧蹙的眉头依然显出痛苦挣扎的神色，嘴里仍往外涌着鲜血。

"萧灵？"朱厌用袖摆擦一把她脸上的血，捏住她的下巴晃了晃，顿时有些慌了，"萧灵，我不说了，你醒醒！"

萧灵毫无动静，心脉微弱，没有半点儿求生的欲望。

朱厌神色几变，脸上的茫然无措很快消失，取而代之的是一股狠劲。

他将神念凝为一线，强闯入萧灵的灵台，将话刻进她的脑海里："萧灵，你现在寻死觅活已经迟了！你若是死，那些为你而死的人全都白死了！你的命已经不属于你自己。"

萧灵被这话刺得身体一震，蜷缩在他怀里颤抖不止。

"好，我不带你走。"朱厌恼怒地一掌劈开前方楼阁的窗，闯入其中，将萧灵放到一张桌上，俯身贴在她耳边一字一句道，“萧灵，我会回来找你的。”

说完，朱厌回头看了一眼紧追而来的两人，挥袖卷入狂风，从另一端离开。

两个太上长老追到此处，伸手试探了一下萧灵的脉搏：“她的情况不太妙。”

“你带她回医堂。”

两人飞快达成共识，一人继续去追朱厌，一人抱起萧灵折回。

“萧灵也是无辜的。萧灵一开始根本就不知道荆重山会那样治疗她，就算后来猜到一点儿，已经开弓没有回头箭了。”

“朱厌这个坏东西，为什么要这么对萧灵？！难怪你只配当个男三号，就连男三号都算不上！”

“我看明白了，聂音之那边走的是甜宠风，萧灵这边走的是虐身虐心，强取豪夺。”

“要不是因为聂音之，萧灵根本不会这么惨！是她把萧灵的一切都毁了！”

“说得好像聂音之剖了她的金丹，挖了她的眼睛一样！搞清楚，聂音之只杀了一个坏男人而已，又没动萧灵。”

“聂音之躺在思过崖阴冷的山洞中，她不知道这山洞里有没有光，因为她什么都看不见，没有神识，没有眼睛，眼窝里只剩两个空洞，如今那里面有什么东西正在蠕动着，她想，可能是腐烂生蛆了吧。”

“她肚子上也破了一个大洞，她浑身的灵力和精气都随着被剖走的金丹抽离，身体干瘪腐烂，弥漫着一股臭气。”

“聂音之已经感觉不到疼痛了。她只觉得冷，彻骨的阴冷，好似黄泉水已经没过她的身躯。她就要死了，死在爹爹和娘亲无法想象，也难以企及的阴暗角落里。他们永远也等不到她回去了。”

“这一切都是她咎由自取，所有人都说，是她咎由自取，自作自受，望她回头是岸。聂音之回不了头，她也不想回头，她从不后悔自己的所作所为，就算死在无尽的怨恨中也罢，永不悔改，死不瞑目。”

“前面的萧灵党，你疯起来的样子好像得了狂犬病的狗哦，把姑奶奶们都逗笑了。”

聂音之的目光极其自然地掠过文字，她已经习惯了一目十行地扫视这些随时会冒出来的或激愤或有趣的文字。

“永不悔改，死不瞑目。”聂音之默念着这句话，轻笑了一声。

她就是这样的人。

顾绛察觉到她的情绪，垂眸看向她，指尖轻轻地摩挲着她的手腕：“聂音之，本座乏了。”

聂音之眨了眨眼睛，看了看方才破晓的天际：“那好吧，我们找个地方睡觉。”

第七章 你刚刚难道是为我哭的

试剑台上的众人看到魔头突然动了，都各自警惕，做好了随时要和魔头拼个你死我活的准备。但顾绛看都没往这边看上一眼，带着云笈宗那名女弟子御空径直往山门外去了。

“要不要拦下他？”不知是谁问了一嘴。

众人沉默片刻，有人应道：“拦得下来吗？”

又一阵微妙的沉默后，颜昇叹了一口气道：“目前为止，顾绛并没有滥杀无辜，相反的，他以一己之力扛下护山剑阵，还挽救了许多未来得及撤退的弟子，我们最好还是别激怒他为好。”

“阿弥陀佛，颜长老所言在理。”元明大师双手合十，朝远处的两人望去，“想来应是贵派女弟子以世间真情感化了顾绛，才使得魔头放下屠刀，立地成佛，实乃大善。”

比起顾绛，云笈宗这一任掌门桑无眠和下一任掌门孟津，行事更有失偏颇，误入歧途而不自知，才引来这一场祸事。

云笈宗三位太上长老面向各派长老躬身行礼：“此事皆因我派掌教持身不正所起，云笈宗愧对整个修真界。”

“烦劳诸位将顾绛已经离开云笈宗的消息通报各大仙门，提醒大家时刻留意他的动向，做好备战准备。若真到了水火不容的地步，云笈宗上下定会一马当先，全力一战，决不退缩。”

三位太上长老辈分比众人都要高，如此诚恳表态，就算是柳桦这个脾气直的，也不好再说什么。

“三位长老言重了，诛妖伏魔，本是所有正道仙门应尽之责。”

此时，用世间真情感化了魔头的聂音之趴在魔头肩上，遥遥望着云笈宗那辽阔的试剑台，嘀嘀咕咕：“他们之前想尽办法将你囚禁在折丹峰，现在却这么眼睁睁放我们走，定是有什么阴谋。”

这帮仙门长老实在平和得令人觉得诡异，凑在一起也不知在打什么主意。

聂音之不得不往坏的方向猜测："会不会是修真界各大仙门已经全部集结，守在云笈宗外，就等着我们自以为逃出生天，心神放松之时，一举将你歼灭？"

见顾绛不搭理她，聂音之开始动手动脚，搭在他肩上的手指翘起来，捏了捏他的耳垂："那这样可太阴险狡诈了！哥哥，你真的不打算先下手为强，杀个修为很高的大能修士震慑一下他们吗？"

顾绛恍惚觉得自己耳旁飞来了一群蚊子，嗡嗡嗡叫个不停。他在心中叹息一声，道："外面没有什么修真界大军。"

"那定是有什么诛魔法阵，只等你一脚踏入，法阵启动，叫你灰飞烟灭。"聂音之越说，越觉得有这个可能，她立即直起身子，"顾绛，你先等等。若是有法阵，周遭灵力波动必然会露出端倪，我在这方面感觉还算敏锐，等我先……"

顾绛被她突然直起身子的动作带得晃了晃："云笈宗护山大阵刚刚崩溃，如今灵气紊乱，就算附近有什么法阵也必然会受到波及。"

他说得很有道理，聂音之无言以对，放松身体，软软趴回他肩上。

安静了片刻，她忽又支棱起来："万一有什么潜藏的阵法呢？你对咒术、阵法一窍不通，当初便栽在向司觉的共生阵上，怎么还如此掉以轻心？"

顾绛为自己辩解："是因为你的血让我分心了。"

咒术世家阮家的家主想在他身上下咒都没能成功，更何况是一个半吊子的向司觉？他会中咒，是因为聂音之的血味让他一时分了神。

听他这么说，聂音之莫名高兴起来，傻乎乎地笑了两声，换来顾绛疑惑的一瞥。

"我的血有这么香吗？是什么味道？很甜吗？"聂音之摇晃着小腿，

渐染的青绿色裙摆如迎风摇曳的嫩绿柳枝。

怀里的人就没安分过，顾绛被她晃得手臂发酸，累了，不想继续抱她了。

他召出红叶悬空，双手扣着聂音之的腰，将她丢到刀上。

聂音之侧坐在红叶刀上，身形晃了一下，匆忙抓住刀柄，无辜眨眼。

她这时候才后知后觉到，她也是个金丹期的修士，也能御空而行，怎么就这么自然而然地坐在魔头怀里，让他抱着飞呢？

一定是顾绛抱她抱得太顺手了。

“你的血……”顾绛眯起眼睛，用一种难以言喻的神情说道，“会让魔很舒服。”

“很舒服？”聂音之万万没想到是这个回答，但仔细一想，又觉得合情合理。魔修又怎会仅仅因为她的血香甜就被诱惑？这血对于他们来说，一定还有别的作用。

顾绛只喝她一点儿血，似乎没有什么大碍，但若是喝得多了些，便会有些迷糊。

最开始那一次她放血献祭，顾绛一次性吞了太多血，昏沉好几日，魔气也不受控制，看上去不像是舒服的样子。

难不成小酌怡情，大饮伤身，喝得多了就会被她直接超度？

可根据那些文字，萧灵受到她的金丹滋润，血肉同样有了诱惑魔修的效果，她最后跳下万魔窟度化万魔，一只魔能分得到一口吗？小小一口能度化一只魔？

若是如此，顾绛都不知道被她超度多少回了。

“如何舒服？你仔细说说。”聂音之万分好奇，眼巴巴望着顾绛。她想尽可能了解自己的血肉对于魔修的作用，才好做到物尽其用。

“暂时能被天地接纳，不再被万物排斥。”顾绛摊开五指，已经有了些许热度的阳光落在他白玉似的手上时不再有灼烧感，风中蕴含着因云笈宗大阵动荡而紊乱的灵气，一呼一吸也不再如针刺。

天地无时无刻不在想要剜掉它身上的脓疮，魔就是忤逆它的意愿而生的脓疮。

神女的血肉对魔来说，是掺入蜜糖的砒霜，乃饮鸩止渴。

聂音之没听太明白，还想继续问，红叶忽然带着她急速下坠，如流星一样坠入脚下城池，直接从窗户闯入一间客栈的上房。

顾绛径直往床榻走去，头上发带松落，青丝垂至腰间，玉簪和罩在身上的玄色宽袍一起落到地上。

他抽下腰封扔到一旁，又一层暗红长衫落地，眨眼间他已经脱得只剩白色中衣，倒床榻上，闭上眼睛。

这一串动作若行云流水，聂音之都看呆了。

她从红叶上跳下来，帮他捡起散落在地上的衣物挂好，坐到床沿俯身看他："祖宗，你就一晚上没睡觉，就这么困吗？"

祖宗没理她。

聂音之拂开他脸上凌乱的发丝，忍不住摸了摸他的小白脸，嫌弃地嘀咕："你还没沐浴呢，怎么能直接上床？"

她掐了一个清尘诀从顾绛身上扫过，顾绛不耐烦地皱起眉，翻身往床榻里侧滚去，钻进了被褥里。

聂音之抿唇浅浅地笑了一下，起身推门出去，下到一楼找掌柜开房。

这里是云笈宗仙山地界外最大的一座城池，名唤临仙城，云笈宗上空的灵气波动到了这里，只生出些异常瑰丽的云岚，城中还算安宁。

聂音之估摸着大魔头这一觉该睡到晚上去了，便点了许多好吃的，让人到晚餐时做好了送上来，又交代掌柜稍后送热水到屋里。

客栈掌柜听得一愣一愣的，由此发现了客栈的安全漏洞，决定之后要将门窗都好生检查一遍才行。

聂音之转身准备上楼时，指尖上感到微微一凉，她低下头恰好看到一缕游丝状的黑影从自己的袖子里窜出去，往门口飘，细得像头发丝一般，不仔细看很容易就会被忽略掉。

客栈来往的人，甚至是一个跨门而入的修士，都没有发现它。

是魔气。而且还是聂音之已经习惯了的魔气，她才这么毫无防备地被近了身。

聂音之攥紧自己被叮了一口的指尖，往楼上看了一眼。顾绛不可能起来了，就算起来要找她，也不会用这种鬼鬼祟祟、偷偷摸摸的方式。

那缕魔气挂在客栈门槛上，似乎在等她。

聂音之冷漠地看了它一眼，转身往楼上走。

她又不傻，才不会跟不三不四的东西走。好奇害死猫，就算这丝魔气与顾绛系出同源，她上楼就可以抱着魔头睡觉，怎么可能被一根头发丝勾走？

那缕魔气眼睁睁看着她越走越远，又不敢追上去。它趁楼上人沉睡，才敢掐成丝冒险飘来试探一下，万万不敢靠得太近了。

那缕头发丝从客栈门边缩回，游进人潮，钻进一条街之外的一家酒楼后厨，院中有一大车昨夜才从西北坞城送来的炎炎兔。

一只肥美的灰兔子被卡在笼子缝隙中，脑袋从笼子中挤出来，三瓣嘴不停翕动，将那缕魔气吞了进去。

另一边，聂音之回到房间，放下屋中所有帷幔，在屏风后舒舒服服地泡完澡，用灵气催干头发，严严实实地穿上内裙，系上腰带，撩开床幔爬到床上。

她跪坐在顾绛身侧，左右看看，寻找合适的睡觉位置。大魔头睡觉的姿势着实很放得开，半点儿都不拘束，这么宽敞的床榻，竟没有她的容身之地。

聂音之想推醒他，想了想，又放弃了。她呆坐片刻，摸了摸顾绛的胸口试手感，满意地将他的手臂摆好，直接枕在他身上。

床幔内非常暗，也很安静，聂音之听着自己的呼吸声和心跳声，总觉得有点儿不对劲，快要睡着时，她突然惊醒——为什么只有她一个人的呼吸声和心跳声？

聂音之顿时慌了神，将耳朵贴到他的心口上，里面毫无动静，又去试探他的呼吸和脉搏，越发觉得如坠冰窟。

“顾绛……”聂音之伸手推他，声音发颤，试了几次想要探入神识试探他的意识，都无果。

怎么回事？他怎么可能就这么无声无息地死掉？难道是在云笈宗的时候，打下护山大阵那一击时受了伤，为了不被仙门看出端倪，带她出来时才一路强忍着，装作若无其事，到了这里已经是强弩之末，才会那样急迫地闯入客栈？

顾绛，为什么这么傻？

这个变故实在太突然，聂音之脑子里乱得厉害，有很多念头涌上来，可她一个也抓不住，伸手捧住他的脸时，眼泪已经控制不住地落了下来，哭得一抽一抽的。

“顾绛……呜呜……为什么？你怎么……”聂音之已经说不出完整的话，她也不知道自己要说什么。

明明前一刻，她还在美滋滋地计划晚餐要吃什么，泡澡的时候，还在想他们下一步该往哪里去，想等顾绛睡醒后问问他的意见。

晴天霹雳也不过如此。

“天啊，怎么了？聂音之怎么哭得跟死了男人似的？是我错过了什么吗？”

“这是怎么了？”

“哭啥？顾绛死了吗？”

“音音别哭了，哭得我也想哭了。”

“难不成是开始修复剧情漏洞了？因为封寒缨上线，所以一剧不容二魔头，顾绛就暴毙了？不然，我实在想不通魔头怎么会突然就死掉。”

“哈哈哈，笑死！早该死了，活该！没有魔头撑腰，你聂音之算个什么东西？”

聂音之的眼角余光扫到冒出来的文字，她咬紧牙关，心里生出戾气，周身的灵力不正常地波动，眼瞳中漫上走火入魔的红光。

红叶刀呜呜振动，像是在低声呜咽，刀上的魔气被无形的力量牵引着，朝着聂音之汇来。

聂音之想，什么剧情？她才不管什么剧情！若顾绛死了，那她便堕落成魔，让所有人都付出代价。

然而，顾绛毫无征兆地睁开了眼睛。嘴里的五色露太多，他险些呛住，咕咚一声咽下后，他一脸被吵醒的起床气，含糊不清道：“聂音之，你好吵。”

他睡眼惺忪，用莫名其妙的眼神懒懒地瞥了一眼自己的刀，这才看向面前哭得梨花带雨，双眼猩红的人。

聂音之愣住，经脉里动荡的灵力霎时凝固，被牵引而来的魔气倏地退回红叶刀内。

她可能暂时入不了魔了。

顾绛看清她的样子，登时清醒了，撑起身子，托起她的下巴：“你哭什么？怎么了？”

先前聂音之滴落在他脸上的眼泪顺着他的脸颊往下淌，落进嘴里，很涩。

聂音之瞪大眼睛盯着他，张开嘴，控制不住地先抽噎了一下。她一时说不出话来，只能摇摇头。

顾绛皱起眉，他第一次见聂音之哭成这个样子，心里莫名烦躁。

他从聂音之身上察觉到一抹异样的气息，眼神蓦地沉下去，周身透出冷厉的气场。他伸手帮她擦了擦眼泪，从榻上起身，随手扯过外袍，边往身上套边往外走："你在这里等我。"

顾绛勾勾指尖，红叶唰地悬空而立，刀光在屋中落下一层防御结界，他的人已经从屋内消失。

这一切发生得实在太快，聂音之完全来不及阻止，更不知道顾绛跑去了哪里，打算去做什么。

床幔轻飘飘落下，聂音之抚着心口给自己顺气，慢慢从大魔头突然死了，又突然活过来，还突然跑了，这种大喜大悲，跌宕起伏的情绪中缓过劲儿来。接着，又差点儿被自己蠢哭了。

她一时情急，忘了自己和顾绛之间还绑定着共生咒，此时这咒术上只有他一根独苗，顾绛若是死了，她也会死，哪里轮得到她为顾绛哭丧？

聂音之解开左手腕上的缎带，勾出咒印，金芽上的那片小叶子轻轻摇曳，金灿灿，水灵灵，生机勃勃，非常健壮。

她胡乱抹去脸上的泪，抱着脑袋埋进枕头里，忍无可忍地骂自己："啊啊啊，你为什么这么蠢？"

幸好顾绛跑了，不然要是被他知道，自己是以为他死了，才哭成那个鬼样子，聂音之一定会羞愤欲死，恨不得当场挖个坑把自己埋了。

她小时候养过一只小狗，不知吃了什么东西，也是一觉醒来发现它突然死了，她茶饭不思，哭了好多天，更何况是养的一只可心的魔头呢？

不丢脸，反正顾绛也不知道她为什么哭。

聂音之调整好心态，坐起来，掏出小镜子照了照自己泛红的眼睛，起身掀开帷幔，取出一套银线绣孔雀图案的雪白罗裙换上，走动时能看到裙裾上那流光浮动的银色尾羽，精致极了。

她对着窗外明亮的阳光化了一个美美的妆，遮住自己红红的眼眶，拿出之前让小二送来的几碟点心，坐在窗边，边吃边等顾绛。

阳光明媚，岁月静好，假装无事发生。

“什么情况，你们两口子逗我们呢？”

“严谨一点儿，是聂音之一个人逗我们。”

“老子的眼泪不值钱是吧？！再为你们掉一滴泪算我输！”

“聂音之，就算你打扮得再漂亮，我也不会原谅你！啊，姐姐真的好美。”

“笑死！聂音之一个人演了一出生离死别的苦情戏，咕咕醒来第一句话：聂音之，你好吵。”

“为什么这么好笑？不行，笑死我了。”

“聂音之，你好吵。哈哈哈，臭男人，你看看你说的是人话吗？”

“谁要是为我这么哭，我立刻娶她！魔头就这么把一个为自己哭得肝肠寸断的人丢下不管了？”

“我已经替聂音之尴尬死了。”

聂音之嘴角抽搐，已经不敢再去看文字了，遂低下头胡乱分析。

她是知道顾绛睡着时很安静，呼吸很浅，但也不至于睡着后会没有呼吸，没有脉搏，甚至连心跳都没有。

在折丹峰时，她其实很少跟顾绛同床共枕，像今日这样靠得如此近地躺在一起也不过两回。

第一次是他喝了太多她的血昏睡时，那时聂音之被他抱在怀里，自己也昏昏沉沉，清醒后对他很是防备，一旦脱离他的桎梏，就飞快远离了顾绛。

从五色露中出来那一回，她一心只想干坏事，没注意那么多，而且顾绛很快就醒了。

她之所以会产生误会，归根结底，这一切都是魔头的错！！

顾绛从客栈离开，半垂的眼眸中睡意未消，他就像是一抹影子从街巷穿过，没有一个人注意到他。仔细辨别他的路线，便会发现他是循着之前那缕头发丝似的魔气去的。

他不知道聂音之在哭什么，但他在她身上察觉到了别人留下的痕迹——与他同源的魔气。

他就睡了这么片刻，正道只敢远观，不敢靠近，只能是他那个不肖弟子惹到她了。

顾绛旁若无人地走进一家酒楼，炙烤炎炎兔是这家酒楼的特色菜，后厨里忙得热火朝天，正在现宰现杀，提供新鲜的兔肉，满地都是剥下的兔皮。

笼子里，一只大灰兔子疯狂蹬着后腿，正在想办法从笼子里往外挤。

“封寒缨。”它听到一声噩梦般的轻唤，听上去顾绛的心情似乎不太好。大灰兔子顿时僵住。竹编的笼子豁开一个缺口，那声音又道：“过来。”

兔子凝滞片刻，默默垂下脑袋，从缺口钻出去，蹦到来人脚下，三瓣嘴翕动道：“师尊。”

顾绛弯腰捏住它的耳朵，提起来往外走。

封寒缨缩在这具兔子身躯里，四肢蜷在一起，一动也不敢动，就像只死兔子。

当初万魔窟上封魔印松动，封寒缨好不容易觑到这样一个时机逃出来，又被自己师尊的名字吓得退回万魔窟中。但他到底还是有点儿不甘心，趁着无量宗重新加固封印前，神识随着一缕魔气逃出来。这缕魔气太细弱，别说夺占修士的肉身，就连普通人的都不行。

他只能委屈得钻进这只蠢兔子身体里，辗转来到此地。云笈宗境内属于顾绛的魔气动荡得很厉害，他身在临仙城都能感觉到。

封寒缨实在想知道顾绛突然醒来到底是因为什么。莫不是他这几百年来，肆意挥霍他老人家的魔气，终于惊醒了他？

不搞清楚，封寒缨就算躲在封魔印下，也坐立难安。

他本想潜进云笈宗一探究竟，结果没等他行动，顾绛先出来了。

如此剧烈的魔气动荡后，顾绛必定会陷入沉睡，封寒缨察觉到头顶红叶刀落下时的气息，就大着胆子找了过去，然后便看到了坐在红叶刀上的女人。

这一幕实在太过震撼，因而那女人下楼时，封寒缨不惜冒着被顾绛发现的风险，潜入她袖中探了探她的情况。

一名平平无奇的金丹。

不过，她的血肉闻上去格外香甜。

半个时辰后，他被顾绛扔在了这名平平无奇的金丹女修脚下。

顾绛一进门便看到了坐在窗前的人，他被那道身影惊艳了一下，眸中露出几分诧异神色。

他离开之前，聂音之哭成那个样子，仿佛受了天大的委屈，连他的魔气都被牵引动了，一转眼她却又有心情打扮自己了。

阳光从窗口投在她雪白的罗裙上，她如墨的长发顺滑地披散在肩头，眼角还有些许红痕，唇上点染口脂，整个人越发被衬托得肤如凝脂，娇艳欲滴，纤细的脖颈上透出浅浅的脉痕。

顾绛的目光在她颈项间流连，喉结滚动了一下，他伸手拈起一块糕点含入口中。

聂音之一脸蒙地看着地上的大灰兔子。兔子蜷缩在地上，要不是它的眼睛在眨，嘴巴在翕动，就宛如一只死兔子。

顾绛出去一趟就为了弄只兔子回来？他该不会以为兔子能哄她开心吧？

魔头如此懒散，却为了哄她，专程出去买了只兔子，这么一想，聂音之还是觉得挺开心。

虽然这只兔子丑是丑了点儿。

为了鼓励顾绛这种花心思哄她开心的优良行为，聂音之主动抱起地上的兔子，对着顾绛甜甜地笑了笑："这是给我的？我很喜欢。"

怀里的兔子身体一僵，聂音之以为它怕人，安抚地揉揉它的长耳朵。

顾绛没想到聂音之竟然会喜欢兔子，他脸上的神情纠结了一瞬，从她怀里抓走灰兔，扔回地上："这只不行，你若是喜欢，我重新为你买一只。"

所以，这只兔子并不是魔头拿来哄她开心的？

聂音之尴尬得耳垂都泛了红，她坐回去，再也不想说话了。

她根本一点儿都不喜欢兔子。

顾绛将她从窗前拉起来，坐到自己身边，挡住窗外的阳光："你白得太晃眼了。"

聂音之和兔子一样生无可恋，一脸麻木道："哦。"

随便吧，臭魔头。

"我要笑没了，前面的姐妹等等我，让我也来替聂音之尴尬一下！"

“顾绛简直就是心动粉碎机。”

“封兔兔都要被他的师尊吓傻了吧。”

“你白得太晃眼了，哈哈哈。”

“魔头你独身两千年是有原因的！别爱魔头，没有结果！”

“不会吧，不会吧？聂音之已经爱上顾绛了吗？我感觉也不像啊！顶多就是有点儿喜欢，有点儿好感而已吧？”

“姐妹们，快来个人告诉我，我是不是记错了？顾绛真的说出过‘你是第一个救赎我的绝色美人’这种令人心动的话吗？”

“那应该是魔头超常发挥，主要还是聂音之引导得好，话赶话说出了这辈子的情话巅峰。”

“聂音之，你听我的，这种木头只有把他暴打一顿，他才会开窍！”

在等待顾绛回来的时候，聂音之已经想好了说辞，要是顾绛问起她刚刚为什么哭，她就说自己做了噩梦，只是被噩梦吓哭了。

然而现实是，根本就不需要她编理由，顾绛已经替她找好了理由。

眼前的大灰兔子就是在客栈门口勾引她的那缕魔气的主人，顾绛的徒弟，封寒缨。难怪魔气和他系出同源。

顾绛以为，她被他的徒弟给欺负了。

“他怎么惹恼你了？你随便处置他都行。”顾绛见她眼睛还红肿着，一闭眼便能想起她泣不成声的样子。聂音之的气性有多大，他还是了解一二的，“要是不消气，本座把他的本体揪出来也可以。”

聂音之被他说得一愣一愣的：“他的本体应该还被封在万魔窟里吧？离这里很远的。”

顾绛不知道什么万魔窟，但听到她说很远，便略微沉吟了一会儿，然后朝炎炎兔伸出手。一缕魔气从它身上被抽出来，在那修长的五指间扭曲地挣扎。他道："听见了吗？自己过来。"

那缕魔气抱着顾绛的手，封寒缨比窦娥还冤："师尊，我真的什么都没做，只是探了一下她的灵脉而已。"

聂音之的眼眸转了转："他还咬了我的手指一口。"她竖起一根手指头，虽然那点儿如同蚂蚁叮咬出的小痕迹早就消失了，"跟你抢饭吃哦。"

那一缕魔气震惊地扭向聂音之，继而软趴趴地垂下去。他已经很克制了，只叮了一下，不痛不痒的，这个女人竟然告状！

"师尊，弟子知错，我并不知道她是您的人。"

聂音之伸手勾住顾绛的脖子，居高临下地看着那缕魔气，纠正他的话："你弄反了，你师尊是我的魔。"

封寒缨轻蔑地嗤笑一声。顾绛沉睡的数百年中，封寒缨将所有魔修收入麾下，居魔尊之位，在整个修真界呼风唤雨，身边自然不缺乏投怀送抱的女子。

这样的女人他见得多了，不过就是被偏宠了一些便得意忘形，不知自己姓甚名谁了。

聂音之沉下脸，故意道："哥哥，把他塞回兔子里，烤了吧。"

顾绛屈指一弹，那缕魔气被重新送入炎炎兔身体里。他将封寒缨的神识封入兔子身躯，不准他逃离，之后看了聂音之一眼，确认她的心情恢复好后，便精神萎靡地再次朝床榻上走去："你自己送去后厨。"

聂音之暂时没闲心理会那只兔子，尾巴似的跟在顾绛身后，随着他钻入床幔里。

顾绛将她凑上来的脸推开一些，问道："怎么了？"

聂音之固执地再次凑上去，先布下隔音诀才说道："你是不是哪里不舒服？是因为昨夜魔气消耗太过了？"

她觉得顾绛有些奇怪。他平时也嗜睡，聂音之一直觉得他就是懒，但今日看来，似乎还有别的原因。

顾绛半阖着眼睛道："我没事。"

聂音之才不信。她伸手抚上他的心口，胸腔里的心跳强健有力，震动着她的掌心。聂音之有些疑惑了："你……之前没有呼吸，没有脉搏，连心跳都停了，这是正常的吗？你以前睡着了好像不会这样啊？"

顾绛没说话，只抬眸盯着她看。

聂音之反应过来，讪讪地收回手："这是不可以告诉我的？"她牵起嘴角笑了一下，"好吧，你没事就好。我们的命可是连在一起的，所以我才多问了一下，你不要介意。"

顾绛的眼神有些复杂，他伸手轻抚她红肿还未消退的眼角："所以，你刚刚难道是为我哭的？"

聂音之噎住。为什么他抓住的是这个重点？让她把那么丢脸的事糊弄过去不行吗？

她想起顾绛之前说的"被天地接纳，不被万物排斥"的话，猜想他现在可能正承受着什么旁人感觉不到的压力，遂忍痛划开手腕，递到他嘴边："喝了血会好一点儿吧？"

顾绛抬手捏住她的手腕，犹豫了一下，薄唇贴上纤细的手腕，探出舌尖舔她的伤口。

缩在角落的炎炎兔闻到血腥味，双耳蓦地竖起来，从柜子底下钻出来，跳到床幔外不断耸着鼻子，却又迫于顾绛的威慑不敢靠近，只能焦躁地跺着脚。

封寒缨被这血味诱惑得就连身在万魔窟中的本体都心神动荡，兔子伸长了脖子往床幔里张望，最后实在受不住，往里面蹦去。

他才跳了一步，红叶刀呼啸着落到他眼前，差一点儿将他剁成两半，不准他再前进半寸。

封寒缨浑身一凛，毛都奓了起来，往后滚了一圈。

刀光凝成屏障，将两边彻底分隔开，连血味都不再飘散过来。兔子不断耸着鼻子，嗅着残留的血味，三瓣嘴不断翕动，眼中露出思忖的神色。他不急着逃了，他决定留下来。

床幔内，聂音之单手撑在顾绛上方，被他捏着右手手腕，伤口很疼，被轻轻地吮吸着，在那痛觉之中又有一种其他感觉，非常奇怪。

以前都是在她的伤口愈合前，她流多少血，他就吞多少，这是第一次，顾绛吮吸她的伤口，能很清楚地听到他的吞咽声。

聂音之的手撑麻了，软下身子，趴到他的胸口上。顾绛的眼眸微微一动，像是突然被惊醒了，眼中的迷离退去。他往下挪了一点儿，牙齿叼住红绳上系着的白珠，挤出玄黄清露，含在嘴里重新覆上她手腕的伤口。

伤口的刺痛感逐渐被抚平，那痛觉未完全消退，又不那么引人注意时，顾绛的唇舌带给她的额外刺激便越发明显了。

聂音之咬着唇，手腕颤抖起来，产生了让人抓心挠肝的痒意。她想将手抽回来，但身体发软，根本使不上力。

黏腻的舔舐声传入耳中，聂音之整个人几乎都要烧起来了。

“顾绛……”她轻声喊道。

“嗯。”这一声回应中带着浓重的鼻音，慵懒地拖长了尾音。聂音之抓着他衣襟的手不由得收紧。她只觉得自己心里像是被挠了一下，反而更痒了。

聂音之不安分地动了动，被顾绛的另一只手按住后腰。聂音之第一次察觉到他的手大，贴在自己脊骨的凹陷处，手心烫得她想躲。

只是她一动，按住她的力道便重了几分。

聂音之放弃了，试图用说话转移自己的注意力："你现在舒服些了吗？"

"嗯。"顾绛扶着她一起坐起身，问道，"你还疼吗？"

"不疼了，伤口已经愈合了，黏糊糊的都是你的口水。"聂音之表示很嫌弃，掏出手帕塞给他，"给我擦干净。"

顾绛低下头，拿着手帕很听话地给她擦拭："别为我割伤自己，若是要喂血，你戳手指就行。"

五色露的治疗效果绝佳，白皙的手腕上没有留下任何痕迹，只是被他吸得泛出艳红色，像手腕上开出的一朵绯红的山茶花。

"可是手指的血很少哦。"

顾绛道："够了。"

"好吧。"聂音之开心地应下。割手腕可比戳手指疼多了，顾绛都这样要求了，她当然不会拒绝。

魔头比她小时候养的狗狗可乖多了。聂音之歪头，长发从肩头滑下，俯身去看他的表情，严肃正经地询问道："我现在可以用一下'共情'吗？我想知道你们魔喝了我的血是什么感觉。"

顾绛抬起头，聂音之便也跟着坐正，一脸期待地看着他。

顾绛给她擦干净手腕，犹豫片刻，眯着眼睛躺回去："好，你用吧。"

就知道他不会拒绝。

聂音之爬到床榻里侧，和他躺在一起，催动手腕上的咒印，一缕心念随着经脉缠上金芽，渗入芽上那片金色的小叶子。

她等了片刻，竟一点儿感觉都没有。难道是她的咒术没有弄对？

聂音之坐起身，从芥子里掏出共生咒卷轴，再一次将其下的"共情"看了一遍。

"共情"这个衍生术有两个小分支，其一是将主人的心念灌输给从者，潜移默化地改变他们的想法，达到让被控制者心甘情愿为自己做事的目的。其二便是窥探从者的情绪、心念，时时刻刻掌握他们的内心波动，从根源上杜绝遭背叛的可能。

这个咒术何其可怕，从这一个衍生术就可见一斑。

聂音之上一回将自己的情绪分享给顾绛就很成功，这一次没道理会失败。

她忍不住去戳顾绛："你不是说会很舒服吗？为什么我觉得你一点儿感觉都没有？"

她话音刚落，便感觉到顾绛的情绪温温吞吞地淌过来。

若将聂音之的情绪比作浪潮，声势惊人地涌来，蛮横地在你心上冲刷一阵子，又利利落落地退去，那顾绛的情绪就和溪流差不多，甚至远不及溪流。溪流至少还流动呢，还会汩汩发声呢。他的情绪悄无声息，是一点儿一点儿漫上来的。

聂音之躺回他身边，像泡在温水里。聂音之突然有些倦了，她侧过身，往顾绛身上贴去，在他身旁拱来拱去，终于找到一个舒适的位置，阖上眼睛。

她连裙子都没来得及脱，裙摆在榻上铺展开，银线绣着的孔雀尾羽如同开了屏，一半搭在顾绛身上。

灰兔子还一直在床幔外等。聂音之布下的隔音诀其实对封寒缨没有用，只不过有顾绛在，他不敢造次。

红叶刀悬空，才完全断绝了他窥探的可能。

封寒缨等了半天，才后知后觉到里面正在发生什么。以前都是他将人撂在一旁兀自寻欢，现在他也终于体会到在外面等候的人是什么心情了。

兔子憋屈地跺脚，心中充满了怒火，想杀人发泄。他在屋里跳了几圈，讪讪退到另一端去了。

到了晚上，小二端来聂音之点的饭食，敲了半天门。

封寒缨朝里看了一眼，红叶尽忠职守地悬在床前，里面的人压根没有要出来的打算，封寒缨快被烦死了，他跳到门后，恶狠狠道："滚！再敲剁了你的手！"

小二被门缝里渗出的杀气吓得浑身发抖，差点儿将手中托盘打翻。

"客……客官息怒。"他赶紧赔罪，随后惊慌失措地跑了。

天光暗淡，床幔内更是昏暗，只有聂音之的白裙依然显眼。

顾绛睡觉很安静，但是他特能折腾，身旁多了一个人，他翻身时总是受到阻碍，很不习惯。

他下意识想把人踢出去，鼻息间闻到淡淡的馨香，会突然激灵一下，迷迷糊糊地想：哦，是聂音之，不能踢，会被打。只好又伸手把她抱进怀里。

聂音之在睡梦中隐隐感觉到自己被人捞来捞去，一会儿被抱住，一会儿又被推开，被压得喘不过气时，她忍不住哼唧起来，然后就被翻了一下，趴在了顾绛身上。

绣着孔雀尾羽的裙摆因顾绛那豪迈的睡姿，被揉得不成样子，和玄色外袍纠缠在一起，都快打成结了。

外面的天光暗下去，又逐渐亮起来，天际泛出鱼肚白。

一股痛意刺入意识的时候，聂音之立即醒了。她茫然地睁开眼睛，摸上自己的脖颈，不明白为何胸腔里有种正被无数针扎着的感觉，就像她吸入肺腑的不是空气，而是针一样。

聂音之后知后觉到，这是顾绛的感觉——她的"共情"还没有断开。

她其实不能直观地感受到他的痛，只能体会到他觉得痛，他觉得被针扎的那种情绪。

顾绛没有醒，他已经习惯了这样的状态。

聂音之有点儿恍惚。她的血的效果在消失，通过“共情”，她感觉到了压在他身上的，越来越重的无形威压，不是高阶修士的境界压制，而是更加浩瀚的，来自天地的排斥之力。

他每喘一口气都那么难受，聂音之大约猜到顾绛之前为何没有呼吸和心跳了，可能就和之前他的潜行之法差不多。只不过，那时他只需要骗过周遭的修士而已，现在，他需要骗过天地，才能舒服一点儿。

聂音之觉得难受极了，她想划破手再给顾绛喂点儿血。

手被人捏住，顾绛揉了揉眉心：“像你这样喂，早晚会失血而亡。聂音之，你的血对我来说不是良药，多了并不好。”

聂音之想起来了。魔头饮血过量，是会被她超度送走的。她的血在让他获得短暂舒适的同时，也在蚕食他的魔气。

“所谓的神女，看来真是老天派来消灭你们的克星。那现在怎么办？”

原来，民间传说并不都是天方夜谭，只是随着时间流逝，知道的人少了，就变成了传说。

“你要是难受，把‘共情’断开。”顾绛安抚地拍拍她，“这对我来说，是常态，不要紧。”

聂音之趴在他的胸口上，双手垫在下巴底下：“魔真的这么罪孽深重，需要天地规则来压制？”

顾绛嗤笑了一声，胸腔微微起伏：“所谓魔，只是忤逆它的人罢了。真正需要承担天压的只有魔祖。目前一息尚存的魔祖，共计五位，魔修只是借助魔祖的魔气修炼。”

聂音之对魔了解不多，她只知道魔气确实有不同，被冠以不同称谓。封寒缨的魔气，也就是顾绛的魔气，被称为“血月影”。

他的魔气缠在手上冰冰凉凉，乍一看似乎不如其他魔气炽烈逼人，但若真起了杀心，魔气能不痛不痒地直接将人化成血水。

在顾绛出来之前，只有封寒缨拥有这样的魔气。

“血月影？”聂音之念叨了一遍这个称呼，不喜欢，也不讨厌。总之，爱叫什么叫什么，随便。

她像个好奇宝宝一样问道：“你说有五位，那另外四人呢？他们在哪里？”

顾绛摇摇头：“我只在堕魔之时见过他们一次。”他堕魔之时，为正魔两道所不容，是这样杀出一条生路来的。

“原来你是资历最浅的魔头，难怪你只有封寒缨这么一个小弟。”

所以，顾绛不是老魔头，其实是小魔头。聂音之被自己的想法逗笑了。

“随手捡来的而已。”顾绛嘀咕完，又准备睡了。

聂音之不再打扰他，她坐起身，扯出自己皱巴巴的裙子，拿出镜子一看，昨天没有洗脸就上了床，现在脸上的脂粉已经被蹭光，口脂糊得满嘴都是，头发也乱糟糟的。

聂音之深吸一口气，差点儿炸了。身为大家闺秀，她从小便学习礼仪形态，睡觉也是规规矩矩，这还是她第一次睡成这副德行。

她转头瞪一眼罪魁祸首，瞥到顾绛耳鬓沾染的红色，脸上一热，什么气都消了，心虚地凑上去，把那点儿口脂给他擦掉了。

聂音之从床幔往外看了一眼，发现了蜷缩在门口的灰兔子——封寒缨竟然没有逃。

早知道就该把隔开内外间的帷幔放下来。有人在外面，她只好在床幔内换衣，然后才掀开床幔下地。

守在门边的兔子立即扭头看向她。

聂音之在内间洗漱完，对着镜子重新梳理头发，好半晌才出来。

比起昨日的精心打扮，今日她随意得多，长发高高绾起，只簪了一支小巧的步摇，脸上不施粉黛，穿着色泽极淡的绯色纱裙，只有裙边上颜色渐深，宛如铺染的晚霞。

聂音之说道：“没想到你还挺懂事的。”知道给他们守门。

她不过就是爬上了顾绛的床便得意忘形，而封寒缨最不喜欢得意忘形的女人。

兔子不悦地盯着她。

聂音之不喜欢他的眼神，刚好肚子也饿了，便决定把昨天没做的事做了。

封寒缨见她来捉自己，蹦跳着在屋里到处躲。他的神识被彻底封死在这只兔子体内，没办法转移到其他鸟兽身上逃离，堂堂魔尊竟然被一个金丹追得满屋子跑。

这样的金丹剑修，他以前一巴掌能拍死十个。

聂音之一把捉住他，提上兔子耳朵出了门。

“你要做什么？”封寒缨有种不祥的预感。

“我昨天说过了吧？要把你送去厨房烤了。”聂音之说道。

封寒缨的一缕神识被囚在兔子体内，无异于要活生生经历被剥皮烤制的过程，接着还要经历被人一口一口吃了的感觉。

出了门之后，炎炎兔身上的气场陡然变得凌厉起来，那双兔子眼里透出瘆人的寒光。封寒缨低沉的声音在她耳畔响起，警告她道：“你胆子很大，知不知道本尊是谁？”

聂音之毫不畏惧道：“封寒缨，我知道呀，搅得修真界不得安宁的魔尊，十年前被封入万魔窟了。”

炎炎兔蹬了一下脚：“既然知道，你就该明白，得罪本尊是没有好下场的。”

聂音之停下脚步：“你说得对。”她掉头往回走，“不如我们到你师尊面前去说吧。你是不是眼瞎？竟然还没看出来吗？还是，你以为我只是顾绛的一个玩物？你师尊他现在非常迷恋我，我让他往东，他绝不会往西；我让他捉兔子，他绝不会去杀鸡。”

封寒缨沉默片刻，终于服软道：“你想怎么样？”

聂音之提着兔子来到大堂临窗坐下，将他放到桌子上：“对嘛，咱们都是一家人，有话应该好好说才是。”

兔子跺了一下后脚，明显不赞成。

“我叫聂音之，你可以叫我……”聂音之想了想，臭不要脸地说道，“师娘。”

封寒缨又想笑。

第八章 我要是爱上你了，怎么办

“聂音之，你好自觉啊！你当师娘这个事，顾绛知道吗？”

“聂音之：看我一句话毁了老魔头守了两千年的清白。”

“人在屋里躺，老婆天上来。”

“不行，太没有波折了。你们要无理取闹地吵架，和好，再吵架，再和好，发现对方身世不一般，彼此竟是你死，我才能活的仇人，经过一系列痛苦抉择，虐身虐心后，发现我还是爱你的。”

“前面的，那是萧灵的剧本。我们阿音就只需要甜甜的恋爱就够了。”

“救命，我怎么没看出来魔头迷恋她？魔头大部分时间都在睡觉，哪里有空迷恋她？真会倒贴！灵灵要是有你一半不要脸，有你一半会抱大腿，她都不会过得这么苦。”

“别酸了，萧灵好清冷高贵的一个人，怎么会抱魔头的大腿呢？你说是吧？”

“我也想叫救命。人家随口一句话，你较什么劲？倒贴不倒贴你说了算？”

“服了，人家两口子抱了，亲嘴了，指不定明天就生娃了，气死你。”

“我想看！”

聂音之找小二要了饭菜正吃着，看到这些内容，噗的一声，差点儿一口汤喷到兔子脸上。

她说师娘，只是因为这个身份比较合情合理，能震慑住封寒缨，不管他信不信，他总会有所顾虑。

聂音之相信，以顾绛那种什么都随便的态度，是不会戳穿她的。

封寒缨猛地往后跳开，抖了抖毛，身上一股酸汤味，阴沉地盯着她。

“抱歉，喝得太快，呛着了。”聂音之取出手帕看了一眼，见是顾绛给她擦过手腕的，还没来得及换，又若无其事装回去，“你往外挪点儿吧，阳光很快就能把你晒干了。”

封寒缨气绝：“我看到你的手帕了。”

聂音之不好意思地说道：“这个是用过的。”

兔子沉默了片刻，他从手帕上闻到了顾绛的气息，猛然意识到这手帕有可能擦过什么东西，慌忙往阳光下蹦去，生怕她真的会用它擦他似的，忍无可忍道：“竟然将这种东西随身携带，你简直不知羞耻。”

就算聂家富甲一方，聂音之手帕无数，也没有铺张浪费到用过一次就扔的道理。随身携带怎么了？怎么就不知羞耻了？

她沉下脸道：“你确定你要继续用这种态度跟我说话？”顾绛都不曾给过她气受，他一只臭兔子倒是敢。

封寒缨敏锐地意识到，这疯女人真的做得出将他送到后厨烤了这种事。大丈夫能屈能伸，他压制住心中的怒意，一字一顿道：“师娘恕罪，弟子知错。”

聂音之被他杀气腾腾的“师娘”两个字唤得心情大好，决定暂时原谅他。她同他说起正事：“你想从万魔窟出来吗？”

封寒缨不动声色地看了她一眼，冷笑道：“自然，试问谁乐意被囚禁？”

聂音之在心里默默道，你师父就挺乐意的。等她搞一番大事业之后，将顾绛金屋藏娇，想来也是不错的。

“我可以助你破开封魔印哦。”聂音之笑盈盈道。

“你？”封寒缨轻蔑地嗤笑起来，笑到一半，想起眼前的女人极端小气，立即咽下笑音，改口道，“万魔窟有第一大佛宗无量宗镇守，封魔印外有九千余座佛窟，除非师尊出手，否则封魔印没那么好破。”

不然，他何至于被关在里面十年？

聂音之用嫌弃的眼神看了他一眼：“你这不是说废话吗？当然是你

师尊出手。难不成你觉得我一个金丹期的剑修，能冲破无量宗的防御，破开封魔印？我还是有自知之明的。”

封寒缨心道，本尊看你根本就没有。

封寒缨沉默了好一会儿。若是彻底破开封魔印，他便能带着万魔卷土重来，重新夺回属于他的一切，这和他一个人逃出万魔窟可不一样。

顾绛受天道压制，早晚会再次沉睡。但在那之前，他必须先确定，顾绛无故醒来到底是因为什么，会不会先灭了他。毕竟这几百年来，他以为师尊会和其他魔祖一样，永远不可能醒来。

这世间又只有他一个人继承“血月影”，封寒缨几乎是毫无节制地消耗着属于顾绛的魔气。

“条件。”封寒缨一脸戒备道。

聂音之托着下巴，指尖蘸了点儿茶水在桌上随便画着：“像我这种无根无基的低阶修士，如今站在整个正道仙门的对立面，总得给自己找点儿靠山才行。”

封寒缨冷哼一声：“我师尊还不够你靠？”

聂音之理直气壮道：“我怕累着他。”

聂音之仔细回想过了，顾绛平时根本没这么难受，只有在大打出手、魔气剧烈动荡后，才会这样萎靡。

向来正魔不两立，顾绛的实力兴许可以震慑住了那些仙门长老一时，让他们不敢轻易动手，但难保以后。她可不想他们以后都活在正道的虎视眈眈之下。

以寡敌众，显然不是什么明智之举。

封寒缨在心里笑了一声。

太可笑了，她在心疼一个魔？

封寒缨神色古怪地看向聂音之：“他是魔祖，你知道什么人才能被称为魔祖吗？你们正道中人不是常说，修行乃逆天之举？但实际上，绝大多数人根本走不到逆天那一步，都不过只是任天道摆布的蝼蚁罢了，飞升……”

窗外一声惊雷，街上的行人却毫无反应，只有临窗而坐的一人一兔同时缩起脖子，在天威下瑟瑟发抖。封寒缨的兔子身躯缩成了毛球，三瓣嘴紧紧闭上。

一个游魂似的人影突兀出现在桌前，聂音之诧异地眨眼，站起身来："你醒了？"

顾绛皱着眉看向封寒缨，伸手抓起缩成一团的兔子，从窗口扔出去。

"哎！"

他们正事还没谈完呢。

聂音之伸手去捞，迟了一步。她急了："这是二楼，会砸到人的！"

落至半空的兔子被一缕魔气托住，顾绛凑到窗前，看到街面上一处空旷的地方，魔气一松，将封寒缨扔了过去："这总行了？"

聂音之无语了。

肥美的大灰兔子嘭的一声砸在地上，直砸得尘土飞扬，听上去就很痛。

封寒缨趴在地上，觉得自己的内脏都要碎了。街面上有人凑过来围观，七嘴八舌地议论。

"谁啊？怎么乱扔兔子？"

"这么大一只兔子，肉不少啊。看模样好像是炎炎兔，是江北酒楼名菜。"

"这兔子有主吗？没有的话我捡回家吃喽。"

"你这人怎么回事！是我先看到的！"

封寒缨气得吐血。无知刁民，杀了你们！兔子身上腾出一抹黑影，张开血盆大口朝争抢他的人咆哮。

围观的人被吓得一下子散开，边跑边叫道："是妖兽！这肥兔子成精了，快去请仙长！"

封寒缨嘶吼着把所有人都吓跑后，一只兔子孤单地蹲在地上犹豫了片刻，跛着脚朝客栈蹦去。

掌柜和小二惊恐地看着"妖兽"朝自己的客栈而来，也不敢拦，默默祈求降妖伏魔的仙长能早点儿到。

聂音之从楼上看了看那只身残志坚的兔子，坐回桌边看顾绛吃饭："这些都是我吃剩的，我给你点新的吧。"

"不用了，太难等。"顾绛慢条斯理地把桌上的饭菜都扫光，接过聂音之倒的茶水漱口，余光扫到在楼梯口探头探脑的兔子，疑惑地问道，"你为何没有将它烤了？"

聂音之闻言，震惊极了："我吓唬他的，好歹他也是你的徒弟。"她委屈地说道，"你不会以为我真会烤了他吧？我哪里有那么丧心病狂？你是不是对我有什么误解？"

顾绛默不作声，就差把"你说呢"三个字写在脸上了。

"不怪顾绛，聂音之说要烤了封兔兔的时候，我也以为她真会烤了他！"

"恭喜！聂音之的丧心病狂得到魔头亲自认证，够牌面！"

"笑死我了！音音好可怜！白心疼魔头了。这种魔头累死活该。"

"天啊，我明白了！顾绛把封寒缨扔出窗外，是想让他赶紧逃啊！是为了从女魔头手里救他！感天动地师徒情，我泪目了，姐妹们呢？"

"元明大师：阿弥陀佛，顾绛以身侍魔，实乃大善。"

"元明大师你说清楚哦，是哪个'侍'？"

聂音之默默给自己倒了杯茶喝，又沉默了片刻，决定换个话题，不然非跟他吵架不可。

“哥哥，你接下来有什么打算吗？”她问。

顾绛一听她叫自己哥哥，就知道她又在打坏主意，想让他做事了。他无奈道：“你又想做什么？”

聂音之双手托腮，期待地看着他：“我们去万魔窟吧。”

封寒缨蹲在楼梯口，闻言，脚一滑，差点儿从楼上摔下去。这个女人为什么这么简单粗暴地将这件事说出了口！他都还没答应呢！

顾绛兴致缺缺。他还记得聂音之说过，万魔窟距离这里很远。他说：“太远了。”

“我御剑带你嘛。”聂音之说完顿了顿，“我忘了，我没有剑了。”她没有剑，她连剑都是捡的萧灵用过的。那曾经被她当宝贝养护的灵剑，毫不犹豫地背叛了她。

灵剑都是仙门出品，现在应该没有哪个器修愿意为她打造灵剑。凡尘里买来的刀剑，不受灵力，是不能御空的。

脚下没有依凭，便只能御风而行。短距离还可以，长途御空很耗费灵力，她可不像顾绛，有那么深厚的修为。

“那我买辆豪华马车吧，你可以在车上睡觉。不过，你要先想办法躲开正道的监视，我们偷偷去。”

顾绛看了她一眼：“先去一个地方。”

云笈宗上护山大阵崩溃，好在玄魄剑镇住整座仙山，没有引起太大的震动。

那冰蓝色的巨剑犹如一把定海神针，稳住了云笈宗弟子浮躁的心。

被削平的折丹峰光秃秃地身处灵山环绕中，就像是仙门的一道疮疤，每一个御剑而过的弟子都忍不住被吸引了目光，面露不忿，发誓定要好生修炼，为宗门一雪前耻。

有这样的志气自然是好的，长老们乐见门中弟子经此一事发愤图强，是以决定不去修复折丹峰残景，而是特意留下这一道创伤，并在其上立碑建台，供门中弟子来此感悟。

一名衣袂翻飞的少年御剑从折丹峰上空路过，停留片刻后，往云笈宗深处的医堂飞去。

他落到医堂前的灵草药圃外。这些药圃对灵气极为敏感，医堂周围都是不允许御剑的，他只能沿着狭长的石板小道，快步朝里跑去。

天青色的道袍像一片嫩绿的叶，脚步带起急促的风，一路行去，搅起一汪绿色的涟漪。

几个呼吸间，他已经奔到医堂前院。看到一名女修抱着要晾晒的灵草往外走，他眼睛一亮，叫道："周师姐，小白师妹出关了吗？"

被唤的女修停下脚步，无奈地看向来人："哪里有那么快？你闭关难道一两天就出来的？"

"是啊，她又不是闭长关，一两天就该出来了。"少年跑到她跟前，弯下腰喘了一口气，又立即站直了，将高束的头发甩到身后。他的身量、骨架快要长成，已经有了几分飒爽英姿，不过，面上还带着少年人的青涩感，让人一眼就能看穿他的心思。

他压低一点儿声音，凑上前去，赧然问道："周师姐，你就告诉我吧，小白师妹是不是还在生我的气？"

周汀捂着嘴轻笑一声："我哪里知道呢？"

屋里一名男弟子听到动静跑出来："安淮，你怎么又来了？现在宗门内大家都在忙着重建屋宇，修补阵法，怎么就你成天这么闲？"

安淮朝着对方拱手行礼："赵师兄，我马上就回去了。"他从袖子里取出一个用手帕裹住的东西，“周师姐，有劳你帮我将这个给她，就当是赔罪，让她消消气。”

他塞完东西，脸红得快要渗血，半秒都不敢再停留，不等周师姐应声，转身便往外跑。才跑出几步，他像是想到了什么，又蓦地停下脚步，回身道：“师姐一定要告诉她，这是我亲手做的，要是……”要是原谅他了，就戴上给他看看。

安淮抿了抿唇，咽下了嘴里的话。就算不原谅他，也可以戴。她戴上一定很好看。

她要是不消气，大不了他每天都做点儿东西送过来。一支簪子不行，他就做两支。白英从来不会生他太久的气。

“有劳师姐了。”安淮行过礼，转过身，像他来时一样，飞快地穿过药圃，御剑离去。

那位赵师兄没好气地哼了一声：“臭小子，真会惦记我们小师妹。”

“他们俩到底为什么吵架了？”周汀嘀咕着，捏了捏手里的东西，猜到应该是发簪之类的饰品，准备先收起来，等白英出关了再给她。

赵师兄不以为意地笑道：“他俩不是时常吵架吗？”

“说得也是。”周汀笑道，摇摇头，“小孩子脾气。”

两人正交谈，一个人向外走来，目光落在周汀手里，喊道：“周汀。”

周、赵二人同时转身看去，俯身行礼：“师尊。”

“免礼。”荆重山态度温和地摆了摆手，对周汀道，“把你手上那个给我吧。”

周汀愣了一下：“师尊，这是安淮给小师妹赔罪……”

“为师听见了。”荆重山那温和的神情顿时一敛，眉宇间透出不耐烦，“阿英正是闭关关键之时，莫再让这些无关紧要的人来打扰。”

周汀不敢再多说，双手将东西奉上：“是。”

荆重山收下东西往里走去，走到无人处，揭开手帕看了一眼。是一支由相思木雕琢而成的木簪，上面嵌着指甲盖大小的一颗红珠，粗糙得很。

那红珠上的光似乎映照进了他眼里，荆重山眼中也透出一抹血红，他像站立不稳一般晃了晃，扶住一旁的树，五指蓦地收紧，木簪连同其上的红珠顿时化作齑粉。

荆重山闭眼缓了片刻，再睁开时，眼中的红血丝已经消退。他随手将木屑撒在树根下，用帕子擦了擦手，一并扔了。

荆重山抬起头，看到从远处飞来的小白鸟，一挥袖，掩埋了树下的痕迹，快步朝前走去，伸手让小白鸟落在掌心里："灵灵，你醒了？"

小白鸟在他手里跳了两下，展开翅膀往回飞。

萧灵靠在床榻上，通过小白鸟的眼睛，将这一切都收入眼中。她按着眉心，朱厌的声音阴魂不散地响在她的灵台里。

"萧灵，你最后一次药浴也结束了，体内瘴毒全清，内府灵脉都已经痊愈。桑无眠临死之际留与你的东西，你也可以用了，你不需要荆重山了。

"我看他也快坚持不住，行将走火入魔了，你可当心着点儿，小心他发了疯，将如何治疗你的事说出去……"

萧灵将脸埋入手心，哀求道："你别说了。"

朱厌低低地笑了好一阵，接上未尽的话语："……若是如此，你在云笈宗就待不下去了。"他阴阳怪气地补充道，"虽然，这不是你的错。"

"桑无眠还留了东西给灵灵？桑无眠，你洗白了，我发誓以后不会再叫你'桑狗'了。"

"最坏的就是朱厌！朱厌这是要把萧灵引向歧路啊！"

"朱厌就给人一种'我身在泥沼，也要把你拉进泥沼'的感觉，好病娇！”

“荆重山该死！白英一个多么可爱的小姑娘，就这么死在他手里！少年的青涩恋爱就这么夭折了，我要哭了。”

“萧灵早就不干净了。她前面还能自欺欺人说自己不知情，但最后一次药浴她可是清清楚楚知道的。不知道又是哪个小姑娘为她死了。”

“大家也设身处地一下吧。萧灵已经不能回头了，她要是拒绝最后一次药浴，那前面的人全都白死了。更何况，谁不想活着呢？没有人能拒绝活下去的诱惑。”

“这个AI剧已经崩到与原著无关了，原著粉不认这个女主角，也请剧粉做到书剧分离，别看了剧去原著刷负分。”

“笑死。原来的设定里，萧灵不也是靠着聂音之的金丹和眼睛活下来的？都是牺牲别人成就自己，有差别吗？”

聂音之正跟顾绛在马市里挑马。顾绛要去的地方在青州那一带，距临仙城有七八日的路程，本来是要买马车的，但聂音之看了马，立即改变主意，想要骑马。

顾绛本来不想理她，聂音之举着绑了缎带的手腕在他眼前晃，一副他不答应，就打算大摸特摸的架势：“那我只能找别的快乐了。”

顾绛眼眸一沉：“本座是不是太纵容你了？”

聂音之后退半步，泫然欲泣：“你别凶我，我害怕。”

顾绛无语了。这就是凶她了？

你害怕个鬼！炎炎兔忘了自己的脚伤，在一旁跺脚，疼得嗞了一声。

最终，魔头选择妥协。

聂音之看中了一匹高大漂亮的汗血宝马，那金灿灿的毛发和漂亮的肌肉，她第一眼看到就走不动路了。

但这马漂亮是漂亮，脾气也暴烈，聂音之刚靠近想摸它，那马就很凶地打了一个响鼻。

老板在一旁劝道：“姑娘小心，这马性子烈，一般人降服不了它。”

聂音之飞快地退到顾绛身边，揪住他的袖子：“哥哥。”

炎炎兔跛着脚跟在后面蹦，听到她那声“哥哥”，一边冒冷汗，一边恶心得快吐了。

封寒缨算是看出来了，聂音之就是靠着这种娇嗲卖乖的手段将顾绛骗到手的。到底还是因为他师尊见的女人太少了，才会被这种低级的甜言蜜语哄骗了去。

顾绛偏头看了一眼那匹汗血宝马，马儿仰头嘶鸣一声，甩头扯着缰绳想往后退，又被顾绛一眯眼定在原地，瑟瑟发抖地垂下了它高贵的头颅。

等待他驯服汗血宝马的空当，聂音之抬头望了望，正好看到这一串串冒出来的文字。“剧情”刚转到他们这边，字幕里讨论上一段内容还没有消失。

“白英……”她轻声低喃，脑海里浮现出一个一蹦一跳的活泼身影。

聂音之和白英有过几回交集。她来折丹峰送丹药的时候，没管住嘴，蹭过她的点心。之后做了香包来致谢，扭扭捏捏地说，想打包几块桃花糕带走。

她还记得对方红透的脸颊。当时聂音之促狭地问她要带给谁吃，白英羞得几乎要把脑袋塞进袖子里了：“一个讨厌鬼。我觉得聂师姐这里的点心是天下最好吃的点心，他非说是我没见过世面，没吃过好东西，才觉得什么都好吃。”

聂音之当场就不开心了，立即让厨娘做了所有的拿手点心，装满两大个食盒，让白英带走，让她务必盯着“讨厌鬼”吃下，再叫他点评。

第二日，白英带着“讨厌鬼”的道歉信上门，弯月似的眼眸晶晶发亮。她一边忍不住笑，一边求情道：“聂师姐，他知道错了，你别怪他啦。”

一只手伸过来抬起她的下巴，顾绛打量着她的神色，问道：“怎么了？”

聂音之回过神来，摇了摇头：“没事。”

顾绛没有刨根问底，说道：“你的马听话了，去给钱吧。”

“你不挑一匹吗？”聂音之从芥子里掏出一叠金叶子，非常豪气道，“我买得起哦。”

顾绛面不改色道：“本座不会骑马。”

直到从马市出来，聂音之的兴致都不大高。

确实是她疏忽了。萧灵没能得到她的金丹疗伤，必然会想其他办法。她以为杀了桑无眠和孟津后，她应该没有别的倚仗了。

荆重山……他的命倒是很大，当日在殿上，竟然没有被波及。

顾绛偏头看了她好几眼，聂音之心里明显装着事，他懒得追问，反正等她想说的时候自然会说。

他纠结良久，叹息一声道：“那你教我骑马吧。”

聂音之惊讶地看向他：“你不是嫌烦吗？”

“不烦。”他虽然嘴上这么说，但紧蹙的眉心表明，他确实觉得很烦。

聂音之有些无语。魔头，调整好表情再说话吧！

聂音之盯着他看，灵动的眼眸渐渐亮起来，脸上的笑靥映在金灿灿的阳光里，似能流出蜜来。她试探道：“你这么好，我要是爱上你怎么办？你会负责吗？”

汗血宝马身侧的布兜子里，炎炎兔冒出一个脑袋，不屑地哈了一声。

聂音之揪住兔子的耳朵，将其塞进布兜里，用力往下按，视线始终没有离开顾绛。

封寒缨整只兔子被挤得变了形，龇牙咧嘴地暗暗发誓，等顾绛一沉睡，他第一个就要杀了她！不，他得先将她的神识封进兔子里，好生折磨一番，再杀了她。

顾绛微微一哂，问道："怎样才算是负责？"

聂音之在这方面也全然没有经验，她认真想了好久，踮起脚凑到他耳边道："死生契阔，与子成说。执子之手，与子偕老。"

顾绛被她呼出的气息撩得耳郭发痒，伸手捏住她垂在鬓边的青丝："好，我可以陪着你，直到你死。"

封寒缨在布兜里蹬了一下腿。不可能，难道师尊没有受到天道压制？无时无刻不活在这样的天威下，就算是魔祖也承受不住。

聂音之品了品他的话，觉得有点儿不对劲，但又说不出哪里不对劲。她退开少许，盯着他看了一会儿："好吧，这样也行。"

她也没指望活了两千年的老魔头能石头开花，春心萌动，爱上她。

大不了，她也不爱他就是。

"我也不一定要你陪我到死。"聂音之扬起手腕，不甘示弱地回道，"不需要你了，我会放你走的。"

顾绛不明就里地看了她一眼，还是点头道："好。"

"这是在干什么 ？你们俩做个人吧。"

"魔头那回复是什么意思？不得劲儿啊，好像包办婚姻，不得不负责似的。"

"搞了半天，我们前面嗑的糖都是假的！你们既然都没走心，为什么要那么甜！可恶的感情骗子！"

"聂音之为魔头哭得那么惨，都已经心疼魔头，怕累着魔头了，还叫没走心？”

“没走心的只有臭魔头！心疼阿音。”

“两人因为共生咒被绑在一起了。不过，聂音之是可以解开共生咒的吧？她现在是因为要依赖魔头才能安全，所以不能解开。”

“救命！这段不是互诉衷肠吗？为什么你们都当刀嗑？魔头如果真不想陪她玩的话，肯定有办法解开共生咒，那卷轴可是他拿出来的。”

两个人牵着那匹惹人注目的高大金马往临仙城外走，出了城门不到一炷香的工夫，传讯仙器就已飞遍整个修真界，所有人时时掌握着两人的动态。

他们还没打算前往万魔窟，所以并没有隐藏自己的行踪。

为了骑马，聂音之今日的穿着很利落，殷红的窄袖裙装，收束在绣着金色云纹的腰封里，腰身纤细又柔韧，示范上马的动作时，身轻如燕。

金马踩着蹄子在原地转了几步，被聂音之扯住缰绳三两下控住，安分下来了。

她端正地坐在马背上，手握缰绳，夹腿驱使马儿绕着顾绛走了一圈，那神情宛如一只开屏的孔雀，眼角眉梢都透着得意。

聂音之在顾绛身边停下来，用马鞭托起他的下巴，顾绛还没开口，她自己先憋不住笑了：“虽然很久没有骑过马了，不过，教教你还是可以的。我在家中时，同族中姊妹一起学习骑马，我的骑术是最好的。”

聂音之翻身下马，手把手教他怎么上马。

比起她上马时的不驯服，在顾绛手下，那马安分得仿若一匹假马。聂音之都有点儿怀疑，顾绛要是发话，这马能跪在地上请他坐上去。

聂音之酸溜溜地噘起嘴：“不想教你了。你随便怎么骑，它都会迫于你的淫威无条件配合你。”

“胡说。”顾绛笑斥一声，坐在马上摸了摸马脖子，“本座以理服马。”

他朝聂音之伸出手：“上来吧。”

“我要坐前面。”

顾绛往后挪了一点儿，给她腾出位置。老板知道他们是双人骑，配了很宽敞的马鞍，足够两人坐了。

聂音之坐进他怀里，和他一起握住缰绳，教他如何控制方向，催马的时候如何夹腿。

顾绛学得稀松二五眼，只要能让马动起来他就万事大吉了，再讲细致些，就一副“魔头很烦，魔头不想听”的样子。

封寒缨被挂在马后臀上的布兜里，巅得生无可恋。他这一缕神识被顾绛封在炎炎兔身躯里，逃是逃不出去的。想要脱离苦海，唯一的办法就是损伤神魂，自绝这一缕神识。

不过，现在还不是时候。

兔子从布兜里探出脑袋，阴森森的目光朝聂音之看去。这个女人到底什么时候才能想起来，他们谈的正事被打断了，还没谈完？！

顾绛略微侧了一下头，余光往后面扫来，封寒缨倏地将脑袋扎回布兜里。

还没到下一个城镇，聂音之就后悔要骑马了。她在顾绛怀里拱来拱去，高难度地在马背上换了个姿势，侧坐在马背上，将头埋进他怀里。

顾绛伸手捏住她的后颈，被她气笑了，有种想要折断手中纤细的脖颈的冲动：“到底是谁嚷着要骑马的？”

“教会了徒弟，师父还不能休息一会儿吗？你也太苛刻了！”聂音之比他理直气壮多了，“这马在太阳下实在太晃眼了。”

顾绛心道，故意折磨谁呢？

聂音之嘀嘀咕咕：“我那天穿孔雀裙，难道也是这样的？”

顾绛半分都不知道委婉：“比它还晃眼。”

聂音之一口气哽在喉咙，又听见头上传来声音：“但还是好看的。”

夏日炎炎，阳光实在太晒，虽然顾绛怀里凉丝丝的，但聂音之对骑马的热情还是只维持了半天，到下个城镇就换了马车，雇用了一位车夫。

那匹漂亮的汗血宝马第一次被套上挽具，鼻子里一直气呼呼地喷气，顾绛往它面前一站，它就老实了。

封寒缨终于从马屁股上解脱，获得和车夫一起赶车的殊荣。

车厢里放着冰镇的瓜果，聂音之捧着阮家的咒术卷轴在研究，顾绛闭目养神。

她知道天威无时无刻不压着他，让他不舒服，遂想出一个法子：“我把你的痛觉屏蔽掉，你会不会好一点儿？”

顾绛摇摇头：“没有痛觉会很危险。”

“说得也是。”聂音之安静了一会儿。天威这种东西还真是人力无法抗拒的，至少现在的聂音之还想不出什么办法能帮他缓解。

喂血的话，她那天割开手腕放了那么多血给他吃，也只让他安稳了一夜，手指头挤一点儿血，大约也就只有片刻的效果。

聂音之都快贫血了，不能再这么喂了。

她靠过去怜悯地摸了摸顾绛的头，权当安慰他。

顾绛掀开眼皮看了她一眼，自以为很懂事地调整好坐姿，张开手臂，一脸“行了行了，你来吧”的无奈表情。

聂音之在心里吐槽：什么意思？谁稀罕被你抱哦！

虽然她是抱怨过车厢壁靠着太硬来着。

魔头都这么邀请她了，不靠白不靠。聂音之抱起卷轴，窝进他怀里。

“你又在学什么咒术？”顾绛皱起眉，这共生咒下的衍生术纯粹就用是来折腾他的，而聂音之似乎非常热衷于折腾他。

实际上，魔头真的想多了。

聂音之的志向比他想的大多了。阮家的四大秘术——共生、嫁梦、布阵、化形，她都有兴趣。

在去万魔窟之前，她必须要将共生咒下有用处的衍生术全研究精通了，这样才能更好地控制魔修。若是掌控不了，将魔放出来，惹得生灵涂炭的话，那她万死难辞其咎。

她要让手腕上的金芽长成参天大树，长出一整片森林，怎么可能在顾绛这一片小叶子上吊死？

“嫁梦之术，可以为中术之人编织梦境，将其困于梦境中，也可以进入其梦中，从而影响现实。”聂音之兴致勃勃道，“比如，我可以为你编织一个情意绵绵的梦境，不论你在现实中多么无心无情，在梦里你也会身不由己地随着梦境生出喜怒哀乐，意志不坚的话，就会深陷温柔乡醒不来了。就算醒过来，梦里的情感多多少少也会影响到现实心境。”

“爱恨都可以从梦中起。”聂音之侧过身，葱白的指尖点在他的心口，故意摆出魅惑的神情，勾唇笑道，“所以，你要小心哦！说不定你哪一天醒来，就会不由自主地爱我爱到不能自拔。”

顾绛捏住她的指尖，好笑地问道：“这样的爱，你也瞧得上吗？”

聂音之啧一声，自然是瞧不上的。

“你好无趣。”聂音之抽出手，转过头靠回他身上，专心研究卷轴，不理他了。

他们去青州的行程排得很悠闲，路上有大的城池，还会歇上两天，让聂音之逛逛街，搜罗些小玩意儿，尝尝当地美食。

顾绛大部分时间都在客栈里自闭，等聂音之回来往他嘴里塞美食，给他展示她都买了些什么，偶尔也会被聂音之软磨硬泡硬拉着陪她出趟门。

魔祖不像是打算毁灭修真界，魔祖像是专程醒来找个道侣，然后陪着道侣来体验生活的。

昼夜警惕的修真界仙门，在他们每日这样逛吃逛吃的消磨下，也开始有些松懈了。

各大仙门长老手中都有一枚特殊的传讯仙器，能投入神念，开云端会议。他们直接将会议地址选在了顾绛和聂音之停留的城市上空。

大能虚影盘膝坐在云层上，余摇清道："他们的目的地是青州。"

"青州？青州一带应该没有什么能引起顾绛兴趣的修真门派。"有人琢磨道。

"那一带风景不错，有举世闻名的千重瀑布。青州是人间的富庶之地，人文也兴盛，要是游玩的话，的确是一个好去处。"百草宫的宫主摸着下颌上的长髯慢悠悠说道。

见大家都看向他，他补充道："我们是经常去那里采药。喀喀，你们这些打打杀杀的事，我们医修门派又插不上话。"

他来这里纯属凑个人头，毕竟百草宫也是七大派之一，修真界第一医修宗门，对有关修真界整体的决策定夺之事，有表决权。

沉音阁的常玉安，也就是常寻春的父亲，与百草宫宫主坐在一起，也是个凑份子的："如此说来，修真界的太平日子还是有保障的，那我可以潜心编写我的新曲了。"

"一代魔祖在外面跑，你们怎可如此松懈！就算他暂时未有动静，我们也当时时刻刻做好准备，以防万一，护卫好天下苍生！"

"长老所言甚是，是我们狭隘了，惭愧惭愧。"

众人正各自沉默之时，一位冶金门的长老突然拊掌道："青州焦渡山！古器宗的分堂所在，器宗的刀山剑林也在青州。"

颜异倏地挺直背脊，思忖片刻道：“是了，他定是想入刀山剑林为聂音之取灵剑。难道顾绛知道如何进入古器宗分堂？”

两千多年前的修真界不似现在这般一盘散沙，仙家门派多如牛毛。以前的修真界只有剑、法、器、医四大宗门。现今的修仙宗门，只要脸皮够厚，都能挖掘点儿蛛丝马迹，往自己身上贴上四大宗门后裔的标签。

直到“仙堕事件”，四大宗门的掌门堕魔，引起修真界大地震，四大宗门分崩离析，宗门旧址全都被封，遗落人界，无数功法秘籍石沉大海，传承断绝。

就是从那之后，修真界每况愈下，直至今时今日。

也难怪颜异会这么激动，以前的剑修，手中灵剑皆来自刀山剑林。

器宗的刀山剑林正如这世间群山一样，对所有人开放，任何一名刀修、剑修都可以进去择兵器，修士和兵器是双向选择。

只可惜，随着器宗旧址隐没，刀山剑林也随之消失，若是能打开器宗旧址，对天下所有修士来说，都是一大幸事。

他们用尽全力挖掘顾绛的过往，也只挖出千年前他堕魔之后的一些事迹，他堕魔之时已是巅峰修为，那自然是生在千年以前。

按照估算，他很可能便是四大宗门的人。

柳桦身为法修就比较淡定，她的重点抓得很妙：“聂音之已是金丹剑修，怎会还没有自己的灵剑？”

颜异就像被人打了一棒，脸上的惊喜收了回去，尴尬地咳嗽一声：“她用的剑乃是旧剑，剑认旧主。”

柳桦笑道：“云笈宗原来这么缺剑，难怪颜长老方才那么激动。”

冶金门长老接话道：“颜长老，我宗正好有一批上品灵剑即将出炉，可算你便宜些。”

颜异："咯，此事之后再说，我们先议正事要紧。"

元明大师："阿弥陀佛。"

余摇清整个人隐入周遭环境中，彻底看不见，他通过神识传音道："颜长老，我身为别宗修士，本不该置喙贵派内部事宜，不过，我还是建议贵派调查一下医堂荆重山。"

颜异循声看去。

"这是聂音之传达的信息，不知真假。"余摇清用了比较委婉的说法，"贵派荆长老似乎在用不恰当的方式进行治疗。"

颜异蓦地皱起眉，神情凝重地点了点头。

结束云端会议，颜异立即去了医堂。也恰是这时，变相陡生，透着幽蓝色的魔气从医堂深处冲天而起，"鬼火"很快引燃了一座楼阁。

医堂弟子皆惊，颜异飞快地传了一道讯息出去，往魔气冲出的地方掠去。

他长剑出鞘，剑身化作数十道残影，呼啸着将蔓延的魔气逼回，随后剑影以魔气为中心，倏地钉入地面，剑光形成一道屏障，将魔气整个封入其中。

那弥漫着浓郁魔气的地方，正是医堂弟子清修闭关之所。

萧灵倚在一间屋子的窗前，小白鸟害怕地缩成一团，被迫蹲在屋脊上，充当萧灵的眼睛，望着医堂深处剑光与魔气相纠缠。

"颜异一到，不用等其他人，荆重山很快就会被制住，萧灵，你觉得他会说吗？"朱厌在她的灵台喋喋不休道，"就算你的荆师叔为了你，绝口不提，但你猜颜异会不会对他进行搜灵？"

"知道了他是怎么治疗你的，就算你全然不知情，你猜，云笈宗会怎么处置你？"朱厌叹了一口气，似有些心疼地说道，"萧灵，你拼死拼活回到这里，到底是为什么？"

萧灵也想知道她拼死拼活回到这里，到底是为了什么。

为什么就这么一步一步走到了如今这样无可挽回的境地？她到底是爬出了深渊，还是现在才算是真正跌入了深渊？

朱厌道："萧灵，你可以求我，我会帮你杀了荆重山，捏碎他的灵台，他本就是罪有应得。"

萧灵低下头，将脸埋入手臂间，纤弱的肩头微微发颤，几不可闻道："求你。"

第九章 就叫翠花吧

安淮闻讯赶来医堂，他的剑光掠过药圃，第一次没有按照规矩落在药圃之外。

医堂弟子和伤患正有序地从内院撤出来，撤到医堂外。他匆匆穿过人群，四处张望，终于看到了熟悉的身影。

“周师姐！”他踉跄着避开旁人冲过去，眼中盛满惊慌，“小白，小白出来了吗？”

周汀眼中含着泪，忍着没有落下来，她摇了摇头。

安淮咬了咬牙，少年瘦削的面容紧绷出坚毅的轮廓，他默不作声地抬步往里面跑。

“安淮！”周汀伸手去拦，被他挥袖甩开。

安淮抽出剑，刚踩上剑身，手腕便被人握住。赵稳的手像铁钳似的制住他：“安淮，静修堂已经进不去了，长老为防魔气蔓延，已经封了那里，你就算现在去也没用。”

周汀也劝道：“三位太上长老都在里面，他们一定会救出在里面闭关的师弟师妹。你先别急，小师妹一定没事的。”

安淮从剑上跌下来，表情呆滞，像是被劝住了。

他茫然地往里面张望了一眼，医堂深处的天幕上弥漫着剑光和黑气。他的瞳孔猛地一缩，从那种惊慌失措的状态中挣扎出来，问道：“走火入魔的人是谁？能引来这么重的魔气，不会是寻常弟子，是荆长老，对吗？”

他眼睛通红，眼神却是清明的，不等两人问答，又问道：“折丹峰大震那一日，小白接来萧师姐，你们还见过她吗？”

周汀和赵稳对视一眼，回忆片刻道：“小白就是那一日闭关的，师尊说她……”

“荆重山入魔了，那他之前所说的每一句话都不能信！”安淮深吸一口气，“周师姐，我的发簪呢？”

周汀的眼泪已经忍不住了，脸色变得极其难看："被师尊要走了。"

"为什么不告诉我？"安淮瞪着她。

周汀抖了一下，毕竟没有人会怀疑自己的师尊。今天之前，周汀和赵稳都从没想过荆重山会走火入魔，甚至直到现在，他们没有亲眼见到他，没有亲耳听到长老肯定的说辞，他们心中也是不信的。

赵稳拽住他："安淮你冷静一点儿！你也知道宗门这段时日以来的情况，各峰弟子心境浮动，闭关的不少，医堂也一样，你为何非要往最坏的方向猜测？"

安淮浑身僵了一下，揉了揉眉心："对不起，我不知道，我只是……"他只是控制不住这么想，他心里塞满了这种不祥的念头。

早知道就不惹她生气了，明明是鸡毛蒜皮的小事。她以前要闭关的话，都会乖乖告诉他一声的。

只有这一次没提前告知他。

静修堂的魔气消散得比众人想象中的要快。幽蓝魔气被称为"鬼火"，颜异来得及时，先将在这里闭关的弟子护住了，因此耽搁了片刻，静修堂几乎被焚烧得一干二净。

安淮四处找遍了，都没有找到白英，他不顾阻拦进了静修堂内，听到一个声音叹道："灵台已经碎了。"

颜异回头看向来人，见那弟子满脸绝望的样子，怔愣了一下，走过去轻轻地拍了一下他的头，温声道："先别哭，这里的弟子都被带出去了，没人受伤。"

安淮看了一眼地上的荆重山，拽住颜异的袖摆道："可是我没有找到白英。"

"不知道该说什么了，萧灵这是一步步被推上不归路了？"

“原著里，朱厌根本动摇不了女主角的内心，到了这里却被影响得这么深。”

“因为原著里她根本就没有经历这些致郁的事，心里自然就没有破绽。原著里多甜啊，她哪里有心思应付朱厌！”

“这个蝴蝶效应绝了，聂音之一个人的异常举动，崩了整部剧。”

“看这个情况，就算荆重山死了，真相也捂不住啊。难不成把安淮也杀了，把颜异也杀了？”

“朱厌，见则大兵。以他这个属性，谁跟他待在一起都得变疯。”

聂音之看到这一串文字的时候，已经和顾绛一起到达了青州境内。

能看出来，云笈宗内不平静。还好，顾绛带她跑得快。

不过，荆重山死了，聂音之还是开心得多吃了一碗饭。

历经千年的岁月流逝，青州的城池扩建得将地貌都改变了，这里的山川也几易其名，焦渡山是修仙人士嘴里的称呼，青州的百姓却不知什么焦渡山了。

魔头想不起来焦渡山在哪个方向，他们便在青州府又滞留了三日。

暗暗观察的仙门长老急得抠脚，在聂音之拖着顾绛出门吃饭的时候，收买了一名酒楼的说书先生，将焦渡山揉进话本子里，给他些提示。

话本子讲述的是一名世家少年被灭门仇家追杀，跌下池航山中一处悬崖，从而得遇奇缘，进入仙家宝地刀山剑林，取得了属于自己的神兵利器辉煌归来，报仇雪恨，成长为守护一方的一代大能的故事。

池航山，古名焦渡。

顾绛听得笑了。

聂音之正听得入神，听到他的笑声，莫名其妙地转头看向他：“你笑什么？”

这提示都送到他眼皮子底下了，顾绛却之不恭。他道：“吃完了我们进池航山。”

“做什么？你也想去跳崖吗？”聂音之随口问道。过了片刻，她反应过来，慢慢睁大眼睛，“刀山剑林是真的？你是想带我去那里？”

顾绛一本正经地说道：“这样以后去哪里，你才能御剑带我。”

聂音之服气了：“魔祖大人想得甚是周全。”

池航山在青州境内并不算是数一数二的庞大山系，但胜在山清水秀，灵气充裕，是青州府内许多大户人家的消暑圣地，是以池航山外缘建了许多别院。

刀山剑林自然得和这些凡尘别院分离，它隐在池航山深处，有封山结界，仙门来此搜寻过上百回，都没能找到蛛丝马迹。

这回有个成竹在胸的魔祖引路，金山、银山近在眼前，饶是身为各派长老，众人都激动得按捺不住了。

须臾一瞬间，连金丹期的聂音之都察觉到被人注视了。她是知道仙门一直在盯着他们的，若是放任顾绛这么个大魔头在世间乱窜，那正道仙门就实在是太失职了。

“我们不需要避开他们的视线，偷偷地进去吗？”聂音之想得比较长远，这种好地方，若是让正道仙门握在手中，万一以后他们之间爆发冲突，那不是资敌吗？

顾绛环视了一圈周遭的森森古木：“他们盯着也没用，我也不知道怎么进。”

聂音之蒙了：“那我们是来纳凉的？你是在给自己找消暑圣地？”

“这个地方确实不错，你可以考虑在这里买一座庭院。”顾绛朝她伸出手，聂音之伸手搭上他的手掌，被他拉进怀里。

绿意盎然的虚空中出现一丝波动，顾绛从袖中抽出红叶刀，黑红色的刀光将两人笼住。

封寒缨反应极快地猛力蹦起，在千钧一发之际，抱住了他师尊的脚。

刀光闪过后，两人连带一只肥兔子的身影随着红光一起隐没。

下一刻，几道身影从四面掠来，眨眼间落在此地。

“有感觉到他们离开的方向了吗？”颜异问道。

余摇清半个身子都被周遭同化了，脑袋也已经开始变绿了，他摇了摇头：“不在此处空间了。”

“他们进去了？怎么进去的？难道这里就是入口？”

元明大师道：“顾绛似乎只是随便找了个地方落脚，能带他进入刀山剑林的，应是那把刀。”

冶金门主细细感受了一下红叶刀残留的刀气，扼腕叹息：“顾绛那把刀应是器宗出品，回刀山剑林，就跟回娘家差不多。”

各位长老心道，这简直是作弊！

“这本书背景里的东西有点儿意思，感觉很庞大。”

“刀山剑林，男主角的金手指，原著里面，桑无眠跟封寒缨一战过后，命剑裂纹了，就是来这里契合了一把新的命剑，成功升级，回去把封寒缨暴揍了一顿，从此占领武力高地。”

“命剑也能换？”

“狂翻原著！书里说是用了一种术法，这不巧了吗，就是阮氏遗留下来的蚕灵咒！将两把灵剑绑在一起，让命剑的剑气一点点儿地吞噬另一把，最终取而代之。”

“绝了绝了绝了！桑无眠绝了！老婆能替，命剑也能替。”

“红叶回娘家，哈哈哈，这说法怎么这么可爱呢？”

刀山剑林内，聂音之刚站定就看到这些文字从半空飘过。

她看向顾绛手里回到娘家的红叶刀，冰冷的暗红长刀嗡鸣不休，看上去很是激动。

顾绛松开手，红叶从他手里一冲而起，化作一道红光围着两人急速转圈，快把聂音之转吐了："你的刀……竟如此活泼。"实在令人想象不到。

"去吧。"顾绛挥挥手，赶苍蝇似的，表现出了十足的嫌弃。

红光倏地朝着一座黝黑的庞大山脉射去。那山是真的黑，仿佛墨玉，但山上遍插的刀刃又令整座山折射出斑驳的光，只能用"五彩斑斓的黑"来形容。

红叶刀一溜烟窜到刀山上，把刀山上的留守刀们都整得老激动了，所经之处，刀鸣声嗡嗡不休。

聂音之设身处地想了想，她要是刀山上的一柄刀，被晾在这里上千年，有个家伙回来疯狂招摇，说不定会想打它。

她才这么想，红叶的刀光就猛地撞上了什么东西，发出一声惊天巨响，落入了刀山中。

聂音之震惊极了，一把抓住顾绛："你的刀！"

顾绛啧了一声，用后爹般的口气说道："没事，别管它。"

聂音之觉得红叶一定是回娘家诉苦去了。

虽然把"刀山剑林"合称为一个地方，但实际上，刀山和剑林隔了八万丈远。因为挨得近了，两方容易打起来。

聂音之很自觉地靠过去，双手环住顾绛的脖子："走吧。"

兔子也很自觉地扑过去，抱住顾绛的脚。封寒缨的神识被困在这只兔子里，魔气又受到抑制，除了浑身的肉有点儿价值，纯粹就是一只废兔子。这一段时日以来，为了追上他们的脚步，兔子后腿的肌肉都蹦跶得越来越结实了。

让他自己飞，是飞不起来的。封寒缨每日憋屈着，憋屈着，也就习惯了。

顾绛看着挂在自己身上的一人一兔，不由得扶额。他一脚踢开封寒缨，垂眸看了聂音之一眼，揽住她的腰腾空而起。

肥兔子在地上滚了一圈，望向空中渐行渐远的身影，徒劳地上蹿下跳："师尊！"

顾绛连一个眼神都没给他。

聂音之趴在顾绛肩上，对他挥挥手："小缨子，你跟红叶在这里玩一会儿，我们忙完了就回来接你们。"

封寒缨无语极了。他和一把刀有他娘的什么好玩的？等他蹦到刀山上，找到红叶，都不知道何年何月了。

封寒缨咆哮道："师娘，你能不能对我负点儿责任？！"

空中的身影一滞，差点儿跌下去。聂音之连忙抱紧顾绛的肩，手掌安抚地拍了拍，脸不红，心不跳，臭不要脸道："是他非要这样叫的。不过就是个称谓，我无所谓的。孩子不懂事，你别跟他一般见识。"

顾绛觉得好笑："你知道他多少岁了？你的岁数还不如他的零头。"

封魔头几百岁是肯定有的。

聂音之不高兴道："那你是觉得我占了你徒弟的便宜？"

顾绛垂眸看她，忍无可忍地捏住她的脸颊："怎么说都是你有理。"

"疼。"聂音之吃痛皱眉。

顾绛立即松开手，指尖轻轻蹭过她脸上被捏出的红印子。

原来这么怕疼的。

“那还不是你惯出来的臭毛病！你就宠着她吧！”

“讲真，阿音现在才十七岁吧，老魔头至少两千岁了。我悟了，我的对象还在两千年后的未来等着我。”

“首先，你得活到两千岁。”

“我要笑死了！这是什么扔下孩子不管的无良父母？封寒缨真的好可怜，邪肆猖狂的大反派，就这？就这？？”

“红叶刀好像被主人撒开绳子的狗狗，天可怜见，它怎么就看上魔头这个懒东西了呢？”

“救命！我现在满脑子都是封兔子了，就算封总从万魔窟出来大杀四方，也改变不了我对他的刻板印象了。”

“叫什么封总？叫小缨子。”

“小缨子，有点儿眼力见吧！顾绛牌交通工具，是你能随便上的吗？真是没有一点儿数。”

“难怪顾绛急着给聂音之找剑呢。现在是你骑我，以后就是我骑你了呗。”

“什么虎狼之词？姐妹这么会说，你就多说点儿！”

这些文字跟着他们一起飞，就跟身后缀着一大串尾巴一样，聂音之看了一路，笑得停不下来，也在他怀里抖了一路。

顾绛倦了，抬起手。

聂音之眼疾手快地一把按住他：“你别召红叶，让它玩一玩吧。我不乱动了，也不笑了。”

被看穿意图的魔头收回手：“什么事这么好笑？”

聂音之用余光扫了一眼没有消散的文字，含糊地说道：“因为开心。”

顾绛被她说服了。因为聂音之确实经常这样傻乐，很容易满足。

剑林在山谷中，从山谷到崖壁，插满了灵剑，谷中生着布满尖刺的荆棘藤，黑色的荆棘如蛇一样攀爬在剑刃上，像是天然的剑鞘。

两人落在剑林一侧的山崖上。

“我进不去了，只能你自己进去。”顾绛有红叶刀，不会受这些剑的欢迎，他进去只会给聂音之添麻烦。

聂音之点点头，准备跳下山谷之时，她又转身回来，在悬崖顶上找到一处合适的位置，从芥子里取出一张软榻，榻上软枕、小几一应俱全，又掏出一盒冰镇的果子并几盘小点心。

“那我走啦。”聂音之对他扬眉一笑，裙摆飞扬，纵身跃下山崖。

顾绛下意识往前追了一步，看着那抹鹅黄的身影被萦绕在山谷上方的剑气吞没，脑海里还残留着她那张笑颜。

他嘴角微翘，躺在聂音之为他布置的软榻上，拈了一颗果子塞进嘴里。

太甜了。

山谷中的剑气柔和地接纳了这个侵入者。真正落入谷中，聂音之才发现这些剑的居住环境其实很宽敞，根本不像在外面看着的那么拥挤。

每把剑都有自己独立的领域，相邻的几把剑之间，剑气有纠缠，有碰撞，细细感受一下，就能看出它们的邻里关系到底和不和睦。

聂音之行走在剑林里，能感觉到无数不同属性的剑气从她身上擦过。

这里沉寂上千年，终于开门迎客，灵剑们都激动坏了，剑气争先恐后地涌过来。聂音之长发飞扬，袖摆、裙裾无风自动，周身萦绕着颜色各异的剑光，如同踏着七彩霞光前行，看上去既美且飒，实际上，她是在被这些剑气扒拉来扒拉去。

与其说是她在挑剑，不如说是剑在挑她。

突然，她脚步一顿，抬手一把掐住一抹往她领口钻去的剑光，用灵力碾碎："看就看，别耍流氓好吗？"

聂音之被剑气簇拥着，一路走到剑林深处。也不知道这些剑是怎么回事，光看她，摸她，当她看中一柄，想要主动时，那剑光跑得比谁都快。

她有些郁闷了。

聂音之坐到剑林中的高台上，闭上眼睛，屏蔽掉一切杂念干扰，放出神识，山谷中纷扰的剑气尽数消失，她黑暗的灵台里亮起几抹剑光。

这些都是可与她契合之剑。聂音之在这些剑光中徘徊，按照她一贯的做法，她当然是全都想要的，只不过她愿意，剑不愿意。

所以，聂音之慎重考虑了片刻，选了那把与她适配度最高的灵剑，她的神识迎向那抹剑光。

悬崖上，躺在软榻上小憩的人似有所感，睁开眼睛。只见山谷剑林中，一把长剑绞碎了身上的荆棘，拔地而起，呼啸着朝山谷中心的高台飞去。

那剑光雪白，铺染开一片，一声清越的鸟鸣响彻天地，雪白的大鸟虚影拖着长长的尾羽，振翅环绕在长剑左右。

顾绛被剑光刺得眯起眼睛，抬手虚虚挡住，喃喃道："还真是你能选出的剑。"

长剑落到聂音之身前，那纯白的大鸟虚影张开双翼，几乎将她整个人罩入羽翼下。聂音之耳边长剑嗡鸣，剑鸣清越似凤鸣。

她的神识没入剑身，与此同时，长剑的剑气也渗入她的经脉。

聂音之只感觉到一股灼烧的热度窜入她浑身的经脉，在灵枢滞留片刻后，涌向灵台。

灵剑在相看她的时候，聂音之的神识也在灵剑内部转了一圈，脑海里浮出剑灵的模样。这把剑属火性，那剑灵大鸟实则是熊熊燃烧的纯白色火焰凝成。

长剑在她身上发现了别的剑气，剑身一震，聂音之立即感觉到长剑不满的情绪。

灼烧的剑意瞬间从她的经脉里退出，鸿鹄低下头，愤怒地在她脑袋上啄一口，缩回剑内，灵剑化作一道白光，唰地射向天际，回去了。

幸好鸿鹄剑灵没打算伤她，聂音之只是发髻被啄散。她披头散发，神识追在长剑后面，撕心裂肺地喊："哎，别走！你听我解释！"

灵剑头也不回，明显就是一副"我不听我不听"的态度。

聂音之最大的优点就是坚强，穷追不舍。

悬崖上，顾绛剥了一颗葡萄，遥遥看着聂音之追剑，实在没忍住，笑出声来，剥好的葡萄从他笑得颤抖起来的指尖滚下去。

聂音之追了灵剑一大圈，神识不断碰撞剑身，软磨硬泡，灵剑不为所动。最后她烦了，生气了。

顾绛正看得兴起，好戏戛然而止，他无奈摇头："笨蛋，你也放弃得太快了。"

再缠一缠，那剑就松动了。

那柄灵剑也没料到，那热烈裹着它的神识，怎么转眼间说退就退了？它在半空中停滞片刻，呼啸着插回自己的地盘上。

聂音之收回神识，休息了片刻，暂时没有再去勾搭别的剑。她需要先将经脉里的剑气解决掉。

经脉里的剑气来自如意剑。

聂音之入门第一日，桑无眠就把如意剑给她了，开启灵窍前，她就开始学习剑招。开启灵窍的第一件事，就是将如意剑气引入丹田。

她的浑身修为，都是随着如意剑一起涨起来的。

一般剑修，筑基的时候，就该契合本命剑，聂音之也是那么做的，却几次三番都被如意剑拒绝。

她不知道问题出在哪里，去找自己的师尊解惑。桑无眠总是说时机未到，剑修与剑之间的关系紧密非常，不容外人置喙，即便是师父也亦然，她不应该问他，而应该去问自己的剑。

桑无眠这话说得的确没错。

聂音之在没有契合命剑的情况下修至金丹，若是还无法收服如意剑为命剑，她的修为也会永远止步在金丹。

如意是她入道修行拥有的第一把灵剑，也是唯一一把。聂音之自是知道自己的天资，骨子里难免自傲，她从未怀疑自己征服不了如意剑。

只是，桑无眠从未告诉她，如意剑有主。

如意剑气和她的金丹、浑身经脉难分难离，想要拔除出来，并不容易。也难怪她的金丹萧灵竟然可以用，想必正是有如意剑气作为媒介。

聂音之从金丹里抽出第一缕剑气，冷汗就湿透了背脊，她脸色惨白，整个人几乎虚脱。

顾绛按上手腕的咒印，感觉到了主术者突如其来的虚弱，他蓦地从榻上起身，飞到半空，纵身扎入剑林。

满谷的剑气都被搅动，比起对聂音之，这些剑光对他就不怎么友好了，山呼海啸似的剑气尖啸着刺向他。

顾绛飞快往里掠去，魔气一路碾碎射来的剑光，直到落到聂音之面前。他蹲下身将人半揽进怀里，捏住她的下巴，将她的脸抬起："聂音之，你在做什么傻事？"

聂音之已经一口气从金丹内抽出三道剑气，有种浑身都被抽空了的虚弱感，还没缓过劲儿来。

看到弥漫的魔气和不断朝他劈来的剑光，她无力地推搡了顾绛一下：

“你出去，我没事的。”

“你这样抽剑气，只会将你的金丹抽碎。”顾绛就地坐下，将她抱到腿上，软声道，“那把剑很适合你，再去哄哄它，烈女也怕缠郎。”

聂音之虚弱地靠在他的肩头，委屈地说道：“它嫌弃我经脉里有别的剑气，等我抽光了，再去找它。”

“别说傻话，剑气和你的修为融为一体，抽光剑气和抽光修为无异。必须要先契合命剑，再以新易旧，就和鱼池换水是一个道理。先抽光水，你这条小鱼还活不活了？”

顾绛屈指将她脸上的碎发别到耳后：“若它还是不从，本座帮你与它强行结契。”

“好。”聂音之又在他怀里靠了片刻，待恢复一点儿气力了，便推开他道，“你快出去。”

顾绛将她放下，身影从中心台上消失。他在这里引得剑气骚动，不利于她结契。

过了好一会儿，满谷剑气才又恢复平静。聂音之放出神识，再次朝那把剑飞去，试着召唤它。

银白色的雪亮长剑插在碎成渣的荆棘丛里，剑光横冲直撞，正在发脾气，逼得周围的剑都自动退避三舍。

感觉到熟悉的神识召唤，那剑光略微凝滞，只象征性地矜持了一小下，长剑重新抽出，朝着中心台飞去。

一回生，二回熟，失败一次，还能再见第二次，说明双方的意向都很强烈。

灵剑虽然嫌弃她经脉里有别的剑气，耐不住双方实在匹配，只能打扫打扫，凑合着过吧。

鸿鹄剑灵缩成一簇指尖大小的纯白火焰，从她的眉心渗入，稳稳地落入她的灵台里。一瞬间，温暖的剑气流淌过她的四肢百骸，汇入金丹中。

聂音之盘膝入定，剑气从灵台火焰中发出，周而复始地冲刷她的经脉，汇入金丹，将如意剑气逼出体外。

云笈宗内，萧灵又回到了她的明霄峰，只是这一次，她被关在了一座殿中，暂时没了自由。

如意剑颤动不休的时候，她正在宣纸上画画。萧灵的神识已经痊愈，外放这么一点儿范围，还是可以的，小鸟的视角总是和人不太一样。

听到如意剑的嗡鸣声，她好奇地放下笔。宣纸上的人像画完成了一半，衣衫、发冠、脸型、嘴巴、鼻子都画好了，是个男子的面貌，独独眼睛还没画上。

眼睛是神之所在，没有眼睛，实在难辨画的是何人。

萧灵为了这一双眼睛，已经苦恼许久了。

她取下如意剑，摸到剑刃上细细的振动——如意剑气紊乱得厉害。

“如意，你怎么了？”萧灵皱起眉，试着灌入自己稀薄的灵力安抚它，剑光忽然暴涨了一下，差一点儿割伤她这个主人的手。萧灵下意识松了手，如意剑当啷一声落到地上。

那暴涨的剑光须臾之间就暗淡下去了，如意剑的剑刃一时间像蒙了尘，竟比平日灰败了许多，缠在剑柄上的软绸可能是被刚刚暴涨的剑光划过，无声断开，落到了地上。

萧灵愣了愣，正打算弯腰拾起灵剑，殿外传来一名女修的声音：“萧灵，颜长老有请。”

萧灵抿了一下唇，应声道：“是。”随后捡起如意剑，用袖子擦了擦剑刃，却不见有什么效果，只好将剑放上剑架，往外走去。

来人是颜异身边的弟子，元婴期修为，来押解她这个灵基刚恢复的，只剩炼气修为的人，算是大材小用了。

在她身后还有一名筑基期的少年。

萧灵认得他，以前白英来明霄峰接她去医堂，这个少年偶尔会跟她一起来，将白英送到明霄峰，他就会离开。

他们没碰过面，萧灵是通过小白鸟的眼睛看见的。

七日前，荆师叔走火入魔，自绝而亡。

不知为何，颜长老觉得荆师叔为她进行的治疗有问题，一直在调查这件事，所以萧灵至今没有获得自由。

女修手中的玉牌闪过一道光，结界豁开一道口子，让萧灵出来。女修带着她去了慈虹殿。

这是新建的殿宇，廊柱、雕栏等都是崭新的，就连脚下的地板也是崭新的。

殿中，三位太上长老都在，还有云笈宗各堂长老，有好几位是新上任的，接任当日在慈虹殿一战中陨落长老的职位。

大殿正中摆着一个大圆盘，盘中薄薄地盛了一层凝胶一样的液体。

颜异道："这是玄蚌液，将神识投入其中，蚌液升腾成雾，会将你的灵台记忆真实地呈现出来。这与搜灵术不同，对人是没有损伤的。"

不单是医堂的白英，门下弟子七人失踪，连魂魄都召不回来，又刚好发生在云笈宗内最乱的时期，这几个人的失踪和荆重山有没有关系，实在不好妄下结论。

荆重山的灵台碎了，从他身上根本挖掘不出任何信息。进行药浴的药池殿中还有些残留的灵草灵药，他们从药池内多处地方取样，也没发现异常。

颜异之前就询问过萧灵治疗的过程，从她口中并没有问出有用的信息，唯有直接读取灵台。

萧灵行过礼，按照指示配合地坐到蚌液边，神色坦然。

慈虹殿内，四周的垂帘被放下，殿内光线一下子暗淡了许多，圆盘里的蚌液便显出荧荧的光，乍一看像是一轮圆月落在地上。

萧灵的神识没入其中，人失去意识，那名女修弟子蹲在她身后，扶住她的肩膀。

“圆月”上很快升起了雾，白雾在殿中弥漫开。

搜灵术是蛮横闯入灵台，主动攫取需要的信息，这对神智损伤很大，除非是已经盖棺论定的有罪之人，否则轻易不得使用搜灵术。

灵台记忆的呈现需要外因引导，颜异问道：“萧灵，荆重山是从何时开始为你治疗，又是如何治疗的？”

随着他的问话，白雾里浮出景象。景象里显出明霄峰上的结界枢纽高台，几大门派的长老聚在一起看守结界。

在那高台上还有另一个人，咒术世家阮家的大公子。

这是他们知道聂音之和顾绛身中共生咒后，以如意剑气诱聂音之入剑阵击杀失败后的第三日。

显赫一时的咒术世家没落，遭到自家咒术反噬，本家人尽数陨落，这位大公子只是阮氏旁支，他对共生咒的了解肤浅得很，只知皮毛。

阮公子提供的唯一一个有用的信息，就是共生咒分主从，据各长老的窥探来看，主咒术极有可能在聂音之身上。

荆重山出现在明霄峰上，小白鸟便从前殿檐角离开了，和他一同回了明霄殿后殿。

他捧着小白鸟脚步匆匆地转过游廊，来到后殿一处偏僻的楼阁。萧灵病恹恹地靠在软椅上，灵丹强撑出的美丽皮囊已经盖不住底下蔓延的瘴毒，那清透的肤质下，渗出斑驳的瘴毒斑，整个人宛如一朵正在凋谢的花。

殿上的长老都不由得心生怜悯，面露不忍。

颜异轻叹一声，心中无缘无故冒出一丝愧疚之情。他不由得反思起来，同在明霄峰上，他们一心守护结界，对这个遭受病痛的弟子确实忽略了。

蚌雾里的景象还在继续，在荆重山进门时，萧灵强撑着起来迎接，荆重山急忙制止，将她重新扶回去坐下。

“灵灵，我找到治疗你的办法了。”荆重山想来确实耗心耗力，脸上透着浓重的疲态，表情却轻松了一些，情难自禁地抚上怔愣中的萧灵的脸颊，“我说过，我会治好你的。”

萧灵隔了好一会儿才回过神来，从椅子上跌下来，向他行了一个大礼，带着哭腔道：“荆师叔大恩，萧灵无以为报。”

“你这是做什么？”荆重山扶起她，眼中透出一点儿痴态，“只要你恢复到以前那般生气蓬勃的模样，就是对师叔最大的回报。”

颜异皱起眉，殿上的众人皆看得出来，荆重山对萧灵恐怕是动了别的心思。

但景象中，二人并无逾越行为，荆重山扶她坐好，重新坐下，对她道：“你的身体太弱，只能采用温和一些的方式，通过药浴将药性渗入你体内。我已经搜罗好需要的灵草灵药，浸泡于沸水中，待明日午时，我派弟子来接你到医堂药池殿。到时候你进浴池，我则用灵力引导药性进入你的经脉，逼出瘴毒。”

他这个解释实在简单，听不出异状。

萧灵疑惑地问道：“瘴毒深入我的骨髓，这样真的可以逼出来吗？”

“试一试总是没错的。灵灵，你放心吧，一定会有效果的。”荆重山又道，“瘴毒与你骨肉相连，要想将其硬逼出来定会疼痛难忍……”

萧灵立即道：“师叔，我不怕疼。”

“我知道，你是个坚强的姑娘。”荆重山笑了一下，“灵灵，你信得过师叔吗？”

萧灵毫不犹豫地点头，就连她肩头的小白鸟都啾啾叫着点着小脑袋，憨态可掬。她说：“现在，我最信任的人就是荆师叔了。”

荆重山温柔地凝视着她：“那便好。能避免疼痛师叔自然舍不得你疼，进浴池前你服下断神丹，暂时切断神识和身体的联系就行。”

断神丹切断神识和身体的联系，神识会被暂时封闭起来，旁人就是将她的身体生吞活剥了，她也觉察不到，极其危险。

萧灵犹豫了片刻，咬咬牙颔首答应了。

众人一听断神丹，都觉得不妙。果然，第二日萧灵被引入药池殿，服下断神丹后，她神识里的景象就消失了。

等她再次醒来，已是治疗完毕，小白鸟的视觉恢复，蚌雾里才又浮出景象。后面几次的治疗均是如此。

安淮站在大殿一角，静静地盯着蚌雾里的那抹身影。折丹峰大震时，白英匆忙伸手去扶萧灵，袖子滑开，露出手腕上一串白白的珍珠。

小白鸟歪着头“啾”了一声。

白英拉起袖子将手串盖住，朝小白鸟眨眨眼，脸上泛出红晕。这手串是安淮送她的，白英觉得土气，还嫌碍手碍脚，根本不愿意戴给他看。

少年隐忍的情绪因为这一串珍珠险些决堤，他紧咬着牙关，深吸一口气，眼珠一错不错地盯着蚌雾里的画面。

这一回，白英没有像往常一样送到便离开，她被荆重山留下帮忙，萧灵的神识断开后再醒来，便不见她的身影了。

萧灵问起白英小师妹，荆重山呵呵笑了两声，摇头叹道：“她今日协助我为你疗伤，有了些许感悟，不等你醒来就迫不及待去闭关了。”

安淮捏紧拳头，死死盯着画面，恨不能将所有细节都收入眼中。

蚌雾里传出了云笈宗弟子七嘴八舌的议论声，是萧灵去桃苑途中听见的。

殿上众人神色复杂。桑无眠要剖聂音之的金丹为萧灵疗伤一事，全是那日在慈虹殿中，聂音之的一面之词。她鞭笞内门弟子致死，当日在殿上，刑堂长老对她的处罚合乎门规。

这只是聂音之无凭无据的指控。慈虹殿一战后，门中确实太多疏漏，以至于各种谣言传开了。

萧灵九死一生回到宗门，听到这些流言，心如死灰，独自坐在桃苑中，久久不能回神。

一位太上长老神念传音颜异："师兄，荆重山以不当方式治疗之事，也是聂音之传递的信息。她一直被困折丹峰，出来后便离开宗门，根本未曾踏足医堂，又是从何处得知荆重山是如何治疗的？我看她只是想动摇宗门人心。"

"我当然也想过。"颜异回道，"只是荆重山恰好走火入魔，门中又确有弟子失踪，非得调查清楚不可。"

那位长老摇摇头："那一夜折丹峰结界破了，魔气四处蔓延，师兄，你也知道'血月影'能无声无息消融一切，连魂魄都逃不开，我看这些弟子极有可能是丧生在魔气下。"

颜异沉默了。另一位女长老忽然出声问道："萧灵，折丹峰破那一夜，妖兽是如何进入桃苑将你掳走的？"

白雾摇曳片刻，浓重的妖气突然从白雾中弥漫开，妖气之中浮出一张妖艳的脸，众人看了好几眼，才看出来那是聂音之的脸，只是妖气太重，几乎扭曲了。

但众人皆知，那个时候，真正的聂音之在魔头怀里呢，当时在萧灵面前的必是旁人假扮的。

“聂音之”朝萧灵扑去。

之后白雾倏地散开，景象消失。

“意识断了，当时应该是昏迷了。”问话的女长老思忖片刻，看向颜异。

颜异决定继续问：“这妖兽为何要掳走你？你们之间有何渊源？”

白雾波动了好一会儿，萧灵在抗拒这个问题，只不过她的抗拒毫无作用，神识入了蚌液便只能被牵着鼻子走。

蚌雾里浮出一片黝黑的沼泽，数十条粗大的铁链从沼泽中浮出来，搅得水声哗哗，铁链上闪着封印铭文的符光，铁链中心拴着一只白首赤足的庞大凶兽。

那凶兽抬起头来，露出一张与桑无眠一模一样的面容，清冷熟悉的声音响起，诱惑她道：“灵灵，抠掉那一块铭文，只要我出来，师尊定会护你周全。”

萧灵手上抓着铁链，有些失神，显然是中了蛊惑。她被瘴气侵蚀的身体上已经染上一些黑斑，她揉了揉眼睛，视线有些模糊了。

“桑无眠”催促着她，萧灵手上凝聚起自己所有的灵力，插进铁链上一个细小的铭文。

铭文闪了闪，符光暗淡下去，最终消失。牵一发而动全身，铁链上的铭文相继崩溃，符光越来越暗。

在最后一枚铭文暗下去的瞬间，铁链寸断的巨响响彻整个大殿，蚌雾里彻底黑下去，但能听到沼泽的水声，萧灵轻声喊道：“师尊？”

一直安静地靠在女修肩头的人突然动了一下，她整个人都在颤抖，更强烈地抗拒起来。蚌雾又开始动荡。萧灵想将神识抽出来。

动荡的蚌雾里断断续续传来一些暧昧的声音，殿上的众人脸色大变，有些尴尬。

女长老推了颜异一把，催促他道：“大师兄，断开！”

颜异这才反应过来，挥袖放萧灵的神识回去。雾中的声音倏地消失，大殿上一片死寂，蚌雾收拢回圆盘，重新凝为透明的黏稠液体。

“这就是死寂深渊底下被拉灯的部分？”

“颜异是怎么回事？说好的只问萧灵治疗的事，为什么出尔反尔？也太恶心了！挖出别人的隐私很好玩吗？”

“为什么要这么对我啊！之前明明写了是双洁！为什么？我要吐了。”

“垃圾公司出品的所有剧都是买了改编权的哦，望你知情！”

“桑无眠男主角位子都不保了，还为他洁个鬼！朱厌最后上位男主角的话，这也是双洁的啊，有问题吗？”

“她同意展示自己的灵台记忆，就应该知道会有暴露的风险，就该把该清洗的记忆都洗干净，都让朱厌洗掉了把真相告诉她的那一段记忆，为什么不把这一段也洗掉？”

“朱厌这是在暗搓搓宣告主权吗？”

聂音之一睁眼就看到滚滚而过的文字，绿得让她差点儿以为自己不知不觉已经出了剑林，回到池航山深处的古树林子里。

那些文字疯狂地讨论着云笈宗那边的情况，看上去非常精彩，聂音之都有些心痒难耐了。

她也好想看看那边到底发生了什么。

这难道就是文字里所说的，追剧的快乐？

过了好一会儿，文字里的绿色才退去，数量也稀少了些。

聂音之用力闭了闭眼，重新睁开，伸手抓住悬在眼前的银白色长剑，灵剑轻鸣一声，剑刃上闪过雪亮的剑光。剑首雕着一只纯白凤鸟，每一根羽毛都看得清清楚楚，栩栩如生，长长的尾羽从剑首绕着剑柄而下，尾端没入剑格。

聂音之握着剑柄试了试手，嘀咕道：“有点儿磨手。”

鸿鹄的脑袋从剑首上探出来，毫不留情地啄了一口她的手腕。

聂音之抱住剑，立即改口：“我开玩笑的，你好漂亮啊。”

剑灵这才罢休。

聂音之经脉里的如意剑气还没有被清除干净，五年的日积月累，不是一朝一夕就可以彻底割裂的。

不过，她现在已经有了自己的命剑，命剑又是比较霸道的主儿，清除残留的如意剑气是早晚的事。

聂音之心念一起，剑随意动，带着她冲出剑林，剑光拖出一道雪白的影子，发出清唳的呼啸。鸿鹄剑灵展开双翼，绕着剑林上空盘旋几圈，非常招摇。

剑林中一时间群情激愤。

聂音之想到被击落的红叶刀，有这个前车之鉴，断不可能再重蹈覆辙，她强硬召回叫个不停的剑灵，急速飞离剑林上空，落到顾绛所在的悬崖上。

魔头斜倚在软榻上，被剑光刺得微眯起眼睛，嫌弃道：“你那鸟可真吵。”

“你的红叶还不是很吵？”聂音之不服气，红叶围着他们急速转圈时，刀鸣声和鸿鹄的叫声也差不离。

顾绛啧了一声，一脸嫌弃道：“都吵。”但红叶没有她的剑那么晃眼。

聂音之举起灵剑，灵活地挽了一个剑花，摆了一个姿势：“好看吗？”

说完，她从雪亮的剑刃上看到自己的投影——随意绾在脑后的发髻松松垮垮，两鬓碎发散下来，乱七八糟的。

在顾绛开口之前，她抢先道：“别说话！”

随后，她在他身边坐下，取出一面镜子塞进他手里，捉住他的手举起来，调整好角度，开始给自己梳头。

顾绛真是很无奈。

“你拿好了，别乱动。”聂音之抬了一下他的手，顾绛只好又给她举了回去。

聂音之梳头梳得很慢，她绾发髻还不是很熟练，偏偏又想梳个好看的发型，折腾了半天才梳好。梳完头，又要补妆，麻烦得要死。

顾绛看着她描眉画唇，长眉微挑，忽然开口道：“你那边眉毛画高了。”

聂音之立即抬眸看向他：“哪边？”

顾绛扬了扬下巴：“左边。”

聂音之对着镜子来回照，不知是不是心理作用，听他这么一说，似乎是有点儿高，便想办法调整了一下。

“有点儿细了。”

聂音之看他一眼，照了照，又多描了几笔。

顾绛沉吟道：“这么一看，右边的颜色淡了。”

聂音之还没补完，顾绛又道：“好像高了点儿。”

“你刚刚说左边高了！”聂音之意识到自己被他捉弄了。

“是吗？我刚刚说的左边？”顾绛忍笑忍得手都抖了起来，只好用魔气托住镜子。

聂音之瞪向他，扑过去将魔头按倒在榻上，按住他的脸，用螺黛将他的眉毛涂成两条大黑虫子才罢休。她坐在顾绛身上，捏住他的下颌左右看了看：“浓眉大眼的，很不错。”

顾绛手臂一撑坐起来，聂音之惊呼一声往后倒去，他急忙伸手揽住她的后背将她按回怀里。

聂音之撞在他的肩上，刚抹好的口脂蹭在了他的领口上。

顾绛将她松开一点儿，垂下眼眸看了她片刻，指尖抚上她的唇。

“什么？我听错了吗？慢镜头还配了音乐？官方认证了！这对情侣终于有自己的歌了！”

“是不是心动了？是不是心动了？”

“这是剧官方也妥协在他们的爱情里吗？老实讲，以前好多场景我都觉得可以慢镜头再搭配一些歌曲的。”

“亲她！魔头你是不是不行！不行换我来！”

“不行，魔头现在的眉毛太好笑了，太像蜡笔小新，我萎了。”

“如意剑的联系也断了，现在萧灵和聂音之彻底没有了瓜葛，要是还给聂音之这么多镜头，是想搞双女主线吗？”

“嘻嘻，看看收视率吧，哪边的收视率高就多播哪边呗。”

“要不，聂音之摸摸叶子吧？先检验一下他到底行不行，毕竟两千多年了，万一坏了可怎么整？及时止损啊。”

“损不损呢，你？四川的笋都要被你挖完了，小心红叶今晚就来取你狗命。”

“上次摸叶子的时候，我看到魔头用袖子挡了，投一票他能行！”

聂音之没听到它们说的什么歌，她瞪大眼睛，苦思冥想，他上次用袖子挡了吗？为什么她没有注意到？

顾绛原本想帮她把糊出来的口脂擦掉，结果越擦越糊，只好讪讪地收回手，不敢吭声了。

聂音之一看他这个样子，立即警觉地去照镜子，看到镜子里糊了一圈的嘴，像刚刚啃完肉骨头的小孩，直接气笑了。她补了半天的妆，全白费了。

她看一眼天边西坠的斜阳，洗干净脸，不打算上妆了。

聂音之身体里的旧剑气没有排除干净，这里灵气充裕，很适合她修炼，他们干脆在这里滞留了几日。

其实按照顾绛的想法，这里只有刀山剑林，没有那些繁杂的人和事，他很愿意在这里住下。

但这里的灵气充裕，聂音之觉得他会难受。

他确实难受，已经习惯了。

聂音之摸着自己的命剑，爱不释手。剑还没有名字，要她来取。聂音之问道："你的刀也是你自己取的名字吗？为什么叫红叶？"

顾绛抬眸看了一下果盘，聂音之心领神会，洗干净手给他剥了一颗葡萄喂到他嘴里。

顾绛吃完了才回道："你看到刀山旁边的树林了吗？秋天时满山都是红叶，我取刀时，正是秋日。"

"这么随便？"聂音之很是瞧不起他，又给他剥了一颗葡萄，"我还以为会有什么深奥的寓意。"

顾绛嗤笑道："那你取一个有深奥寓意的。"

"我觉得鸿鹄就很好听了。"聂音之嘀咕，小小的鸿鹄在剑首上拍打翅膀，看上去也挺喜欢这个名字。

顾绛道："鸿鹄只是一种凤名，并不独特。"

剑首上的鸿鹄立即倒戈，开始摇头，不要这个名字了，它要独特的名字。

简直一点儿主见都没有。

"那要不你跟我姓聂吧，剑跟主人姓，天经地义，就叫聂白。"

鸿鹄还没来得及反应，顾绛笑了一声："真难听。"

聂音之立即转头瞪他，把手里剥好的葡萄放进自己嘴里：“你的红叶也没好到哪里去，那你倒是说几个名字来听听啊。”

顾绛看了一眼点心盘，浅绿色的绿豆糕被压成了花瓣的形状，他一本正经道：“那就叫翠花吧。”

第十章 你得把我捧在手心里才行

“翠花？”聂音之皱起眉。

她明明用的是疑问语气，但是鸿鹄剑灵不知怎么回事，竟然发出一阵灵光，剑刃上金光游走，须臾后，两个小小的篆体字“翠花”落在紧靠剑格的刃上。

聂音之捧着剑快要崩溃了：“我还没决定好呢！你真的喜欢这个名字吗？！”

她以后唤剑来，难道都要大喊“翠花”吗？

顾绛笑瘫在软榻上。

聂音之现在还没空收拾他，她抱着翠花徒劳挣扎，苦口婆心道：“要不再改改？白火火怎么样？你是火焰凝成的呀！”她突然拊掌，“我想到了！离为火，白离好不好？白闪闪呢？白霜呢？”

灵剑一闪一闪，可惜剑铭一旦落下就改不了了。

聂音之最后只能认命，但还是试图挣扎一下：“好吧，那你大名叫‘翠花’，小名我说的都要，叫你你可要应。”

翠花忽闪忽闪，鸿鹄展开翅膀点了点头，对自己一下子拥有这么多名字表示很开心。

“翠花，还大名翠花，哈哈哈，我笑吐了！魔头，看你造的什么孽啊！红叶都比翠花好听一万倍。聂音之，你吃了这么大的亏，今天要是不暴揍魔头一顿，那可不行！”

“白火火？白闪闪？笑死了，两个取名废，糟蹋剑呢？糟蹋刀呢？废物夫妻。”

“白离和白霜还像点儿样子，这两个做大名差不多。”

“天啊，以后聂音之召剑，就得大喊一声翠花！也太尴尬了！魔祖，不愧是魔祖，好歹毒的心肠。”

“翠花！哈哈哈，傻剑剑还乐呢。”

“顾绛，你是不是就是想要个情侣名！我觉得红叶小名可以叫酸菜，翠花上酸菜！”

聂音之瞪着笑瘫了的人，用力把自己的眼眶憋红。

顾绛转眸看到她的样子，笑声戛然而止，立即坐起身来，有些无措地托起她的脸：“这么不喜欢这个名字？”他皱起眉，开始思索有没有什么办法能将剑铭抹去。

聂音之眼中含泪，委屈地吸了吸鼻子，听取了那些文字里的建议：“那你也得给你的红叶取个小名，叫酸菜，以后都要这么喊它。”

老子跟你同归于尽！

顾绛沉默了。

“我就知道你不愿意。”

聂音之酝酿许久的泪珠从眼中滚落，滴到顾绛的指尖上，他就如同被烫到了一般，蓦地缩回手去：“好，我答应你。”

顾绛说完，当即抬起手，指尖还残留着聂音之的眼泪，薄唇轻启：“红叶。”

虚空中一阵波动，泛出红光，顾绛从中抽出暗红长刀。

红叶和翠花狭路相逢，一刀一剑都奓了毛，红、白两色的光雾时纠缠在一起。

鸿鹄张开双翼，翅膀上的火焰熊熊燃烧，蹲在剑首上对着红叶刀啾啾叫，红叶唰的一下迸出一片黑红色的刀光，戾气逼人。

鸿鹄顿时脖子一缩，半只鸟都缩进了剑首里，却仍不服气地大叫。

顾绛屈指弹向刀刃，指尖和刀刃撞出呜的一声嗡鸣，红叶剧振不休，那蔓延的刀气便如潮水似的收回来。红叶悬在半空还在不停颤动，整把刀都有点儿蒙。

鸿鹄瞅准这个机会，从剑首里冒出来，双翼大张，雪亮的剑光扫出去，连扫红叶刀两大耳光。

聂音之大惊失色，手忙脚乱地抱住灵剑，批评它道：“咱们不兴乘刀之危的。”

顾绛道：“从今天开始，你的小名叫酸菜，以后叫你酸菜也得应。”

红叶震惊不已，用刀鸣声表达了它强烈的不愿意，挨紧刀背的刃身上，“红叶”刀铭如烧红的岩浆一般亮了起来，仿佛在向主人强调：刀刀有名字！

顾绛修长的手指又伸到了刀刃上，刀铭倏地暗下去，酸菜妥协了。

顾绛满意地收回手，转眸看向聂音之。

聂音之用手背蹭了蹭眼泪，心里笑开了花：“这还差不多。”

此时此刻，被遗留在刀山边的封寒缨十分茫然。

一日前，他一只兔子被扔在刀山边，实在没什么事干，心神便放在了万魔窟里，兔子窝在一处草丛睡觉。

虽然和聂音之的交易还没有谈妥当，但冲破封印是势在必行，他也得清理清理对他阳奉阴违，心怀鬼胎的家伙了。

魔修被锁在万魔窟中十年，在封魔印下建立起了大殿城池，呈环绕之势，拱卫着中心的玄色高塔，那石塔黑得仿佛能吸入所有的光，塔尖直抵头顶的封魔印，魔尊的大殿就在塔顶。

封寒缨几乎从不离开高塔，万魔窟中的群魔争斗，他向来睁一只眼闭一只眼。

十年前那场正魔大战，封寒缨被正道围攻，又遭身边亲信背叛，硬生生挨了十九道诛魔雷，受了极其严重的伤。众魔被逼入万魔窟后，封寒缨落下这座玄塔，就入内闭关，鲜少出来。

要不是塔尖上弥漫的“血月影”像一层阴霾一样蒙在众魔心头，所有人都得怀疑魔尊是不是陨落了。

三个月前，“血月影”忽地从塔尖插入封魔印中，满天的封魔铭文都被激活，天罗地网一般将整个万魔窟罩在其下，众魔千真万确看到“血月影”渗出封魔印，逃了出去。

众魔激动不已，前赴后继地朝封魔印撞去，又被大盛的符光拍回地上。

然而，众魔万万没想到，“血月影”离开没多久，又回来了。

自那之后，玄塔顶端的“血月影”稀薄了不少，现在竟隐隐有消散的迹象。

魔修之间钩心斗角，就算被封在这个鬼地方，也有势力划分和争斗。拥有同源魔气的魔修自然而然凝聚在一起，除玄塔外，将万魔窟划为四大城池，每个城中均有一位魔首。

但他们彼此之间也不太平，弱肉强食是修真界中亘古不变的真理，在魔修之中更甚。

同源魔修凝聚在一起与别城争斗，城内魔修又互相吞噬，和养蛊无异。

除了“血月影”只有封寒缨一个人继承。

眼见着封寒缨日薄西山，有人便开始蠢蠢欲动了。熔金城主无召派人潜入玄塔，试探封寒缨的反应，金黄的一缕魔气层层而上，几乎快要涌入无人踏足过的玄塔顶端。

塔顶空旷的大殿内，只孤零零地摆着一张坚硬的坐榻，那坐榻同是用玄石打造，似乎与整座塔身是融为一体的。

座上盘膝坐着一个峨冠博带的玄衣男子，那宽大的长袍几乎拖到地上，室内均是暗沉沉的黑色，唯有他那张脸白得瘆人，长眉斜飞入鬓，眼眸微阖，眼尾上翘，眉心点着一颗殷红的朱砂痣。

在这种极致的黑与白的映衬下，那颗朱砂痣红得近乎妖异。

封寒缨缓缓睁开眼睛，他的瞳仁也仿若玄石雕成，幽黑如深潭，竟不见神光。

“熔金”魔气探入大殿门缝之前，封寒缨忽然从座上消失，下一刻，殿门轰的一声洞开，一只苍白的手从袍袖内探出，掐住了那缕金黄魔气。

封寒缨抬手，嘴角勾出一个嗜血的微笑，冷声道：“滚来受死。”

他说完松开手，金黄魔气连滚带爬地顺着石阶往下逃窜，封寒缨往大殿外的露台走去。他在顾绛和聂音之手里受了那么多气，有人送上门来让他发泄，正好不过。

他看着一个魔修跌出玄塔，屁滚尿流往熔金城跑，速度太慢，封寒缨耐心有限，实在等不及了。

“血月影”从塔顶泼下，宛如洇染的水墨，须臾间和那魔修擦肩而过，魔修连一声惨叫都没能发出，就无声无息地消融在黑红色的魔气里。

片刻后，“血月影”在众魔的观望下，撞上熔金城的护城阵法，带着血色的魔气在结界屏障上铺开，转眼间屏障崩溃，封寒缨像砍菜切瓜一般宰了那些敢迎上来挑战他的魔修。

“血月影”掠过熔金城上空，血水从魔气中哗啦啦地往下落，像落了一场血雨。

他毫无停滞地进入了熔金城的城主府，拖出这位胆子肥了，敢挑战他的权威的魔首，在熔金城上空，当着四城魔修的面，碎了他的经脉、内府，斩了他的四肢，掏出内脏，足足折磨了一刻钟，才彻底掐灭他的神魂。

熔金城主的惨叫声响彻整个万魔窟，魔首陨落，“熔金”魔气从他身上爆开，形成了浓稠的金雾，引来城中魔修疯狂掠夺。

与此同时，天幕中的封魔印大盛，不断耗蚀着魔气。

封寒缨甩了甩手上的血，垂眸俯瞰众魔。就在众魔修忐忑不安地以为他会大开杀戒之时，封寒缨的身影凝滞片刻，那阴霾一样的“血月影”倏地缩回了玄塔。

刀山剑林内，炎炎兔被红叶的刀鸣声振醒，急忙从草丛里跳出来。红叶从刀山上射出，刺破虚空，从天空中消失了。

封寒缨一脸不忿。说好的，忙完了来接他们的呢！

他们！他和红叶！

“封总，呜呜呜，你终于支棱了一回，邪肆狂狷的魔头，非你莫属！”

“封总好帅！”

“本剧的反派工作，还得靠封总啊，欣慰。”

“才在万魔窟中大杀四方，霸气侧漏，转头兔子哭哭，看不出来，小缨子还有两副面孔呢。”

“被抛弃的封兔兔也太可怜了！兔兔不哭。”

聂音之从入定中醒来，看到文字，才想起被丢在刀山的封寒缨。她推了推顾绛：“封寒缨是用着你的魔气吗？那他消耗魔气，你会不会不舒服？”

顾绛懒洋洋地睁开眼睛：“不会。上天巴不得魔祖将自身魔气全部散出去，分而化之，魔气散出去越多，魔祖所承受的天威便越小。”

聂音之明白了，接着他的话道：“魔祖也会越弱，最终彻底消失？”

“嗯。”

聂音之托腮看着他，思索片刻，问：“那消融的魔气都去了哪里？”

“你要试一下吗？”顾绛稍稍坐起来，斜靠在软枕上，手心里浮出一团魔气。

聂音之伸手拨弄了一下，那团魔气随着她的拨弄，在他手心摇曳，摸上去冰冰凉凉的：“要怎么试？我滴点儿血进去？”

顾绛摇头：“用不着血，你不是在学封魔铭文吗？用封魔铭文就行。”

“啊，你知道了？”聂音之怔愣了片刻。她都是偷偷在学，魔头成天都在睡觉，是怎么发现的？

她解释道：“我不是针对你哦，是因为要去万魔窟才想多做点儿准备，刚好你给我的卷轴里也有……”

“我知道。”顾绛笑起来，屈指轻轻弹了一下她的脑门，止住她的话，“你可以在我身上实践一下。”

聂音之犹豫不决：“会不会伤到你？”

顾绛笑了起来：“你对自己还挺自信。”

聂音之恼羞成怒地掐了他一把：“我可是专为灭魔而生的。”

“说什么傻话？你就是你，是聂音之。”顾绛道。

聂音之的眼眸微微睁大，一眨不眨地看向他，顾绛也定定地回视她，被她看得久了，他眼中露出些许疑惑：“怎么？”

聂音之沉默了片刻，好奇地问道：“顾绛，你活了这么久，喜欢过或爱过什么人吗？”

顾绛不明白话题怎么会突然转到这方面，不过，他还是老实回答道：“没有。”

“那，你要试一下吗？”聂音之学着他之前的口气道，“你可以在我身上实践一下。”

顾绛敛下神色，盯着她看了许久，正色道：“会不会伤到你？”

聂音之扑哧一下笑了：“你对自己还挺自信，你以为我会这样说吗？

我才不。”她凑到顾绛面前，抓住他的手贴到自己脸上，歪头轻轻地蹭了蹭他的手心，“我很容易受伤的，你得把我捧在手心里才行。”

“啊啊啊，好甜，我甜齁到了，别再给我喂糖了，我吃不下了！”

顾绛的指尖动了动，摩挲着她滑腻的脸颊。聂音之只觉得贴着她脸颊的手心突然发起烫来，那热度很快烫得不太正常，几乎有些灼人。

她急忙放下他的手查看，可他的手心看上去并无异状，一点儿也没有红，但手的热度，手肘的热度，一路往上都烫得惊人。

聂音之伸手去摸他的脸，被烫得手一抖。她急忙道：“顾绛，你怎么了？”

“没事。”顾绛皱着眉，瞳孔涣散，眼神十分迷离。他的脸色看上去很正常，但聂音之触摸到的热度已经不是人能承受得了的了。

红叶在旁边发出阵阵嗡鸣声，像是在替他表达难受。

“没事才怪！你比烧菜的锅子还烫了，怎么会没事？”聂音之扯开他的领口看了看，往他的胸口摸去，指尖被烫得通红，“你肚子里不会已经熟了吧？”

顾绛哈哈笑起来，又禁受不住似的闷哼了几声。他曾经饮下的聂音之的血在他身体里沸腾。

他道：“你看。”

聂音之瞪向他。都这种时候了，他怎么还笑得出来？

顾绛身上冒出了氤氲的雾气，宛如水沸腾后的蒸汽。雾气很快消融在虚空中。但紧接着，顾绛身上冒出了更多的雾气，几乎将人都遮得看不见了。聂音之愣了一下，伸手去撩：“灵气？？”

因为他身上溢出的灵气实在太多，才凝为了肉眼可见的灵雾。

顾绛躺到软榻上，宛如一个人形烟囱，身上蒸腾的灵雾几乎将周遭都弄得雾蒙蒙了。他回答："嗯，这就是魔气消融后的去处。"

聂音之蒙了："你为什么会突然变成这样？现在怎么办？我给你……"

顾绛有气无力道："现在这一处悬崖应是这世上灵气最为充裕之地，你快入定修炼，别浪费了，你的修为实在太弱了。"

聂音之无语了。她拂开灵雾看了看顾绛，只见顾绛闭着眼睛，除了脸色过分苍白外，根本看不出他正承受着多大的痛苦。

"好吧，那你吐出来的灵气，我全都吞下去，才不便宜了贼老天。"

顾绛勾唇对她笑了笑。

聂音之在他身旁盘膝坐下，闭眼入定，将灵气吸纳入内府，浓郁的灵气在他们周遭风起云涌，形成了一个小型的灵气旋涡。

鸿鹄从剑首上探出脑袋，展开翅膀飞入聂音之的眉心，银白色的长剑从原地消失。

刀山附近，封寒缨蹲在一只大老虎的头上，从兔子身躯内伸出四只黑色的小爪子，两只爪子揪住老虎的耳朵操控方向，两只爪子藤蔓似的环在老虎脖子上，固定自己的身体。

他正翻山越岭，往剑林狂奔。

隔得老远，封寒缨就看到了天边的灵气旋涡，知道他们还没有离开这里，顿时松了一口气。认准方向，用爪子扯了一下老虎耳朵，驱使着它往那里跑去。

云笈宗，明霄峰上。

展示灵台后，萧灵昏睡了一天，醒来后的精神状态一直不太好，眼中毫无神光，完全封闭了自我，整个人像是一具行尸走肉的空壳子。

从灵台记忆里也能看得出来，颜异逼问出来的那段经历，是萧灵被朱厌蛊惑后无意识的行为，事后出于自我保护的本能，大约被埋在了意识深处，陡然间以那种难堪的方式浮出水面，让她受到了很大的打击。

放任她继续封闭下去，萧灵很可能会精神崩溃。

颜异一句问话造成了这样的结果，自然不可能袖手旁观，眼睁睁看着一个后辈毁在自己手里。

好在阮家大公子阮蒙还在云笈宗内做客，愿意用术法引导她出来。

这种灵台封闭之人，不能强闯，只能让她陷入美好的梦境中，待她心神放松之时，寻到一丝空隙，想办法将她引导出来。

颜异做不来这种安抚他人的细致活，更何况是要把萧灵从那样的心结里带出来，女子来做要更为合适些，便只能由他师妹，当日在殿上提醒他断开的女修长老叶菁来主导，他在一旁护法。

明霄殿内燃着甜梦香，萧灵躺在榻上，叶菁盘膝坐在她旁边，轻薄的白烟从席上精致的莲花香炉中飘出，烟气凝为线，一点儿也未消散。

甜梦香从中分出两缕，随着阮家公子的术法引导，分别飘入两人的眉心。

叶菁的神识随着香烟落入萧灵的梦中，她一睁眼看到明霄峰的景致，怔愣了片刻，直到甜梦香的白烟浮到眼前，才明白她已经入了梦。

明霄峰上装着萧灵的美梦。

她抬步随着烟雾寻去，在院子里看到了练剑的萧灵，天青色的宗门校服，长发高绾，不施粉黛，眼睛被剑光映得雪亮，瞧着就是英姿飒爽的剑修模样。

只看了一眼，叶菁便不由得对她生出好感，再联想到她之后遭遇的那一番磨难，想到那双明亮的眼睛也早已不复存在，不由得扼腕叹息。

叶菁看了一会儿她练剑，一招一式收放自如，看得出下过苦功夫。

此时，晨钟才敲响，萧灵收了剑，回屋洗去脸上的汗水，出了明霄峰，去主峰上日课。

在萧灵梦里，桑无眠是个合格的师尊，两人之间看不出有何逾越之举。萧灵身为大师姐，有很多事需要她忙碌，晨钟出门，暮鼓都不能归。一堆弟子围着她请教，萧灵也十分有耐心，直到夜里回明霄峰，都还有个师弟缠在她身边。

等为孟津解完惑，已是深夜，便只好留他去偏院住下。

萧灵洗漱完，打坐入定，叶菁能从她身上看到剑修的坚韧，更加不可能放任她自我沦陷。

她从香烟里现身，叹息道："萧灵，莫要沉溺于旧日时光，你该清醒了。"

萧灵闻声睁开眼睛，从她眼中忽而涌出一抹暗影，阴冷的男子声音低喃道："你终于现身了。"

那暗影转眼袭至叶菁面门，叶菁毫无防备，被那暗影从眼中进入，往灵台里渗去。

萧灵大惊，扑过来扶住叶菁，急忙道："朱厌，你在做什么？不要乱来！"

"当然是在帮你。"朱厌低声笑道。

叶菁转头看了萧灵一眼，一把推开她，回身退到甜梦香内，但那牵引她的香烟不知为何突然散了，叶菁一时无法退出梦境，只能就地打坐，阻止朱厌往自己的灵台里渗透。

这一切发生在电光石火之间，叶菁后知后觉到，自从她进入萧灵的梦境后，心神就不由自主地松懈下来，仿佛被人牵着鼻子走。这香有问题。

叶菁的灵台传来尖锐的痛楚，紧接着，脑海里响起一声轻笑："呵呵，你可以睡了。"

明霄殿内，甜梦香的烟气蓦然散开，颜异猝不及防地吸了一口甜梦香的烟气，立即屏住呼吸，偏头一看阮蒙，喝道：“阮道友！”

阮蒙整个人一震，蓦地清醒了，手指飞快结印，散开的香烟重新凝结，从两人眉心抽离，回到莲花香炉中。

席上，叶菁睁开了眼睛，眼神清明。颜异担心地问道：“师妹，梦中可有发生什么异常之事？”

叶菁摇头：“还算顺利。她本就是个心性坚韧的姑娘，一会儿应该会醒了。”

颜异颔首，揉了揉眉心，问阮蒙：“阮道友，方才甜梦香为何突然散开？”

阮蒙道：“梦境波动也会影响到烟气，不碍事的，颜长老尽管放心。”

颜异端详他和叶菁片刻，点了点头。

刀山剑林内。

天幕黑下来又亮了，又再次暗下来，澎湃的灵力与剑气交融在一起，在聂音之的经脉里奔涌循环，最后融入金丹。

如意剑的剑气越来越少，聂音之的金丹在经历着蜕变，金丹周围腾起纯白的火焰，像一枚燃烧的小太阳。

她的修为在飞快进境，跨入金丹中阶，大圆满，最后金丹被烈火烧化了，涌上她的灵台。

聂音之黑暗的灵台里一下子亮起来，开阔无比。鸿鹄从那朵小火焰中飞出，绕了一圈，又融入小火焰中。

火焰中躺着她的元婴，小小的一个，如婴儿般蜷缩着。

聂音之从入定中醒来时已是半夜，月光很亮，将这一处崖顶照得亮堂堂的，剑林里的剑散发着颜色各异的荧荧微光，好似将一把星辰撒在了山谷里。

这一夜很安静，连虫鸣声都听不见。

聂音之第一时间转身查看顾绛的情况，他睡得很沉，毫无动静。

有了第一回的经验后，聂音之不再大惊小怪。她伸手贴了贴顾绛的额头，他浑身的热度又恢复了正常，温度比普通人还要低一些，凉丝丝的。

她握住他的手捏了捏，掀开袖摆查看他的皮肤，从手指一路沿着手臂摸上去，又扯开本就松垮的领口看了一下，摸到他的胸口、肚子，确认指下的触感是正常的，五脏六腑应该没有被融化掉，她才松了一口气。

聂音之在他的小腹上多摸了两下，手感真的很好。

忙完这一切，她才回过头往软榻旁看去。月色下，地上趴着一只熟睡的老虎，炎炎兔枕在老虎起伏的肚子上，红通通的眼睛正一眨不眨地盯着她。

“恭喜师娘，元婴了。”封寒缨说道，用他那兔子脸挤出了一个一言难尽的表情，“我师尊，好摸吗？”

聂音之皮笑肉不笑，声音却软软的，怕吵到顾绛：“怎么，你也想摸？”

封寒缨惊了。这个女人怎么半点儿都不知道羞耻为何物？！

聂音之觉得他在这里有点儿碍事，要真是只未开灵智的兔子倒还好，可他是个人。

她想了想，神识沉入芥子里，从折丹峰内的库房里翻出一顶帐子，这帐子四面有支柱，可以撑出一处隐蔽的空间，还能防蚊虫。

帐子有两层，一层是透明的轻纱，一层可以遮光，是她以前带着阿浣和澄碧出去野游时，专程定做的。

兔子瞪圆了一双红眼睛，眼见着聂音之突然从芥子里召出一个东西，雪亮的剑光悄无声息地在软榻四周的岩层里凿出四个深洞，钉入支柱。

大老虎被她的剑气扫醒，带着封寒缨警觉地跳开一丈远，发出威胁的低吼。

帷帐轻纱垂下来，将里面的人完全遮挡了。

封寒缨气绝，简直匪夷所思：“你还有没有人性！我师尊都昏迷不醒了！”

看来，刚刚若不是顾及他在场，聂音之怕是连这帐子都等不及拿出来了。这哪里像是正道仙门出来的人？就算是魔修都不会是她这样的做派！

聂音之轻声道：“再胡说八道，信不信我烤了你？”

封寒缨沉默了一会儿，兔子脑袋拱入帷帐缝隙里：“师娘，何时去万魔窟？”

聂音之想了想：“你可以好好准备一下，先初选一些听话的魔，到时我再来挑。”

封寒缨心中有不好的预感：“这是何意？不该一举破开封魔印吗？”

“我现在还不需要那么多魔。”她是要给自己找小弟，不是给自己找麻烦。

封寒缨无语了。

“呜呜呜，我就知道会这样。魔头到底怎么了？总是在关键时刻掉链子，你到底行不行啊？别耽误了我们阿音。”

“我觉得是封寒缨限制了姐姐的发挥，不然她可能真会摸。姐妹们，今晚就把兔子烤了吧！我出孜然！”

“不至于，不至于，聂音之也没有这么丧心病狂。”

“聂音之这是啥意思？”

“聂音之的小脑袋瓜是怎么长的？怎么这么多奇思妙想？”

“魔气消融就会变成灵气，那灵气会转化成魔气吗？”

“天威压迫魔祖，天道应该是不允许魔气存在的吧？”

聂音之把兔子赶出去，调整了一下顾绛的睡姿，将耳朵贴在他的心口上。

他的心口静悄悄的，总让她觉得不太踏实。

聂音之扯开手腕的缎带，召出小金芽来，盯着那枚叶子看。小叶子如今也有些萎靡，叶片软趴趴地垂着。

虽然也有她契合了命剑的原因，但吸纳入经脉的灵气是实打实的，从顾绛身上溢出的灵气直接带着她破境，跨入元婴，可见他身上被消融了多少魔气。

这里没有封魔印，只能是她的血对他造成的影响。顾绛以前舔食的她的血，难道一直都积压在他体内？为何会突然发作？诱因是什么？

聂音之抓起顾绛的手，贴到自己脸上，回想当时自己说的话，回想当时顾绛的反应，她心中浮出了一个有些荒谬的猜测。她默默地坐了好一会儿，躺到他身边，低声道："哥哥，我现在要使用'共情'哦。"

顾绛没有反应。

聂音之默念心诀，心念缠上那片软趴趴的叶子。

她平心静气地感受着，却什么都没感受到，空荡荡的，没有任何回音。聂音之换了个方式，将自己的情绪渗过去。

这个举动似乎惊动了顾绛，身边人侧过身来，将她揽进怀里，下巴搁在她头顶，轻轻地拍了拍她的背。

聂音之紧贴着他的胸口，耳中听到扑通一声细微的心跳。她努力抬眼看向顾绛，他并没有醒，只是心脏在轻而缓地搏动着。

"别哭。"顾绛含糊不清道。

聂音之想，我才没哭呢。

顾绛从鼻子里低低应了一声，随后又睡着了。聂音之安静地靠在他怀里，听着那细微的心跳，闭上眼睛。

她这一觉睡得很难受，箍在身上的力道越来越紧，湿漉漉的气息始终在她的脖颈间徘徊。她很难得地做了梦，梦到封寒缨身下的那只老虎肚子饿了，闯入帷幔，在她的脖子上反复舔舐。

老虎的舌头带着尖刺，想往她的皮肉里钻，让她整个脖子都泛起细微的刺痛感。

聂音之在睡梦里痛哼出了声，那老虎猛地退开了。

帷帐内，顾绛惊醒过来，外面天光渐明，晨曦从顶上的薄纱中透进来，他鼻息间都是栀子花的馨香——是聂音之的梳头水的味道，舌尖上还残留着一点儿血腥味。

怀里的人皱着眉，片刻后，表情又舒展开，终于安稳地睡过去。

“共情”还没断开，从聂音之那里传来轻飘飘的很舒适的情绪，还有一些零散的念头。

“老虎？”顾绛低喃道，笑了一声。

他的目光落在她的脖子上，笑声顿时收敛回去。聂音之的衣襟散着，长发凌乱地铺在软榻上。靠向他这一侧的脖颈布满了斑驳红痕，一直蔓延到锁骨处。

这种痕迹显然不可能是她梦里的老虎弄出来的。

顾绛喉头滚动，闭了闭眼，片刻后才复又睁开，小心翼翼地擦去她脖子上湿漉漉的水痕，魔气在五色露珠子上转一圈，再从她颈间扫过。

黑雾退开，那一片皮肤重新恢复白皙细腻。确保没有留下一点儿痕迹，顾绛才暗暗呼出一口气，重新躺回去。

聂音之的血肉对他的诱惑力变大了，甚至会让他在无意识间做出失控的行为，继续下去，也许真有一天他会控制不住将她吃了。

与此同时，那血对他的作用也变强了。她的修为是后来才涨的，所以血肉对魔修的净化作用变强跟她的修为没有关系，那会是因为什么？

顾绛盯着天空思索片刻，没能想出什么缘由，便选择放弃。

聂音之枕得他的手臂好麻。

聂音之睡饱了醒来时已经是下午了，她睁开眼睛，眼中残留的睡意很快散去。

聂音之摸了摸自己的脖子，起身坐了片刻，掏出小镜子照了起来。

在她身后，顾绛睫毛微颤，眼睛虚虚地睁开一条缝，眸光透着心虚。

聂音之没发现什么异常，很快拉拢衣襟。她回头看了一下沉睡的人，确认顾绛已经恢复正常后，起身往帷帐外走去。

帷帐落下，发出窸窣轻响，顾绛睁开眼睛，神识探出去，见聂音之蹲在草丛边，掀开草丛看了一眼一动不动的兔子，然后往悬崖里侧走。

她轻巧地腾空，踩着枝蔓、树叶往树林里飞去。

林子里有一条溪流，聂音之在溪边落地，寻到一处水深且流得比较缓的地方。溪水十分清澈，蕴含着灵气，她伸手弹了一下溪水，有点儿冰，于是召出灵剑，在水中圈出一个浴桶大小的旋涡。

雪白的剑气很快将水温升高，鸿鹄在水面上盘旋，尾羽落到水面，水面上便刺啦一声冒出一股白雾。

不到片刻，水面上便浮满了水雾。

聂音之解开腰带，褪下外衫。

顾绛收回神识，揉了揉眉心。

树林里，聂音之赤脚踩进水里，走进剑气圈出的水圈里，水雾将她的身影遮住，只影影绰绰显出一点儿。

聂音之眯起眼睛，隔空从衣服堆里取出芥子，掏出泡澡的花瓣撒进水里。

虽然修士有灵力护体，不染尘埃，但长久不沐浴，聂音之心理上还是会觉得不适。在折丹峰上时，除却闭关修炼，她每日都会沐浴。刚刚又做过那样的梦，实在真实，她总觉得脖子上像是真被舔过。

自从进了刀山剑林，她都好几天没沐浴过了，顾绛也是。她好想把他也捉过来涮一涮。魔头若是普通人的话，现在都该臭了。

顾绛沉浸在聂音之软乎乎的情绪里，陡然捕捉到她这个念头，扯起自己的衣领嗅了嗅。

明明都是她的味道。

身上属于聂音之的味道太重了，实在让他难以忽视。顾绛躺着纠结了片刻，起身拂开帷帐，往林间溪流的下游飞去。

他没有那么多的讲究，不需要催热溪水，尚在半空就一把扯下衣袍，直接踏入冰冷的水中。

鼻息间属于聂音之的味道很快被水流带走。水面上漂下来一片鲜红的玫瑰花瓣，在清澈的水花中翻滚，顾绛伸手捏起来，将它揉碎了。

随后，更多的花瓣被水流带下来，顾绛伸手一拦，花瓣便尽数贴在他的手臂上。

她泡个澡要用花浴，梳头水都有好几种味道，顾绛看到这些花瓣，鼻子里便自动浮出熟悉的清香，就知道等会儿她身上会是什么香味了。

他无聊地把漂下来的花瓣都拢过来，修长的手指搅动清澈的溪水，将花瓣捧入手心。

顾绛笑了一声，又蓦地皱起眉，反手不知将花瓣卷去了何处，整个人沉入水中。

他在水底泡得差不多了，才起身出水，随手从芥子里扯出一套衣袍。暗红近黑的衣袍落到手臂上，衣料上印染着繁复的暗纹，袖口的金线在阳光下泛着光。

很明显，这衣服是聂音之凭她自己的喜好为他买的。

顾绛带着一身水汽回到悬崖上时，聂音之还没回来。他掀开帷帐，闻到里面的味道又退出来。

所以说，他去沐浴根本就是多此一举。

封寒缨从兔子身躯里醒来。他在老虎身上睡了一夜，那大猫被他绑架着背他翻山越岭，跑了两天一夜，大早上就饿得肚子咕咕叫，封寒缨被吵得没法子，只好放它走了，所以此刻只能蹲在草丛里。他红红的兔子眼睛从草叶间露出来，看看顾绛的身影，又转头看看帷帐。

师尊竟然起来了，还独自坐在悬崖边吹冷风，看那披散的长发，孤独落寞的背影，莫不是也怵了聂音之?

封寒缨正犹豫着要不要去慰问一下顾绛，听到由远及近的脚步声，他又缩回去。

聂音之看到坐在崖边的顾绛，眼中露出了同封寒缨差不多的惊讶神色。她快步走过去，问道："你怎么起来了？"

人未至，她身上的清香已经飘到鼻子里，和他猜测的一样。

聂音之说完看到他潮湿的长发，伸手撩起来："头发怎么是湿的？你不会……"她注意到封寒缨还在，转为神识传音，"虚弱到连自己烘干头发都做不到了吧？"

顾绛仰起头看了她一眼，从鼻子里发出一声嗤笑："就算将十个你送上化神，本座都行。"聂音之的动作真的很慢，要是再晚回来一些，他头发都该被风吹干了。

"我信你个鬼，糟老魔头坏得很！你但凡行一回，你们俩的孩子都能打酱油了！"

"魔头，我不信，除非你现在就行给我们看！昨晚不还亲得挺欢吗？"

聂音之扫到文字，下意识地想去摸自己的脖子，又忍住了。

她就说那梦的感觉也太真实了点儿。

她努力甩开脑海里浮出的想象，用灵力帮他烘干头发：“你沐浴了？”

顾绛道：“嗯，身上都是你的味道。”

“那我身上还都是你的味道呢。”聂音之嘀咕，心道，脖子上还都是你的口水。

这个念头随着“共情”渗入他的心头，顾绛眸光一晃，心虚地咽了一下唾沫。她不是没发现吗？

聂音之站在他身后，什么都没发觉。

顾绛身上有一种很独特的气息，是一种冷肃的幽香。聂音之以前从未闻到过这种味道，不知该怎么形容，若即若离的，会不经意间盖过她自己身上的味道，闯入她的嗅觉里。

聂音之脸上有些发烫，梳理他长发的动作重了几分，故意揪住一缕扯了扯：“那你是嫌弃我哦？”

顾绛被她熟练的倒打一耙气笑了：“分明是你在嫌弃本座。”

“我哪有……”聂音之嘀咕到一半，猛然想起来，她的“共情”还没断开。她松开手，束拢的黑发又散回他肩头，柔滑如缎。

聂音之切断“共情”，重新拢起长发：“那……那你去哪里洗的？你没有偷窥我吧？”

顾绛抿了抿嘴角，回道：“没有。”他及时撤回了神识，不算偷窥，“我去的下游，离你很远。”

那不就是在用她洗过的水？聂音之用手背捂了捂脸，在心里嘀咕，便宜他了。

魔头这种随时都要躺的人，发型一直都很随意，要不是聂音之给他束发，他就用发带一捆了事。

聂音之抓起他的袖子，虽然对自己买的衣服很满意，但她觉得魔头有点儿怪。

“我们要出去了？”聂音之问道。

顾绛点点头：“可以。”虽然他并不想出去，但聂音之不像他，她喜欢热闹的地方。

聂音之吸了一口气，没好气道：“你穿这么好看是要出去给谁看的？还专门披着头发等我回来给你束发，我偏不给你束冠，就拿最丑的发带给你扎。”

他们单独相处的时候，怎么不见顾绛花心思打扮一下自己？他还嫌弃过她买的衣服太花哨。

聂音之越说越来气，但发冠都已经套上去了，也不好再取下来，是与衣服配套的玄玉金纹冠，她用力将长簪插上去。

顾绛转过身，见聂音之气鼓鼓地瞪着他，看上去是真的有点儿生气。

她这脾气委实发得好没有道理。他无奈道：“这世间，除了你，谁还会注意我这个大魔头穿了什么，戴了什么？”

聂音之眨眨眼，被他说服了，立即笑逐颜开：“你说得对。”她开心了，便又帮顾绛好好理了理他后面披散的长发，拉他站起来，退开几步，上下打量他，“那你是专程打扮给我看的？”

“没有专程，随便穿的。”

聂音之心情好，不跟他计较。

顾绛逆着光站着，斜阳勾勒出他劲瘦的腰线，他腰背挺直，身量修长，含笑看着她的样子，根本不像什么穷凶极恶的大魔头。当然，他本来也不凶不恶。就算是在凡尘里，也是翩翩贵公子。

他们如果只在凡尘里相遇，想必也很般配。

聂音之想伸手去牵他，手伸到半途，顿了一下，又缩回袖中。

顾绛注意到她的小动作，揣摩了一下她的想法，伸手握住她的手腕，微凉的指尖搭在她的手心里："你喜欢什么样的花钿？"

聂音之观察了一眼他的表情，似乎没什么事。她的手指收拢，轻轻握住他的手指，疑惑地问道："花钿？"他怎么突然问起这个？

"嗯。"顾绛点点头。她的血肉对魔修的诱惑力变大了，到了万魔窟势必会招来许多觊觎，他要在聂音之的身上落下他的标记，最显眼的地方，当然是眉心。若随便糊弄一个上去，她肯定不乐意。

聂音之理直气壮道："很多呀！当然是什么最好看，最流行，和我的妆容最搭，我就贴什么样的。"

果然，聂音之是这个世界上最麻烦的生物。

顾绛在心里叹了无数口气，纠结了片刻，问："有图样吗？"

"当然有。"聂音之莫名其妙地看了他一眼，拉着他一同坐到石头上，从芥子里取出妆屉摆到腿上，从中取出一个小本子。

花钿有贴的，有画的，以往都是澄碧给她画和贴，现在澄碧她们不在身边，聂音之自己弄不好，就没贴过了。

顾绛从她手里抽过图样翻看了一下："你今日想要什么样的？"

听他的口气，似乎他要给她画？聂音之有些难以置信，蓦地皱起眉退开少许："你……"她谨慎地闭上嘴，神识越过顾绛，砸向缩在草丛里的兔子，"封寒缨！你快看看你师尊！他好不对劲，是不是被人夺舍了？"

封寒缨的耳朵抖了抖，眼睛都懒得睁开："跟你在一起后，他何时对劲过？"

聂音之被噎住了。

顾绛将图样递到她面前，等着她选，聂音之配合着翻了几页，选了一个三点水滴组成的简单样式。

顾绛凑过去看了看，太简单了，他胸有成竹道：“可以。”

聂音之低下头准备给他拿画笔和口脂，他伸手过来捏住她的下颌，一缕魔气从他的指尖溢出，冰凉的感觉落在眉心。

片刻后，顾绛松开她：“好了。”

聂音之掏出小镜子照，绛朱色的花钿落在她白皙光洁的额间，衬得容颜越发娇媚。

她轻轻用指尖沾了沾。

“是我的魔气凝成的，不会掉色。”顾绛拿走她的花钿图样本子，这里面有很多复杂的花纹，他必须先好好练习一下才行，“你以后上完妆，若是想换，我再给你换。”

聂音之抚摸着眉心：“你这是做什么？表示我是你的所有物？”

顾绛沉默片刻，答道：“为了震慑其他魔修。”

聂音之转眸看向他，眼中含笑：“那你要多学点儿好看的花纹，下次我可不会选这么简单的样式了。”

顾绛捧着样图，钻进了帷帐里。帷帐里的气息已经散去了，但他身上又沾上了她的味道。

聂音之一边看飘过的文字，一边对着镜子照自己额头上的花钿，又将镜子往下压去，来回照了照自己的脖颈。

还真是什么痕迹都没有。

魔头也太狡诈了。

“又要学染指甲，又要学画花钿，魔头就是醒来历劫的吧？”

“什么都懒得做的人，却愿意学这种精细活，这都不是爱？”

“整得挺好。顾绛再学学梳头，以后聂音之收服万魔，篡位当了魔头，你失业后还可以去办个美容美发专修学院，退休老魔再就业。”

“开什么玩笑？我们咕咕是要成为魔尊的男人！被金屋藏娇呢！”

“顾绛：本宫不死，尔等终究是妾！”

“魔头现在真的好像一心一意讨好皇上的正宫，然而皇上已经暗搓搓开始张罗选秀了。后宫开起来！”

“这个魔印印到脑门上，还有魔敢来应选吗？魔头是不是在共情时听到了聂音之心里的真实想法，才这么急着宣示主权？魔头你好狡诈！”

第十一章 我怕忍不住

辰时正，临仙城的早市基本上都支起了摊，大人们在摊子上忙碌，孩童们拿着树枝当剑，在街角一处空地上玩耍。

临仙城的“临仙”一名，便是因其临近仙门云笈宗而来，城里的孩子从小听着剑修、仙人们斩妖除魔的故事长大，心中都有一个剑仙梦。

没多时，孩子们停止了喧闹，挤挤挨挨地围着一个卖杂货小玩意的男人，看他摆弄手里的人偶。

那两个人偶穿着天青色衣服，青丝高束，如谪仙一般，细细一看，那眉眼几乎和真人无异。人偶手脚上系着细细的丝线，手中捏着一柄小剑，在他的双手操控下，你来我往地比剑，剑势如虹，仿若仙人真的下了凡。

两个人偶打完一轮，小孩们爆发出欢呼声，一边拍手一边问道：“还有别的人偶吗？有没有男仙长啊？”

“快了。”男人含混地笑了一声，让两个人偶端坐在小木板上，“你们想要吗？谁要是赢了，我就把这两个人偶送给谁。”

过了片刻，旁边支面摊的小贩听到孩子的尖叫声，急忙跑过来。那卖杂货的男人已经不见了，孩子们扭打在一堆，眼睛通红，像着了魔似的。地上已经躺了几个小孩，一动不动，泥土地上染着一摊一摊的血。

越来越多的人赶过来，哭号声和咒骂声响成一片，冲突愈演愈烈，到最后，大人们竟和之前那些孩童一般扭打了起来。

引发这纷争的人偶在混乱中被踩进染血的泥地里，谪仙似的外形很快被踩得变了样，在泥里越陷越深。

朱厌藏在空地旁那棵大槐树上，浓密的枝叶遮住了他的身影。他深深地吸了一口这带着市井气息的血腥味，偏头啐道：“真臭。”

他察觉到萧灵醒了，转眼又开心起来，像方才那帮小孩似的催促道：“萧灵，你还没有画出眼睛呢，你喜欢什么样的眼睛？”

萧灵一睁开眼睛就听到自己灵台里的声音，属于死寂深渊下的记忆浮上脑海，连带着后来叶菁如何进入她的梦境，又如何被朱厌暗算都记了起来。

萧灵躺在榻上，眼泪浸透了白纱，她不止一次地出声祈求："朱厌，我求求你，放过我吧……"

"你又来了。"朱厌厌烦地叹息一声，"怎么？你求我将你的记忆清洗掉，你就又变回干干净净的萧灵了？便又有骨气拒绝我了？"

"萧灵，你以为只要忘记了，不知道了，所有的事就不曾发生，你就能毫无负担了？"朱厌在她的灵台里大笑，笑她的天真。

萧灵痛苦地抱着头蜷缩着发抖，脑海里的男声带着令人胆寒的温柔意味："萧灵，你可以纤尘不染，但你的根始终扎在这摊淤泥里，桑无眠、孟津、荆重山都是你的养分，我也是，不然你该如何活呢？"

他的声音低下去，屋外响起脚步声，有人推开门快步进来，坐到床沿上，关切地问道："萧灵，你哪里不舒服？"

萧灵一惊，缩到床榻里侧，小白鸟落到她肩上，歪着脑袋打量眼前的人。

叶菁温和地笑了笑，安抚她道："你别害怕，荆重山治疗一事虽然还未查清，但你的确不知情，至于你身陷死寂深渊之时……你被朱厌蛊惑，亦情有可原。我希望你不要囿于这些过往，早日走出困境，重新找回以前的剑骨。"

"叶长老……"三位太上长老历来对她很是冷淡，萧灵没想到会听到这一席话，哽咽得说不出话来。

叶菁怜惜地说道："十年前你坠入虚空裂缝，宗门就销了你的身籍，你回来后发生了太多事，还未为你恢复。如今桑无眠已死，我门下倒是还未曾收过亲传弟子，你可愿意以新的身份拜入我门下，告别过去，重新开始？”

太上长老在门中资历最高，不说修为，单是他们在门中的话语权就比别人更大些。叶菁虽比不上大长老颜异，但对如今的萧灵来说，拜入她门下，无异于是绝境里向她投来的一束光。

叶菁见她没出声，善解人意地说道：“不用急着回复我，你可以考虑一下。”

萧灵立即道：“我愿意。”她当即下地，从旁侧的茶几上倒了一盏茶，跪到地上，行了拜师礼。

“好。”叶菁接过茶饮了一口，“我会向大长老说明此事，为你重新制作身籍档案，归入碧潭峰，起来吧。”

萧灵喜极而泣，俯身叩头：“谢谢师尊。”

叶菁扶起她，又帮她查探完身体的情况，摸摸她的头道：“明霄峰上的禁制已经撤了，你可以多出去走走，散散心。”

直到叶菁走后，萧灵都还有些怔愣，仿佛身处梦中还未醒来。

朱厌在她的灵台轻笑，邀功道：“这下子，你总该愿意为我画出眼睛了？”

萧灵呆坐片刻，起身去了书房。桌面上的画像还未完成，她捏着笔想了想，慢慢勾勒出一个狭长的眼型。

临仙城里，朱厌已经从那处纷乱的街道上离开，慢悠悠地穿过长街，走上河上的石拱桥。他倚在桥边护栏上，探出半个身子，取下头上的斗笠。

水面如镜，映出一张俊秀的脸，正是萧灵笔下的模样，剑眉星目，很是端正。只不过他一笑，便带上了说不出的妖气。

水面上掠过两道御剑而行的身影，朱厌抬起头，被阳光刺得眯起眼睛，看着那两名修士往血腥蔓延的街道飞去。

追得可真紧。朱厌嗤笑一声。

天幕碧蓝如洗，这世道太平静了，一点儿乐趣都没有。

他勾起唇道：“萧灵，聂音之能入刀山剑林，你也可以，你那把剑也该换了。”

听到他的提醒，小白鸟转头看向剑架上的如意剑。如意剑的剑刃越发灰暗了，如同生了锈，想来定是聂音之做了什么。

这把剑跟在聂音之身边五年，经过聂音之的剑气不断淬炼，到底也变得同在她手中时不一样了。

从回到这里开始，她就不断地在经历失去，如今已经习惯。一把能接受别人代替她的剑，和桑无眠一样，都不值得她留恋。

换掉就换掉吧。

“嚯，朱厌终于有自己的脸了，还非要变成萧灵画的才行，我嗑到了。”

“虽然他很坏，但是又有一丢丢带感！”

“连孩子都不放过啊！还真是朱厌走到哪里，哪里就血流成河，他就是唯恐天下不乱。”

“萧灵也变坏了，身边有个凶兽跟心魔一样污染人心。聂音之要破开封魔印选秀，啊，这内忧外患的，就问正道的长老们还能苟住吗？”

“颜异是不是已经中招了？”

“萧灵也能进刀山剑林？是不是就是桑无眠留给她的？”

聂音之看到文字，暗自思索，云笈宗的太上长老怎么这么不堪一击？

朱厌这种以血戾为生的凶兽，如果真的渗透入正道高层，对他们来说也是个麻烦。要是他陪着萧灵一起进来，正好把他们堵在这里一起杀了才好。

不知道顾绛和朱厌哪一个厉害一点儿？

“你在想什么？”顾绛打着呵欠问道。

聂音之已经收起了帷帐，此时红彤彤的霞光铺洒在崖顶上，景色绝美。他们本打算明日一早出去，好给翠花和酸菜一点儿时间，回去跟刀山剑林中的七大姑八大姨告个别。

不过，从现在的情况看，兴许可以再留几天？

鸿鹄的剑光在剑林里乱窜，激起阵阵剑鸣，剑光与瑰丽的晚霞交织在一起。

聂音之给顾绛剥了一个橘子：“这里的晚霞很漂亮。”

“嗯。”顾绛看着她一点儿一点儿地挑去橘瓣上的白络，再递给他，他指头都懒得动一下，探头张开嘴去接。

聂音之将橘子掰成小瓣，丢了一瓣给炎炎兔，让它抱着啃，剩下的和顾绛你一瓣我一瓣分着吃了。

等到文字消失，聂音之又等了好一会儿，确信那所谓的“镜头”应该不在他们这一边了，才问道：“你之前在云笈宗时，说的那种难闻的气息，是朱厌发出的吗？”

“嗯。”顾绛疑惑地转眸看着她，“怎么？”

“一个凶兽，一个魔头，你们认识？”

“打过照面。”顾绛漫不经心道，“当初将他踹进死寂深渊，有我的一脚功劳。”

“你还做过这种大好事？”聂音之不敢置信。

顾绛笑了一声：“他太烦人了。”

当时他被正魔两道围追堵截，朱厌被血腥气吸引来，仿佛是根搅屎棍，哪里都有他横插一脚，令人烦不胜烦。

正道欲将他封印，所以他配合正道玩了一出，将他引去死寂深渊，踹了下去。

“那你应该比他厉害一点儿？能杀了他吗？”聂音之试探性地问道。

顾绛扬起眉：“你想杀了他？为何？”

聂音之大言不惭道：“身为正道弟子，除妖卫道，守护天下生灵，这是天经地义的事，哪里要什么理由？”

顾绛扑哧一声笑出来，被橘子汁呛得掩面咳嗽。旁边的炎炎兔更夸张，笑得差点儿从崖边滚下去。

“闭嘴！”聂音之瞪了他们一人一眼，“因为他很烦，到时若是将仙门长老都洗脑了，仙门集结起来围攻我们就麻烦了。”

封寒缨扬起兔子脑袋，不屑道：“杀光他们就行，正魔本就不能两立。”

聂音之鼓励他道：“好哦，那你可一定要说到做到。你师尊可不会出手帮你。”

顾绛一动手，压在他身上的天威就会更甚，到时候不知会有多难受。

封寒缨心道，臭女人！

炎炎兔气得直跺脚，被顾绛瞥了一眼，竖起的耳朵立即垂下去，窝进草丛里，回到万魔窟内发脾气去了。

“朱厌很会躲藏。”顾绛皱起眉道。他可没那个工夫满修真界去追杀他。

聂音之正想说话，又瞥到一条条文字冒出来。

“镜头”大约又转到他们这边了。她并不想让那些“文字”知道她能看见它们，万一它们以后有所防备和顾忌，可就不好了。

聂音之实在把握不准，干脆伸手半撑在顾绛上方，低垂着头，手指点在唇上，对他笑了笑，用唇语道：“咱们守株待兔。”

顾绛躺在软榻上，忽而眼前一暗，聂音之那双含着狡黠笑意的眼眸离他不过咫尺。他的心跳不由得一滞，睫毛微颤，装作若无其事的样子“嗯”了一声。

聂音之敏锐地注意到他的眉头蹙了一下又立即舒展开，她退开一些，指尖从他的手背上扫过，摸到发烫的皮肤。

他现在又难受了。

聂音之立即从顾绛身边退开，走到悬崖边：“这里的景色这么漂亮，我们多待几日再出去。”

顾绛将手背搭在额头上，等自己身体里沸腾的血液平息。林中的溪流上，腾起的灵雾很快消散了。

“救命，两边的画风差别太大了！聂音之这边也过得太安逸了吧！”

“老夫老妻的晚年生活罢了。”

“说好的魔窟选秀呢！怎么又推迟了？聂音之你还搞不搞事业了？”

“再这样下去，聂音之的斗志都要被魔头‘不作为，慢作为，懒作为’的不良习性腐坏了。”

“封总！邪肆狷狂的封总！你难道已经真把自己当兔子了？本剧的反派工作着实堪忧。”

“春宵苦短日高起，从此君王不早朝。”

聂音之在刀山剑林里守株待兔，朱厌这边却也忌惮着顾绛，想要等他们出来之后再寻一个时机，悄无声息地进去。

魔头不从刀山剑林出来，各大门派的目光便始终都聚焦在焦渡山上。

一时间竟然僵持住了。

云笈宗对朱厌的搜捕越发严密，他在临仙城待不下去，只能另换地方藏匿。

如今，云笈宗的三个太上长老，已经有两人被他握在手里，只要啃下颜异这块硬骨头，云笈宗便是他说了算。

颜异盘膝坐在蒲团上打坐，无缘无故从入定中惊醒，颇感不适地抬手揉了揉太阳穴。他闭关一百多年，不问世事，一朝出关之后便要操持宗门诸多事务，有些不适应，就连入定时都会冷不丁地被冒出的一件琐事惊醒。

他起身走到窗边往外望去。云笈宗的护山大阵已经修复，作为大阵阵眼的那把冰蓝色的巨剑也隐没在阵法中。但师祖的本命剑为何会遗留在本界这个问题始终困扰着他。

如果师祖未能飞升，他现在又在何处？

韩竟师祖是此界最后一位飞升之人，之后此界的灵气稀薄，修炼不易，便难有人再达到度劫飞升的修为了，化神便已是现在修真界中的巅峰修为。

十年前那场正魔大战，颜异虽然没有参与，但他也清楚个中缘由。除了大义，其实归根结底是正魔两道在争夺修炼资源。

封魔印会耗损魔修的魔气，而被耗损的魔气会转化成灵气，融入天地，成为正道修士的养分。

但封魔印对魔修的耗损实在太慢了。

如今顾绛出世，正魔两道的实力天平大大倾斜，他们甚至难以跟顾绛正面交锋，形势对正道来说，极为不利。

若是韩竟师祖还滞留在此界，或许有和顾绛一战之力。颜异在关注魔头动向的同时，也派了人携带玄魄剑的剑气寻找韩竟，只是一直还未有眉目。

他心中有太多烦扰，心绪杂乱，不适合再入定。

颜异在宗门内走了一圈，看了看各峰的情况，不知不觉来到折丹峰。

山峦削面上寸草不生，折丹峰周遭的草木被“血月影”的魔气扫过，枯萎了很多，剩下未死的长势也变得奇形怪状。

这些草木也像是吸收了“血月影”，翠色褪去，变为血一样的暗红色。

云笈宗曾清理过一次这种植物，重新长出来的植株依然如此。草木是最逆来顺受之物，但也是最坚韧之物，野火烧不尽，春风吹又生，最后实在清理不干净，大家见这些变异植株也没有妨碍，就放任它们去长了。

于是，从折丹峰的削面边缘开始，泼墨似的浓艳色泽往外延伸，越往外，颜色越浅，一直蔓延出二里地才消失。

颜异瞥到站在折丹峰削面边缘的一个人影，眼中露出诧异的神色，他飞身落到那人身边：“安淮。”

安淮匆忙行礼：“大长老。”

颜异扶起他：“你在这里做什么？”其他弟子来此感悟，大多停留在中心处的冥思台上。

安淮看了看颜异，嘴巴动了动，最终什么也没说。

颜异倒也不勉强他。他知道这个少年还沉浸在心爱之人逝去的悲痛中。没能守护好门中弟子，他身为长老，也难辞其咎。

安淮被他了然的目光看着，眼眶泛了红。他想过很多，医堂在云笈宗幽僻处，距离折丹峰甚远，算是当日最安全的地方之一。

折丹峰结界被破之前，白英就跟萧灵一起去了医堂，治疗完之后，荆重山说白英去闭关了，她要是真的去闭关了，当逃过一劫。可是她没去。要么是荆重山撒了谎，要么就是……白英在闭关之前，想来找他，不幸被魔气卷入其中。

他内心本能地排斥这个猜测。

安淮咬咬牙道：“大长老，我不知道其他受害同门的情况，但我觉得白英并不是死在‘血月影’的魔气之下，她……”

颜异耐心地等着他的后文，过了好一会儿，见他不再言语，才伸手在他的肩膀上按了按：“你放心，此事宗门会继续查下去的。”

安淮闷声点头，他也不会放弃。

从折丹峰离开后，安淮再一次去了明霄峰。那日他几乎是眼睛一眨不眨地看完了萧灵的灵台记忆。

人的记忆是很奇妙的存在，会掩藏一些痕迹，同时也会放大一些细节，越是在意的，记得越为清晰。荆重山唤白英留下之时，萧灵那僵硬的反应让他觉得她知道些什么。

刚刚面对颜异时，他心中犹豫，最终没有提到这个。因为就算说出口，没有其他证据支撑，很可能会被当作是在捕风捉影。更何况，现在萧灵忽然拜入了叶菁长老门下。显而易见，太上长老们认为萧灵是无辜的。

他心里明白，萧灵若是知情，断然已经伪装好了。连长老们都能被她蒙混过去，就算自己这样每日过来，也是徒劳。

安淮一到明霄峰，萧灵就察觉了。此时，她正身处明霄峰的地底，一个用剑气潦草挖凿出的山洞内。

剑痕纵横的洞壁上布下了重重禁制，一条极细的灵脉从云笈宗主灵脉上分流到这里，那条灵流像一根细细的藤，藤上支撑着五个拳头大小的秘境碎片。

这就是桑无眠留给她的东西。

桑无眠的修为到了化神，已经到顶，再难有进境，他一直在想办法寻找突破的契机。

现在的修真界灵气大不如前，因为灵气日渐衰微，千年前的许多洞天福地、秘境、仙家宝地没有足够的灵气支撑，都相继塌毁或封闭，隐没在世间。

这些秘境碎片便是桑无眠费尽心力收集而来的，他想要从中寻求机缘。不料聂音之召唤出魔祖，他在顾绛手下几乎没有反抗之力，临死之际将藏在这里的碎片送给了她。

萧灵之前身体太过虚弱，灵基不存，打不开这里。

她轻轻地点了一下一个秘境碎片，霓虹一般的各色剑光从里面淌出，在密闭的山洞中荡出嗡嗡回响——这块碎片可以通往刀山剑林。

朱厌道："现在不是时候，等聂音之离开了才能进去。"

萧灵自然明白，聂音之身边的那位魔祖是个不好惹的人。

地底深处湿寒无比，又和洞内充沛的灵气融合在一起，渗入她的经脉，她修为太低，扛不住这寒湿，被冻得脸色青白，浑身都在微微地颤抖。感觉到明霄峰有人造访，她伸手触上洞壁上的传送阵。下一刻，她出现在了自己以前居住的寝室内。

萧灵扯着嘴角笑了一下。桑无眠将秘境碎片藏在明霄峰，将传送阵的入口设在她旧日闺房内，不知这算不算是还惦记着她？

直到走到太阳下，她身上的寒气都还没退。

萧灵快步去了外殿，在廊下摆上小几，煮上茶水，小白鸟啾啾叫着去引安淮入内。

朱厌在她的灵台内嗤笑："他每日来这里，是因为他在怀疑你，你还真对他上心了？"

萧灵的动作顿了一下，祈求道："朱厌，他发现不了什么的，你别动他。"

"一个刚刚筑基的小鬼罢了，你喜欢就留给你。"朱厌口气轻慢，这种小鬼他随便什么时候都可以捏死，他现在正在和颜异较劲，没有心思应付这样的小猫、小狗。

安淮进来时，萧灵果然已经在等着他了。他们之间也没什么可聊的，大多时候都是安淮在讲，聊一些他和白英之间的琐事，观察萧灵的反应。

萧灵基本都是安静地听着，有时候会被他们的闹剧逗笑。

很奇怪，但这样已经持续了好几天。

萧灵给他倒茶，安淮端起小陶杯去接，目光落在她青白的指尖上。现在虽已入秋，但天气回热，日头也盛，然而看萧灵的样子，却像是被冻着了一般。

她身上有一股寒凉的灵气，像是去过后山寒潭那种湿寒之地。

安淮知道萧灵的修为还没恢复，所以大着胆子放出自己的神识去试探，不敢碰到她的人，只在周围探出神识触角。

他的神识忽然被什么东西蜇了一下，萧灵的衣摆无风拂动一瞬，随即垂下，她并没有发觉。

安淮立即收回神识。看着时辰差不多了，他告辞离开。直到走出明霄峰，他才匆匆找了一处僻静的林中小亭，仔细去检查自己方才放出的那缕神识。

神识内含着一抹极其幽微的剑光，亲昵地缠着他。

刀山剑林内，顾绛睡眼惺忪地走出来："有剑动了。"

他的话音才落，剑林深处溢出一道清透的剑光。剑光如水，冲开了周遭其他剑气，但须臾后，又蓦地缩了回去。

聂音之以为是萧灵进来了，谨慎地捏住长剑，顾绛从后面拍了拍她的脑袋："没人来，应该是那把剑找到了它心仪的主人。"

这个时候被触动，多半是萧灵的剑。

聂音之御剑想要去看看，顾绛很自觉地跟她一同跳到翠花身上，鸿鹄立即不高兴地大叫。明明自己有刀！

顾绛抓住她的腰，在鸿鹄的吱哇乱叫声中抢先道："你自己说过的话，别忘了。”

聂音之：“当然记得了，祖宗。”她是说过要御剑带他的，不能出尔反尔，只能委屈翠花了。

她没感觉到顾绛的手心发烫，那他应该没事。聂音之安抚好鸿鹄，两人往剑林深处飞去，她悬停在剑林上空，没有惊动山谷内的剑气。

只见脚下一处水潭里，一柄剑刃半透明的长剑浮在水上，若不是攀爬在剑身上的荆棘，根本看不出剑刃在何处，此时那荆棘已经碎裂了大半，只剩一小部分挂在剑刃上。

聂音之桀桀奸笑几声：“看我先把她的剑绑架了再说。”她并指挥去，雪亮的剑光霎时大盛，巴掌大小的鸿鹄在剑光中熊熊燃烧，顷刻间化为一只巨大的凤鸟，尖啸一声，利爪如同钢刃，朝着水潭抓去。

水潭大震，那把灵剑没办法挣脱剩余的荆棘，剑气从荆棘缝隙里渗出来，搅动起潭水，化作一条水龙迎来。

两方才一对上，刺啦一声，蒸腾的水雾弥漫开。这场交锋极其短暂，毕竟另一把灵剑还未完全获得自由。

鸿鹄扑扇翅膀，扇开水雾，重新缩回巴掌大小，爪子里捏着一条扭动的小虫。

聂音之捧着鸿鹄，仔细看了看它抓着的剑灵。那剑灵由水凝成，和剑刃一样是半透明的，呈现薄薄的蓝色，身上鳞片清晰可见，头上顶着一只小角，身子盘缠在鸿鹄的爪子上扭动，时不时被鸿鹄的火光烧出一缕水汽。

顾绛凑上前来，将下巴搁在她的头顶，几乎将她整个人拢进怀里：“是蛟灵。”

“等等，这是谁的剑？不会是萧灵的吧？聂音之这是想干什么？她都有鸿鹄剑了，还要抢这把剑，有够贪心的。”

“听聂音之的口气，总觉得她可能已经知道萧灵要进来了。之前说好了要走，突然又不走了，就有点儿奇怪。”

“笑死我了！还没进来，剑就被人家绑架了，萧灵也太惨了。”

“暗示她们两个水火不容。”

“果然还是以前的修真界厉害，是把剑都有剑灵，好想看看其他剑的剑灵是什么样哦。”

“萧灵都有如意剑了，又怎么契合别的灵剑？”

“可能跟桑无眠一样用那个蚕灵咒，毕竟一个被窝里睡不出两种人，呵呵。”

“难以置信，桑无眠竟然在明霄峰地底藏了五个秘境碎片！秘境看起来都很牛的样子！那他以前封住明霄峰的动机就很不纯，根本就是拿萧灵当借口藏他的宝贝，真渣！”

“我来是想同姐妹们一起尖叫的，老魔头抱老婆抱得也太顺手了吧！结果大家都在一本正经讨论剧情？”

“就……习惯了啊，我嘴巴已经叫麻了，甚至希望他们能发点儿刀。”

两人一回到剑林外的悬崖上，聂音之立即从他怀里钻出来，揪着那条小蛟研究。蛟龙在鸿鹄的爪子下到处跑，两只剑灵就如鸡捉虫子似的。

顾绛在旁边看了一会儿便去了帷帐内。

因为还要多留几日，聂音之又把这个帷帐支起了，只是她却不怎么进来，帐子里连她的气息都很淡。

顾绛在软榻上躺了片刻，翻来覆去静不下心来。他沉睡是为了缓解天威压力，心静不下来，躺着也没用。

他翻身坐起来，揉了揉眉心，慢条斯理地吃完了茶几上所有的点心和水果，最终忍不住从榻上起身，掀开帷帐叫道：“聂音之。”

聂音之闻声回头，见顾绛一手撩着帷帐，半张脸都陷在阴影里，这让他的脸看上去像是蒙上了一层阴霾。她立即站起身，疑惑地问道：“怎么了？你又难受了？”

顾绛不答反问：“你等会儿是不是又要打坐修炼？”

“嗯……是啊。”聂音之点头。她是打算入定的。这里灵气充裕，又没有别的事干，正好可以好好修炼。晚上打坐入定，白天练习术法，她觉得自己剑法双修，完全没问题。

也能免于和他过多接触。

顾绛的表情更沉郁了：“你这样努力，是觉得本座打不过朱厌？”

“怎么可能？你天下无敌。”聂音之立即道。

顾绛才不会被她糊弄：“那你这般夜以继日做什么？怕我护不住你？”

聂音之满脸都是问号。她修炼得勤奋一点儿也有错？魔头分明就是在故意找碴！

“我总不能一直依赖你。”

顾绛沉思片刻，笑了一声：“说得也是。”

他没再多说什么，放下手转身往里走去。帷帐重新垂下，将他的身影挡住。

聂音之怔怔站了片刻，低头看一眼抓着蛟灵的鸿鹄，将它收回剑中，钻进帐子里，软声道：“你怎么了？睡不着？”

顾绛背对着她，没理她。

聂音之坐到榻沿，她以前想哄顾绛给他喂点儿血就行了，现在却不能再这样做了。这些血积压在他体内，成了随时都可能被诱发的剧毒。

“那我弹琴给你听？我只会弹箜篌哦。”聂音之说着脱了鞋子，盘坐在榻上，准备从折丹峰书房内取出那把弯如月牙的银色箜篌。

顾绛转身过来，一把搂住她的腰，将她按到榻上，揽进怀里：“现在不想听。”

聂音之挣扎着想要扭过头看他，却被他更紧地箍住，几乎动弹不得。她叫道：“顾……顾绛……”

“别乱动。”顾绛用一种隐忍的口气说道，“你的血肉对魔的诱惑力变大了，我会忍不住。”

聂音之沉默了一会儿，道：“我的发髻还没松，珠钗硌得疼。”

顾绛闻言松开她，聂音之从他怀里坐起来，被他一眨不眨地盯着取下珠钗，松开发髻，又褪了外衫，乖乖地爬回去，躺到他身边。

顾绛这才满意地揽住她，闭上眼睛。

横在腰上的手臂凉凉的，他的体温没有变化，那应该没事吧？

聂音之转头看向顾绛，身边人已经阖上眼睛了。所以，魔头闹了这么半天，就是想让她陪他睡觉？

“哈哈哈，老婆忙于工作，被冷落了的深闺怨夫。”

“事业和家庭难两全，我们女人真是太难了。”

“你不好好当反派，怎么还要妨碍音音好好修炼，一统修真界？魔头一点儿也不体谅音音的辛苦，简直不守男德。”

“为什么要躲着他？”

“直接说‘老婆抱抱’不就行了？整那么多花里胡哨的东西，我还以为你们要开始互相伤害了呢。”

“讲真的，魔头落寞地放下帐子时，我心疼了他一秒。”

“聂音之就不该去哄他。呜呜呜，难道只有我一个人想看魔头被虐？”

“封兔子已经麻木了。”

神识里的这一缕剑气是从明霄峰带来的，确切地说，是从萧灵身上招惹来的。

在萧灵的嫌疑洗清之前，安淮对这缕从她身上来的剑气半点儿好感都无，极为防备。

他第一时刻就想要将剑气剥离开，但那道剑光缠人得紧，扒住他就不放。安淮实在没有法子，只能先将那缕外放的神识隔离开，封入手里一块灵石内。

安淮回衡定峰的路上，那缕剑气忽然剧振不止，连累得他的神识也开始嗡鸣。就在安淮失神的刹那间，封存神识的灵石碎为齑粉，剑气冲入他的灵台。

脚下的宗门配剑没来由地折断，安淮从高空直直坠下。要不是过路的一个师兄及时冲过来接住他，安淮可能就要当场殒命了。

灵台里盘旋的剑鸣发出长啸，振得他脑子嗡嗡响。从剑气中传来滔天的愤怒和委屈，不断呼唤他，安淮抱住脑袋，疼得额头上青筋直跳："你闭嘴啊！"

那位师兄吓了一跳："安师弟你怎么了？怎么回事？"

安淮瞳孔涣散，转头看了对方一眼，是个熟面孔。他整个人晃了晃，眼前蓦地一黑，被脑海里的剑鸣振晕了。

一刻钟前，明霄峰内，安淮方离开不久，萧灵便感觉到了地底秘境碎片的波动。她疾步穿过庭院，踏入房间。开启传送阵往地底山洞去之前，她的脚步迟疑了一下，她问道："朱厌，你在吗？"

灵台里没有人回答她。萧灵不安地收回手，站在屋内没有动。她现在的修为实在太低了，没有朱厌陪着她，贸然进入地底山洞，要是出了什么变故，她几乎没有还手之力。

"朱厌？"萧灵又喊了一声，"地底秘境碎片有情况，我不知道该不该进去看看。”

过了好一会儿，朱厌才回应她，他的声音听上去有些疲惫：“进去。”

萧灵定下心来，唤出传送阵法踏入其中。传送阵的阵光尚未消失，山洞内逼人的寒湿气已经扑到面上，萧灵打了一个哆嗦。

“别动。”朱厌提醒她。

萧灵立即止步，贴着传送阵站着，小白鸟缩在她怀里。在这种满是禁制的地方，她是不敢随便放出自己的神识的。

洞壁上，桑无眠亲自布下的重重禁制都被激活，整个山洞亮得犹如白昼，一道狂暴的剑气在山洞内横冲直撞，忽而消散成雾，忽而凝聚成游龙似的模样。

朱厌沉吟道：“你之前碰碎片时，探入神识了？”

萧灵立即摇头：“我怎么可能如此莽撞？”聂音之和魔祖还在刀山剑林内，她又怎么会主动去招惹她？

“你探出神识接触它一下，看看这道剑气是不是为你而来。若是让它把碎片撞散了，可就得不偿失了。”朱厌说完，察觉到萧灵在犹豫，他轻笑出声，“放心，有我在你的灵台里，不会让它伤到你。”

小白鸟朝灵脉细流上的秘境碎片看去，通往刀山剑林的那个碎片因为这道剑气，波动得很厉害，确实有可能会被撞散。

若是碎片没了，她就无法进入刀山剑林，便只能拿着那把灰暗的如意剑修炼。

刀山剑林内的灵剑是千年前的器宗出品，现在的灵剑完全不可同日而语。

萧灵咬住唇，下定决心，探出一缕神识去和肆虐的剑气接触。甫一触及那道剑光，萧灵就被一股凌厉的怒火冲入神识，几乎要将她的神识整个绞碎。

“朱……”在她开口之前，一抹暗影从她眼中冲出，凶戾的血气凝成巨大的凶兽虚影，一口朝着剑光咬去，游龙似的剑气发出嘶鸣，剑光碎了。

萧灵从地底山洞里出来，坐到椅子上，单薄的肩膀微微地颤抖着。因为方才的惊吓，她脸色惨白，嘴唇没有半丝血色，柔弱得惹人怜。

她神情怔愣，手指无意识地攥紧裙摆，心中到底还是有几分不甘在作祟。她喃喃道：“是……聂音之的剑气吗？那游龙是剑灵？”为何她总是这般好运？

朱厌寄生在萧灵灵台的神识从她眼中溢出，落地化作一抹虚影，伸手挑起她的下巴，轻柔地在她脸上抚摸：“只是一条蛟而已，算不得什么顶级的剑灵。”

萧灵皱了皱眉，扭过头避开他的触碰。

朱厌嗤笑一声，钳住她的下颌将她的脸转回来，扯开她面上蒙眼的白纱，强硬地逼迫她面对自己：“这是你亲手画下的脸，你应该喜欢才对，为何不看我？”

“朱厌，现在不是说这些的时候……”萧灵垂眸片刻，终于不情不愿地转向他。

瘴毒驱除后，萧灵眼周可怖的斑纹也逐渐褪去，在灵药的滋养下，眼睛已经恢复如常，看上去和常人无异。只是瞳仁灰暗，瞳孔犹如两口死井，始终蒙着一层阴霾，再也无法视物。但朱厌喜欢她这双灰败的眼睛，尤其当这双眼睛浮出不甘愿的泪光时，就如蒙尘的宝珠，让人生怜。

朱厌用拇指撬开她的唇，凑上去亲吻她，萧灵眼中沁出的泪便更多了。朱厌伏在她身上笑：“萧灵，我最爱你这副逼不得已的……”他的笑声忽然一顿，安静片刻，松开了她，“现在确实不是时候，那条蛟灵勾搭上的是你的好师弟，现在连颜异都惊动了。”

萧灵毫无神光的眼眸转过来，惊讶地问道：“安淮？”

朱厌气极反笑：“还真该杀了他才是。”他暂时还未能撬开颜异的灵台，但也快渗进去了，只是现在的形势等不及了。

颜异应该很快就会查到明霄峰来。

因为安淮这一个意想不到的变数，蛟灵为了寻主，剑气不断从碎片溢出来，冲撞桑无眠布下的禁制。禁制虽还坚持得住，那片通往刀山剑林的碎片却快要被愤怒的剑灵撞散了。

要么，萧灵在碎片消散前立即进入刀山剑林，但这样一来，他们就得独自对上魔头。

要么，将秘境碎片交出来，随颜异一同进入刀山剑林，还能让他们挡一挡顾绛，趁机浑水摸鱼。

秘境碎片须有充沛的灵气支撑，他们没有那个能力动灵脉，无法将灵脉分流上的碎片在短时间内转移走，那就都得上交。

“你看，这就是你心软的后果。”朱厌叹了一口气，摩挲着萧灵苍白的嘴唇，“你要如何选择？”

另一头，安淮晕过去后脑海里的剑鸣声终于也平息下去。他没有昏迷太久，很快就惊醒了，一睁眼发现床前站着一排长老。

除了颜异，还有他们衡定峰的邱长老和医堂接任荆重山的长老。颜异身后站着那位接住他的师兄，正是颜异身边的弟子。

几人都面色凝重地围着他。

安淮只是衡定峰的普通内门弟子，寻常连邱长老的面都见不着。颜异能知道他的名字，还是因为荆重山入魔那日，他强行闯入医堂的静修堂，颜异才注意到他，并将他带在身边一段时日。

这阵势实在太过隆重，安淮吓得下意识按住自己的脑袋。灵台里的剑气此时虽然安安静静的，但他之前差点儿就被它害死了。安淮面如死灰：“大长老，难道我快要死了？”

就算他要死了，应该也不值得这么多长老都围着他吧？

颜异失笑：“死什么死！你好得很，这是天上掉下的机缘，别人求都求不来。我且问你，你灵台里的剑气是从何而来？”

安淮没有回答，而是谨慎地问道：“大长老，这道剑气有问题吗？”

颜异摇摇头：“这道剑气是有灵之剑，很可能出自器宗的刀山剑林。这剑气是与你神魂契合之剑，才会扎入你的灵台。放心，它不会伤你的。”

刀山剑林？萧灵身上怎么会有刀山剑林里的剑气？聂师姐和魔头也在刀山剑林，这之间有联系吗？但不管怎么说，萧灵定是在暗地里做着什么。

安淮脑子里一瞬间转过许多念头，张嘴正想说话，灵台里的剑气又开始嗡鸣，比号丧时的唢呐声还要刺耳。

他受到剑灵越来越强烈的召唤，痛苦地捂住头。

颜异立即道：“怎么了？”

安淮忍住头疼道：“大长老，这道剑气来自明霄峰，萧师姐身上。”

与此同时，颜异收到叶菁传讯：“大师兄，快来明霄峰。”

颜异心中有了几分猜测，他按住安淮的肩膀：“灵剑与你不在一处，你现在无法契合它，试着去安抚它，先让它平静下来。”

安淮深吸一口气，艰难地点了点头。灵台内的剑气动荡得越发厉害，几乎要将他的脑浆搅成糨糊，不知它到底在禁受着什么遭遇，剑气中满是愤怒和不服。

颜异命邱长老为安淮护法，安排好之后，便立即赶往明霄峰。

叶菁和萧灵在明霄峰等着，直接将他带进内殿，边走边说道：“桑无眠在明霄峰地底开辟了一座密室，私自从主灵脉上分出一条支流穿过明霄峰地底，支流上存着五个秘境碎片，其中一个便是刀山剑林的碎片，不过，那碎片现在很不稳定。”

颜异踏入室内：“进去看看。”

萧灵唤醒了传送阵，主动解释道：“这是师……”

过去的萧灵已经死了，她现在有了新的身籍，自然不需要再称呼桑无眠为师尊。萧灵及时改口：“桑掌门留下的，我之前灵力太弱，无法打开，灵脉恢复后才想起去查看，恰好安师弟前来，便耽搁了一些时辰才告知师尊。”

颜异转眸看了她一眼，略微颔首，并没有多说什么。

几人踏入阵中。

密室内的剑气动荡没有之前那么激烈了，一条金色的细流悬在室内，五个秘境碎片分散在这条灵脉分支上，刀山剑林的碎片被冲撞得很不稳定，行将消散。

将秘境碎片藏得如此严密，擅动灵脉养着这几个碎片，桑无眠这个宗主很会为自己打算。修炼到顶峰的修士都在想办法寻找更进一步的可能，这也说得过去。

若是以前，这无疑是一个绝好的消息。

但是现在顾绛还在刀山剑林内，这个秘境碎片也不足以支撑到顾绛离开，颜异没有傻到独自去面对魔祖。

从密室出来后，颜异将刀山剑林的秘境碎片单独抽出来，向各大宗门传了讯息。很快，云笈宗内的大型传送阵亮起。

那条蛟灵又在折腾，看着是一条清新透明的水灵，性子却很倔强，就算被鸿鹄完全压制住，也始终不放弃挣扎。

聂音之被这两只剑灵闹醒了，她望着纱帐之外的阳光，昏昏然有些不知今夕是何夕。跟魔头在一起，昼夜简直没有了意义。

但他并不是自己想睡，只是被逼无奈。

聂音之轻轻动了一下，想掀开他的手臂起来。

顾绛立即醒了："怎么了？"

"那条蛟灵闹得很厉害。"聂音之道，"我猜他们应该快要进来了。"

顾绛收回手臂，翻身坐起来，面色阴沉，满脸都写着"起床气"三个字。

他还没睡多久。

第十二章 在她心口撞了一下

“要来了，要来了！我好激动，打起来！”

“这帮仙门长老打又打不过魔头，扎堆进去干什么？不怕被全灭了？”

“朱厌之前还想避开魔头，这下避无可避了，简直就是命。”

“朱厌说得对，还是萧灵不够狠。如果是聂音之，哪里会和安淮坐着喝茶聊天？肯定早就把他灭口了，也就不可能发生现在这样的事。”

“前面的萧灵粉丝，别以为你内涵的样子别人看不出来。聂音之再怎么狠也没有拿无辜的人给自己续命。”

“笑死了！她身体倍儿棒，吃嘛嘛香，续什么命？桑无眠和孟津都还没对她做什么，她就召唤个魔头出来要报复所有人，换她变成萧灵那样，她为了活下来，还不知道会杀多少人！”

“哦，又来车轱辘了。你们翻来覆去就只会揪住狗男人还没对她动手这一点，换个花样吧，倦了。”

“萧灵一开始也没对她怎么样吧？却被她害成这样。”

“聂音之一开始也没对萧灵怎么样吧？她自己一步步走到现在，你不怪朱厌、荆重山这些拖她下水的臭男人，怪聂音之？”

“哈哈哈，我得说一句，要是聂音之召唤出的不是懒得要死的顾绛，而是真的残忍嗜杀、无恶不作的魔头，你看到时候会有多少人死在她手里。”

“封寒缨：黄泉蠢路人，你报本尊身份证号码得了。”

“兔兔不约，兔兔在吃草。”

“那就等破了封魔印后，看你们清清白白的聂音之还清白得起来不！”

“聂音之：说谁清清白白呢？不带这么污蔑人的！”

“萧灵和聂音之只要一碰上，你们就得吵起来。”

“吵！我就喜欢看你们吵架！整天看聂音之和魔头睡觉，又不真的干点儿什么，这才无聊。”

仙门长老也要进来？这和她之前预想的不一样。聂音之收起帷帐和软榻，准备先去埋伏起来，看看情况再说。

她看一眼炎炎兔，还没说话，兔子已经很自觉地一蹦一跳，自己跑进了林子里。

顾绛对她张开手，聂音之贴到他怀里，以手掩唇，踮着脚在他耳边很小声地说道："仙门长老也会进来。"

那些文字实在不能以常理推断，神识传音都不太保险。

顾绛"嗯"了一声表示知道了，反正来多少人都无所谓。他低下头，用同样小的声音问道："都杀了？"

聂音之的眼眸微微睁大，退开一点儿看向他。

两个人大眼瞪小眼对视了片刻，聂音之嫣然一笑，亲切地拍了拍他的手背："算了，人太多，太麻烦了。"

"有什么是我们尊贵的会员不能听的？"

"聂音之踮起脚在顾绛耳边深情说道：'哥哥，你眼睛里有眼屎。'顾绛用同样深情的眼神回视她，低声道：'你也有。'"

"救命！前面的，你是什么魔鬼！！"

顾绛抱起聂音之退到悬崖旁一株青松上。繁茂的枝叶只能半遮掩住他们的身影，咫尺之外的蝉毫无所觉，依然在歇斯底里地叫着。

文字消失了一盏茶的工夫，重新涌来。

"进来了！"

这三个字几乎填满她的视野，但聂音之什么都没看见。她疑惑地看向顾绛："来了吗？"

"用了隐匿的符文，但我不会解。"顾绛的目光落在半空中某一处，"你能共享我的五感吗？"

聂音之眨眨眼，飞快催动了衍生术，顾绛的视觉画面随即出现在她的脑海里。

只见半空中有一层透明的屏障一般的存在，屏障背后有二十来人，有一半都是那日在折丹峰外见过的熟面孔。

他们面朝外，背朝里，围成一圈站着，眼神警戒，明显是在防备顾绛。

顾绛在她耳边低声道："四个化神巅峰、三个化神中期、八个化神初期。"

剩下的自然都是化神以下的，萧灵也在，她被围在中间，看上去身体果然恢复了，只不过眼睛还用白纱遮着。在她身旁有一名筑基期的剑修弟子，这两人混在一群元婴、化神当中，委实有些显眼。

"四个？"聂音之的心揪了起来，这还怎么打？以她现在的修为，实在分不清哪几个是化神巅峰的。

"嗯，二刀修、一法修、一剑修。"顾绛说着顿了顿，补充道，"颜异只是化神中期。"

"那朱厌应该不敢藏在他们中间。"聂音之说道，"看来神识是寄生在萧灵的灵台里了？"

"嗯，这里面不知道有几个的神识是干净的。"

"你也看不出来吗？"

顾绛摇头："除非他们放出神识。"

但很显然，这些长老明知道顾绛在这里，是断不敢轻易放出神识的。

他们在半空中观望了好一阵子，有一大群什么东西从余摇清身旁那名修士手中飞出去，呼啦啦地散向整个剑林，凭顾绛的眼睛，都只能看到一点儿细微的灵力波动。

顾绛突然揽着她急速往后退了一段距离，聂音之不明就里，只感觉到顾绛的视线凝在眼前的一处虚空。

空气中有一丝极其细微的波澜，一只若隐若现的透明蝴蝶在那里振动了一下翅膀。

“在找我们。”顾绛从鼻子里发出一声轻笑，鼻息拂到聂音之的脖颈上，痒痒的，她忍不住缩起脖子。

顾绛的目光落在了她的颈侧。

这种通过别人的五感，自己看着自己的脖子，闻到自己的味道的感觉非常微妙，她甚至感觉到顾绛的心扑通跳了一下，就像也在她的心口撞了一下。

聂音之整个人似乎都被这一下撞得软了，一种莫名其妙的酥麻感窜过四肢百骸。

直到搭在顾绛手背上的指尖感觉到了迅速升高的热度，她才蓦地回神，急忙回过头：“顾绛，深呼吸，你冷静一点儿，想想别的，别想我！”

顾绛被她如临大敌一般的样子逗笑，抬起手用袖子将她白皙纤细的脖子和通红的耳垂一并捂住。

聂音之无辜地眨眼。

“别逼我把你从头到脚都遮住。”顾绛无奈地把她的脸转回去，不让她继续盯着自己，努力将注意力从她身上转移开。

聂音之背对着他，脸上挂着傻乎乎的笑，手贴在他的手背上，留意着他的体温。

鸿鹄从翠花剑首冒出来，这些人一进入刀山剑林，那条蛟灵便反抗得更厉害了，鸿鹄不耐烦地啄了它几口。

顾绛重新往半空看去，说道：“蛟灵看上的应该是那个少年。”

人群中的少年抬手按着脑袋，只要鸿鹄一啄蛟灵，他整个人就摇晃得厉害，几乎要从半空掉下去。聂音之抱住翠花，及时捏住鸿鹄的鸟喙：“先等等。”

颜异回首按在安淮的肩膀上，目光快速在剑林中扫过，看到那一处半解封的水潭，但现在顾绛的位置不明，他们还不敢轻举妄动。

很快，散布在整个剑林的透明蝴蝶被收了回去，那人摇摇头：“不在，但跟在他们身边的那只兔子还在林中，想来是我发现不了他的踪迹。”

顾绛沉默了一会儿，道：“他的修为比封寒缨高。”

封寒缨并不知道他已经被人发现了，以他的修为，只要来的不是化神巅峰，不可能有人发现他。

炎炎兔蹲在溪流边的草丛里，一双红色的兔子眼睛正若有所思地盯着水面上氤氲的灵雾。这浓得肉眼可见的灵气就这么凭空冒出来，将这附近一片都罩入浓雾中，而这条溪流之下，没有什么灵脉。

很显然，又是他的师尊。

顾绛的魔气正在被消融着。

这对于封寒缨来说，不是个好消息。顾绛于他而言，就如灵脉之于正道修士。正道修士引灵气入体，炼化为自身真元。封寒缨引“血月影”入体修炼，经过他炼化的魔气被收为他用，就算是顾绛也不可能再收回去。

这世间有五种魔气，另外四位魔祖经过两千多年的消耗，魔气散得到处都是，想来也到强弩之末了。魔修为争夺魔气，彼此之间争斗不休。

不过，顾绛对他的魔气掌控得很严密。这世上有无数人觊觎着“血月影”，但迄今为止，他座下依然只有封寒缨一根独苗，无异于一人坐拥一座灵山。

就算是一座灵山，被这么持续性地消融下去，也总有枯竭的一日。更何况，灵山任人予取予求，魔祖可不会。

聂音之，实在是个祸害。

林子里浓郁的灵气自然也引起了另一个人的注意，隐翅蝶在灵雾中翩跹，蝶后停留在戴着冰蚕丝手套的指尖上。

余摇清极为恭敬地询问那位操控隐翅蝶的修士："洛师叔，现下该如何是好？"

这洛师叔正是太虚门地字门门主洛声。

洛声从头到脚都被裹得严严实实，只露出一张纸糊似的脸，面上五官毫无神韵，嘴巴不见动，却能传出话音："按计划行事便是。我们来此是为了让刀山剑林重现人间，并非为与顾绛争斗。除非他主动攻击，我们不可去招惹。"

众人皆颔首应是。洛声说完，长袖一挥，撤去了隐匿的屏障，空中几道光散落于四处。

颜异带着云笈宗的几人落在了剑林外的悬崖上，正是之前聂音之和顾绛所待的山崖——剑林外也就这一处显眼的落脚地。

"去吧。"颜异说道。

安淮和萧灵行过礼后，一同跃入剑林中。

山谷上方萦绕的剑气缠绕在两人周围，接纳了他们。属性各异的剑气有的亲昵，有的排斥，两个人目的明确，丝毫没有停留，径直往中心台奔去。

安淮脑子里的剑鸣仿佛是在催命，他明明是第一次来这里，却轻车熟路得仿佛来了很多遍，牵线木偶似的被剑气拽着往前奔。

萧灵跟在他身后，小白鸟被她护在手心，左右打量。

这里的灵剑的确是现今修真界中的剑不能比的。今日一起进来那几位化神前辈的剑倒是可与之媲美，但那些灵剑是剑修用自己的剑气日复一日磨砺出的，修炼许多年才修出自己的灵。

但是这里的灵剑，天生便有剑灵，对修士的助益可想而知，若是契合成功，定能将她重新送回金丹境界。

萧灵内府破碎，灵基和灵脉都经过重建，体内的如意剑气已经很弱了，有蚕灵咒遮蔽剑气，待她重新契合命剑，再一点儿一点儿将剑气进行过渡与融合。

中心台很快出现在眼前，安淮和萧灵踏上石台，各自占据一端，盘膝坐下。

悬崖边上，颜异已经离开，只有叶菁还在这里守着。令所有修士戒备非常的人，其实就窝在悬崖旁边的青松上。

剑林上空溢出熟悉的淡蓝色剑光，荆棘尽数碎裂，半封的灵剑终于彻底自由了，鸿鹄爪子下的蛟灵顿时精神抖擞起来，刺骨的寒气从它身上溢开，鸿鹄爪子上的纯白火焰在那寒气中肉眼可见地缩小了一圈。

“放它走。”聂音之轻声道。

鸿鹄生气地埋头啄了蛟灵一口才松开爪子，委屈巴巴地用翅膀抱住自己缩小的爪子。

聂音之揉了揉它的鸟头。

蛟灵不甘心地扭曲片刻，从原地消失，回到剑身内。剑林上空的长剑发出一声长啸，剑光大盛，幻化出一条水蓝色的长龙，随着召唤落入中心台上。

那淡蓝色的剑光暗下去后不久，剑林另一侧上空突然浮出了成团的粉云，粉云之中裹着一柄细剑，仔细一看，那粉色云团其实是由片片花瓣组成，呈现出了一团晚霞似的奇景。

“桃花？也是剑灵？”聂音之还是第一次看到这样的剑光。

顾绛纠正她："是樱花。万物皆有灵，自然都可以成为剑灵。"

萧灵既然召唤了剑，自然放出了神识，聂音之一边欣赏美景，一边问道："你感觉到朱厌的气息了吗？"

顾绛颔首："在她的灵台里。"

聂音之笑起来："那好吧，便送他们两人一场梦，将朱厌的神识困在萧灵的梦中，一起解决了。"

"只不过要连累一下那个少年跟他们一起入梦了。"她拽了拽顾绛的袖子，"我的神识扛不过朱厌，借用一下你的神识，你可要好好护着我和那个少年。"

顾绛"嗯"一声，有点儿不满道："聂音之，你现在求本座办事，真是越发敷衍了。"

聂音之手指飞快结印，事先布置在剑林中心台上的阵法被她催动，她的心神都在"嫁梦"咒术之上，心不在焉道："嗯？哪有敷衍？"

顾绛抿起嘴角："你现在连哥哥都不叫了，还说没有敷衍？"聂音之以前求他做事，喊"哥哥"的声音既娇揉又造作，嗲得让人头皮发麻。

聂音之心道，那还不是怕你耳根子软，又开始发烧吗！别以为你不在我眼前冒烟，我就不知道你又开始冒烟了。

她暂时无暇搭理魔头的无理取闹，手指掐出一个漂亮的法印，掌心中悬着一个小小的金色铃铛。

嫁梦术需要有引神之物，聂音之手中的铃铛本身就有动摇心境的作用，这是她以前历练时，机缘巧合学来的一个旁门左道的小法术。她抱着好玩的想法，自己花钱偷偷找人炼制了一个小铃铛。现在正好可以用来施展嫁梦术。

剑林中心台上，萧灵面前悬着一把绯红的长剑，她正紧张地和剑气接触，耳边恍惚听到一声清脆的丁零声，都还来不及辨认这铃音是真是假，神识便犹如被拽入旋涡，软软地倾倒在地上。

安淮抱着自己的灵剑站起身，动作顿了顿，跟着一起毫无征兆地倒在地上。

萧灵渐渐醒过来，随着她的清醒，浑身骨头缝里钻出的疼痛也一起醒了。她痛苦得呻吟出声，立即有人扶起她，将她揽在怀里，握住她的手腕灌入灵力，缓解她的疼痛。

耳旁有个熟悉的声音轻声道："灵灵，很疼？"

萧灵听到这个声音，没有感到任何慰藉，反而惊吓得想要立即推开他，但她浑身实在没有力气，连动一动手指都很痛苦。没有小白鸟在身边，她什么也看不见，神识也放不出去。

瘴毒噬骨的疼痛轻而易举地将她拉回过往的梦魇中。

为什么？她前一刻明明还在契合命剑，那绯红的剑气顺着她的经脉流淌，像是往她身体里注入了新的血液。萧灵满心都是重获新生的雀跃，为何一转眼她又回到了这里？回到了满身瘴毒，痛不欲生的这个时段？

到底哪一边才是真实的？萧灵心绪大乱，桑无眠在耳边说了什么，她一个字都没听进去，在心里喊道："朱厌……朱厌……你快出来！你在哪里？"

桑无眠看到白纱上沁出的泪痕，小心翼翼地将她拥入怀中，轻抚她纤薄的背脊："灵灵，我们已经找到办法治疗你了，你很快能好了。"

萧灵安静下来，声音细若游丝："办法？是什么办法？"

"这些你无须挂心，只要再坚持几日就好。"桑无眠握住她的手腕，"为师会一直守着你，你再睡一会儿。"

萧灵被轻轻放回柔软的床榻上，桑无眠的灵力流淌过她破碎的经脉，一点点儿地抚平疼痛，但萧灵一点儿也睡不着。

这是梦吗？还是她之前经历的那些才是梦，现在才是真实的？

萧灵实在分不清楚了，她之前的疼痛是真实的，现在的疼痛也是这般真实。

她静默了好一会儿，眼泪浸透白纱。桑无眠叹息一声，指尖落在她眼睛上，想要将白纱换下，萧灵突然开口道："师尊，向师叔还好吗？"

桑无眠愣了一下，声音清冷道："今日我带你回宗门之时，正遇上他走火入魔，已经伏诛。"

"师尊，我没事的，瘴毒的疼我已经习惯了。"萧灵用尽全力抬手握住他的指尖，"魔气侵入云笈宗，正是你这个掌门去仔细调查，防微杜渐的时候，你不该为了我耽误正事。"

桑无眠轻轻回握住她的手："好，听你的。"

萧灵轻声道："聂师妹……"

桑无眠皱起眉："灵灵，你现在身体太虚弱，不要在无关紧要之事上费心。"

萧灵固执地摇头："师尊，连我都能听到的流言，想必聂师妹也能听到。"她嘴角扯出一个虚弱的笑容，"去看看她吧，别叫她误会，算我求你。"

桑无眠离开后，萧灵一个人躺在榻上。她的眼睛上已经被换上干净的白纱，她不再流泪，甚至轻轻笑出了声。

许是上天垂怜，给了她重来一次的机会，萧灵不想再经历一遍之前的苦痛纠结，不想再任人宰割，她不能再陷在自己那毫无用处的良善中——不想去伤害任何人，反倒让自己一步步越陷越深。

萧灵从未如此坚定过，她想要的，她要伸手去拿，哪怕踩在别人的尸骨上。

聂音之不也是这样做的，才活得那样好吗？

那把绯红的灵剑，她一定会再一次亲手拿到它。

桑无眠是靠不住的，萧灵并不打算将希望全部寄托在他身上，她放下了无谓的坚持，这一次选择早早回应朱厌，让他进驻自己的灵台。

此时此刻，有两个人正站在距床榻几步之外的地方，将这一切尽收眼底，躺在床上的却人毫无所觉，甚至桑无眠还在这里的时候，都没能觉察到他们的存在。

顾绛说道：“朱厌的神识被拉进梦境里了。”

聂音之通过顾绛的神识看了看另一个少年的情况，让她没想到的是，他竟是白英口里的“讨厌鬼”。

看上去，萧灵对他们两人很熟悉，在她的梦境里有很多被雾霾模糊的地方，白英和安淮之间的相处却十分真实而生动，相比起来，那两个打打闹闹的身影才像是一个美梦。

聂音之点着下颌思索：“先把朱厌困在梦里吧，我想看看没有我的金丹，萧灵到底是如何治好自己的。”

顾绛转过头盯着她，聂音之接收到他谴责的目光，实在哭笑不得。她抱住他的脖子，附到他耳边喊道：“哥哥，行了吧？”

“你果然是在敷衍我。”顾绛这下肯定了。

聂音之拉住顾绛往外走：“我们跟着桑无眠去，可不能让他遂了萧灵的心愿。”

这个时候，又是提醒桑无眠详查魔气，又是让他来关怀自己，萧灵想必是想让桑无眠早点儿察觉她召魔的企图。

在现实里面，桑无眠被萧灵的伤痛占据全部心神，没来得及细查向司觉入魔之事，才给了聂音之准备的机会。

聂音之只看了一眼向司觉画下的献祭阵，想要复刻出来并不容易。

虽然现在的她知道献祭阵不是关键，但当时的聂音之并不知道，对她来说，献祭阵是她破釜沉舟，唯一可以反击的武器。

这是萧灵的梦境，她的意愿这么强烈，如果聂音之不干涉的话，事情只会朝着她希望的方向发展。

果不其然，桑无眠确实很听话，他详细查了向司觉入魔之事，很快循着蛛丝马迹追到折丹峰。

这一回，不需要再给她安一个虐杀同门的罪名，聂音之直接被对她失望透顶的师尊封锁了周身灵脉和神识，断了她的肢体经脉，将她关入灵气断绝的思过崖中。

思过崖上常年结着寒霜，就连夏季也是冰雪覆地，玄铁从峭壁上伸出来，锁住她的四肢。

聂音之蹲下身，被自己的惨样子震惊到了。她看着自己颓然地躺在坚硬结冰的石床上，长发乱七八糟地披散在惨白的脸上。

这张脸还是摹面未取下时的脸，和她现在的模样有些微妙的不同。萧灵不知道她现在长什么样子了，怨恨的表情让这张脸显得狰狞又可怖。

看来，萧灵也明白她是会怨恨的呀。

聂音之伸手帮这么惨的自己将碎发别到耳后："如此继续下去，我怕是真会被剖丹挖眼。萧灵可真是会做梦，想得还挺美。"

"突然回到原著走向，我震惊了。"

"这是萧灵的梦，她做梦都想要聂音之的金丹！！"

"这是聂音之给萧灵编织的梦，那还不是想怎么泼脏水就怎么泼？原著里面，萧灵根本就不知情。"

"行吧，都是坏男人犯的贱，萧灵什么都不知道，不然也不会有这么多人喜欢她，还在锲而不舍地为她洗白呢。辛苦你们了。"

“虽然已经早就弃剧了，今天不小心点开，还是要说一句，原著里面的萧灵是一个温柔、善良、坚韧，会为了天下人的安危牺牲自己的姑娘，没有什么洗白不洗白之说，就算剧里再怎么给她抹黑，原著的形象永远都在那里。”

“就连作者本人都不承认这部剧了，各位实在没必要看个跟原著毫不相关的剧，就奉为真理，来嘲讽原著粉。”

“原著粉已经做到原著和剧分离，也请剧粉不要暗搓搓踩原著。”

聂音之好笑地看着眼前飘过的文字，冷不丁被顾绛一把拉起来。

顾绛皱着眉，在聂音之出声阻止之前，他已经一掌拍碎了粗大的铁链，将山洞中的绝灵阵捏得粉碎。

这样大的动静，自然惊动了桑无眠，慈虹殿中发生过的事在这里再一次上演。聂音之亲眼见到顾绛捏断桑无眠的命剑，揪出他的神魂碾碎。

“你让他死得也太痛快了。”聂音之挑三拣四道。

顾绛动作顿了顿，心想，聂音之现在的臭毛病真是越来越多了！

“那你倒回去，我重新杀一次给你看。”

“算了，这只是萧灵的梦而已，这么反复重来，万一引起她的警惕，挣扎梦醒就不好了。”聂音之抬起手，手中铃音轻响，将惨兮兮的自己抹去。

桑无眠陨落的消息传到萧灵耳中，萧灵并没有表现出很惊讶，从被突然拉入聂音之的灵台时，她就知道这一次又要失败了。

聂音之加快了梦境的进度，白英很快和萧灵有了交集，聂音之在一旁看着她每隔一日来明霄峰接送萧灵，有时候安淮会跟在她身边。

这一日白英是独自来的，她和安淮吵了一架，彼此都在生闷气。

白英捏了捏自己的袖口，噘着嘴不太高兴，不过，在进明霄峰前，她揉了揉脸，调整好了自己的情绪才往里走。

萧灵的小白鸟蹲在檐角，早就等着她了。

“他的神识在挣扎，那个少年。”顾绛说道，“他应该意识到了接下来会发生什么，想要过来。”

聂音之想了想，道:“别让他的神识影响到萧灵，先顺着萧灵的意愿，她这一段梦都太含糊了，像刻意模糊掉似的，只有白英这一段还比较清晰。”

顾绛道：“我若继续压制，他的神识会受伤。”

聂音之纠结地皱起眉：“怎么跟那条蛟一个脾气？”

安淮和白英闹完矛盾分开后，心里便一直放不下。他们以前经常这样小打小闹，安淮从未像现在这般不安过，有个念头不断提醒他，让他去找白英，不要让她去明霄峰，不要听荆重山的话。

他想去，可又有另一股力量压制着他，阻止他去做。安淮用尽全力反抗，还是被逼着身不由己地握着剑练剑。

越是这样，他反而越快地清醒了。

安淮恍惚间听到一声叹息，他的神识被骤然拉走，眼前天旋地转，重新站定后，就看到眼前一男一女正嫌弃地盯着他。

安淮瞪大眼睛，下意识握紧手中长剑，但下一刻，他的脸上又浮出几分怔愣：“聂师姐？”

聂音之扬了扬纤细的黛眉道：“不是妖女？”在萧灵的梦中，她可没少听到云笈宗弟子叫她妖女。这和现实没差，他们从折丹峰出来那一夜，诛杀魔头和妖女的呼声潮水似的从四面八方涌来。

“白英不准我那样……”安淮不自在道。他其实也随波逐流地叫过一回，被白英打了，说他是个吃了点心就不认账的白眼狼——虽然那点心也不是他想吃的，吃完了还被逼着写道歉信，还被腻了整整两天。

但白英觉得吃人嘴软，骂魔头可以，骂聂师姐不行。她总是那么容易相信别人，因为折丹峰的点心好吃，就觉得聂音之不会是坏人。因为萧灵总对她笑，就觉得萧师姐是个温柔的好人。

只会在他面前凶。

安淮想起白英，心里的不安快要爆炸了。他警惕地看了一眼聂音之身旁的男人，又转头打量四周。

看到随着萧灵一起往药池殿去的人，他立即想要冲上去，又被一道神识力量硬生生压制在原地。

聂音之据此猜想，白英大约就是这时候死掉的。她面露不忍，却依然直白地告诉他道："这是萧灵的梦境，你改变不了什么。之所以还留着这个梦继续，只是想看萧灵到底想做什么。"

安淮神情怅然："看不到的，萧师姐并不知道究竟发生了什么。大长老当着大家的面读取过她的灵台记忆，记忆里都没有的东西，梦里又怎么可能会有？"就算有，也不过是编造的假象。

难怪萧灵这一段梦如此含糊。经安淮这么一说，聂音之对萧灵没有了兴致。她看向萧灵，也不想探究什么前因后果了，白英总归是因她而死，那就杀了吧。

聂音之想要顾绛捏烂这两人的神识，让萧灵和朱厌"生同衾，死同穴"，成全他们不分彼此。

但顾绛对她摇了摇头。不解开白英的死因，安淮怕是要永远困在这牛角尖里出不来。

从萧灵身上探不出结果，就只能从朱厌的神识上下手。

朱厌怎么也没想到，他和顾绛无冤无仇，对方会专程等在这里杀他。他本想浑水摸鱼，却被顾绛瓮中捉鳖。

他的神识一进入萧灵的梦境就察觉到了异常。但萧灵拽着他，就像拽着一根救命稻草。若是换作平时，他定然很是乐意。

不过，现在萧灵对他的依赖宛如一道枷锁锁住了他的神识，令他无法挣脱。萧灵的灵台本是他来去自如的地方，如今却成了囚困他的牢笼。

朱厌实在猝不及防，萧灵一直不醒，他的神识被囚，和受他掌控的人断开联系，手中的牵线木偶同时脱离掌控，他甚至不知道外面究竟发生了什么事。

顾绛留了一缕神识在萧灵梦境里压制朱厌，聂音之携着安淮的神识一起退出了萧灵的梦境。

剑林中心台上的少年睁开眼睛，一时有些怔愣。

梦境的时间流逝都掌握在聂音之手里，虽然在萧灵的梦境里待了许久，现实中却不过片刻。

剑林里的法阵波动，余摇清和那位洛师叔立即便察觉到了，两道光从远处射来，落在剑林上空。

与他们同一时刻射向剑林上空的，还有一把暗红色的长刀，刀光呜的一声在山谷上方铺展开，形成一道结界屏障，将整个剑林谷覆盖在其下，阻止他们进入其中。

"顾绛！"余摇清大惊。这把刀他在云笈宗时见到过，是顾绛的命刀。

过了片刻，隐翅蝶发现一丝细微的波动，一道符箓已经从洛声手中射出，袭至悬崖旁那棵青松时，被一道无形之力劈成两半，黄符自燃起来，转眼烧成灰烬。

数道光从剑林四面飞射而来，呈合围之势，落在周遭不远处。

青松斜生的枝干上显出两个人影，顾绛怀里抱着那名云笈宗的女弟子，大马金刀地坐在枝叶间，半抬起眼皮懒散地扫了周围一圈，慢吞吞道："本座今日做了好多事，很累，不想打架。"

合围而来的正道修士面面相觑。

叶菁神情恍惚，这一段时日以来，她一直昏昏沉沉地被人牵着鼻子走，而就在方才，那种昏沉之感一瞬间被打破，她的神识骤然清醒，周遭的一切一下子真实了起来。她往颜异身边退去："师兄，朱厌的神识寄生在萧灵的灵台内，我之前不小心中了他的招，刚刚才清醒。"

颜异悚然一惊，回头看了她一眼。

青松上，聂音之晃了晃腿，喊道："大长老，你那个读取神识的玄蚌液带了吗？"

顾绛身上确实透出一股疲惫感，若是一般情况，敌人处于弱势，正该趁他病要他命。

哪怕此时站在这里的是另外任何一位魔祖，现场这四位化神巅峰都可以领着其他人冒险一试。

但顾绛不一样，从这世间只有一个封寒缨修炼"血月影"就能看出，他还有能力掌控自己的魔气，还没有开始衰弱。

之前，太虚门洛声的隐翅蝶发现了林子里凭空冒出的浓郁灵雾，他便仔细探查过这里的地脉。

刀山剑林封闭千年，地底灵脉要维持住剑林内的兵器，灵气已经所剩无几了，这里再坚持个五百年就会彻底坍塌。

灵气大部分都聚拢在剑林内，刀山亦是如此。

溪流上凭空冒出的浓郁灵气只可能来自面前这位魔祖，他的魔气正在被消融。

洛声的目光在他和他怀里那名云笈宗弟子身上扫了一眼，那名女弟子的血对顾绛的作用可能远不止余摇清向他汇报的那般。

他和几名化神巅峰的修士交换了一个眼神，大家都收起了法器。

剑林上方，红叶刀光屏障呜的一声收回，安淮扛着昏睡的萧灵御剑而出，落到山崖上后，将萧灵倚靠在一块岩石旁。

颜异转头看了他们一眼。之前他们用玄蚌液读取萧灵的灵台记忆，萧灵在死寂深渊底下的那段经历，虽是被蛊惑，无意识为之，但她放出朱厌这种血戾凶兽，实在不太光彩。

先前，朱厌的神识寄生在萧灵的灵台，看如今这情况，想必顾绛已经将朱厌的神识拽在手里了。

但用玄蚌液读取出的信息必定会牵扯到云笈宗内部之事，颜异实在不想将那些事摊开在其他门派面前。

“大长老，你再犹豫下去，会让人误会你是不是想要纵容这样一只凶兽？”聂音之好整以暇道。

颜异身为云笈宗太上长老，很少有人敢这样跟他说话，更何况还是一个云笈宗出来的小辈。不过，他看上去并没有露出任何不悦。

颜异从芥子里取出玄蚌液，放到地面上。

顾绛眯起眼睛，遗留在萧灵梦境里的那一缕神识，硬生生将朱厌的神识从萧灵的灵台里拔出来，捏散了他的神识，扔进那大盘子里。

兀自沉浸在美梦中的人终于被这番大动静惊动，萧灵在梦中一脚踩空，猛地惊醒了。

山崖上浮出白雾，雾气中，所有画面如水似的流淌出来。

朱厌的神识记忆可就精彩多了。从他踏出死寂深渊后，他染指过太多人的灵台，每一个被他染指过的灵台都是一个视角，都有一两幅记忆碎片。

蚌液蒸腾起的雾越扩越大，满天都是飘飞的画面和交织在一起的声响，每一幅画面里都有人惨死，哭号、咒骂惊雷一样在悬崖上空荡开，在场那些耳聪目明的修士都不由得皱起眉头。

朱厌还没疯，只能说是他天赋异禀。

萧灵被四面八方刺耳的尖叫声吓得一抖，小白鸟在她肩头爹了毛，黑豆似的小眼睛惊慌失措地在无数的画面上打转。

她被迫看到太多绝望又愤怒的人，此刻她正对上一个小男孩绝望的眼睛，他抱着脑袋缩在角落，眼睁睁看着他的父亲被一群人暴打，母亲被人拖着往外拽。

萧灵慌忙抓住小白鸟，将它捂在手心里，看不见画面，却不能阻止钻入耳中的惨叫声。

在散落四周的景象碎片上，众人看到了因他扭打起来的小孩，脸上的天真稚嫩被凶狠残暴取代，看到了因他而起的两村纷争，他每到一处，都能掀起一番腥风血雨。

这些凡尘里的蝼蚁争斗，很难上达仙门，从未接触过修士的贩夫走卒又哪里会知道，他一时的激愤打杀并不是出自他本心？

除非仙人主动垂眸下视，大多数的时候，守护苍生的仙门都太遥不可及。就连凶兽想要跨越重重屏障，入侵仙山都十分困难。除非仙山里有人主动回应了他。

在场的两位云笈宗女弟子，一位招来魔祖，一位招来凶兽，众人看颜异的目光令他恨不得当场劈开一条地缝钻进去。

朱厌庞杂的记忆图景散去，最后只剩下在云笈宗仙山内的。哭号声一下子少了，蚌雾收拢。修士的心性自然比凡人强上许多，但朱厌依然影响到了不少弟子，那一段时间云笈宗内的浮躁气息在场的几位长老都深有体会。

啾啾。

这声鸟啼不是从萧灵手里传出来的，而是从朱厌的神识记忆里传出的。

画面里，萧灵站在楼阁上，对下方仰头望着她的孟津说道：“孟师弟，你方才在前殿说的那些……关于聂音之放纸鸢这些事，可以再同我说说吗？我想听。”

青松上的人听到自己的名字，兴致勃勃地抬起头朝蚌雾看去。

雾气里，孟津的双眼被聂音之划瞎，面上戴着银色面具，若想视物只能神识外放，他的神识看到灵灵师姐的第一眼，就被朱厌乘虚而入，占据灵台。

孟津提起聂音之时，那下半张脸绷得极紧，几乎是磨着牙花子念出她的名字，仿佛要生啖其肉，听得当事人都忍不住揉了揉耳朵，没心没肺地嘀咕：“我的名字从他嘴里吐出来，怎么这么难听呢？”

随即，耳边传来顾绛慵懒的声线，他低声喊道：“聂音之。”

聂音之被他这一声喊得缩起脖子，耳朵发痒。她转头看了他一眼，肯定道：“看来是他狗嘴里吐不出象牙。”

顾绛笑了一声，又贴到她耳边喊了一声：“聂音之。”

聂音之把顾绛推开几分：“行了行了，别喊了，我知道自己的名字很好听了。”

蚌雾画面里，孟津走后，朱厌讨人嫌地说道：“你那孟师弟现在有多恨聂音之你也看得出来吧？你却还让他事无巨细地回想聂音之的事，讲与你听。萧灵，你比我还擅长折磨人心。”

萧灵怔怔地坐在窗前，并未理会他的话。

孟津那满肚子的怨恨不用朱厌煽风点火，都能烧得他不管不顾，私自动用云笈宗的护山大阵，朱厌根本没把心思放在他身上。

他在云笈宗最先染指的两个修士，一个是孟津，另一个便是荆重山。

几个不同视角的记忆图景散布在蚌雾里。

从萧灵的灵台里看不到的记忆，以荆重山的视角，完完整整地呈现在所有人面前。萧灵听到白英那百灵鸟似的声音高高兴兴地答道："师尊，需要我做什么啊？"

她的手一抖，被捂住多时的小白鸟从她的指缝里挣扎出来，奄奄一息地眨着眼。

萧灵看到自己坐进药池里，服过断神丹后陷入昏睡，兴高采烈准备帮师尊打下手的小姑娘被一道沉睡诀打入眉心，荆重山捏开白英的嘴，往里面塞了一颗断神丹。

白英被放下药池，荆重山将萧灵和白英的双手脉门划开，打通两人的脉门，她们二人的手被灵力，束缚紧紧握在一起。

鲜活的灵力和精气从白英的右手流淌到萧灵身上，污浊的瘴毒顺着白英的左手往上攀爬，从那串珍珠手串下，能看到丝丝缕缕顺着经脉涌去的乌斑。

就算两个人的灵脉属性契合，萧灵还是产生了排斥反应，满池子珍贵的仙草灵药的药性在荆重山的操控下，一起钻入萧灵的经脉。

被抽空身体里的灵力和精气应该是极其痛苦的，但断神丹切断了神识和身体的联系，将神识完全封闭，白英看上去就好像只是睡着了，眼角眉梢都还带着笑意，还在为能给师尊打下手而高兴。

只是她脸上的血色一点点儿褪去，皮肤下开始渗出瘴毒的斑污。

白英连醒来的机会都没有，就像一块被人用完就扔的抹布，被她信任的师尊一掌震碎灵台。

在同一时刻，朱厌自己的记忆图景里，长臂的凶兽扛着萧灵往云笈宗外跑，朱厌的话音清晰地传入所有人耳中："萧灵，你不会真不知道他是怎么为你治疗的吧？"

"荆重山挑选那些与你灵脉契合之人，将你体内的瘴毒过渡到他们身上，用他们的灵基为你修复内府。"

“你每一次药浴，都有一个人为你牺牲，那个经常接送你的小丫头，也为你而死了。萧灵，你是知道的，你不是还为她哭过了吗？为什么不敢承认？”

“知道了他是怎么治疗你的，就算你全然不知情，你猜，云笈宗会怎么处置你？”

“萧灵，你可以求我，我会帮你杀了荆重山，捏碎他的灵台，他本就是罪有应得。”

“萧灵，我可以清洗掉你的记忆，让你干干净净，一无所知，只要你求我。”

萧灵听到自己低声祈求：“求你……”

身边传来少年压抑的痛哭声，小白鸟想要转头，被萧灵一把捂住。手心里的小鸟挣扎得很厉害，它越是挣扎，萧灵便捂得越紧，到最后它终于消停了。

直到眉心上的白羽痕迹消失，萧灵也没松开手。

她可以继续蒙住自己的眼睛，堵住自己的耳朵，不去看，不去听，却遮不住别人的眼睛，堵不住别人的耳朵。萧灵经脉里还残留着淡淡的绯红剑气，她原本还在期盼着重获新生，想着以后修行有成，必定仗剑拯救更多的人，以偿还这些因果。却不料转眼就被从云端狠狠踩回地上，踩进淤泥里。

安淮拔出灵剑，剑锋在空气中发出呜的一声鸣响，抵在萧灵的脖子上：“你全都知道！荆重山唤白英留下时，你就知道她会为了你死去！”

剑气划断了萧灵脸上的白纱，她抬起那双灰蒙蒙的眼睛。她以前几乎每日都在哭，这一回却一滴眼泪也没了。她面无表情地点点头，脖子碰到锋锐的剑刃，立时便被割出一条鲜红的伤口。

萧灵道：“知道，可知道又如何？身在谷底的时候，若是告诉我，这是条用人命搭建的梯子，我会拒绝的。可我已经爬到半途了，只差一步就能活下去，这时候才让我选，我能怎么选？”

她偏了偏头，嘴角勾起一抹笑：“聂音之，你会怎么选？”